滅亡後的世界

Author. sing N song
Illust. Kanapy

03

滅亡後的世界

THE WORLD AFTER THE FALL

THE WORLD

멸망 이후의 세계

AFTER THE FALL

멸망 이후의 세계

EPISODE 15 神與信徒 004
EPISODE 16 元宇宙 040
EPISODE 17 五百年的滅亡 092
EPISODE 18 無代行者之神 148
EPISODE 19 六神之戰 246
EPISODE 20 昨日之神 332

Episode 15. 神與信徒

1.

獲得固有世界的初學神祇有一項最容易犯的錯誤，那就是不加思索地大量製造新的設定。通常，初學神祇來到深淵約莫兩年，這種症狀會變得尤為嚴重。因此，深淵的人以「神二病」一詞稱呼這個時期。

這不是其他神祇的故事，而是你的故事。

像是龍神德洛伊安的「黑焰龍」，或者火焰之神伊格尼斯的「紅焰劫」這種華而不實的設定，已經在你的腦海中瘋狂運轉了對吧？

說不定你早就已經創造出這些設定了。

對於你兩年後將要經歷的羞愧，我提前表示敬意。

兩年後你將發現，深淵已存在約兩百一十四個你所構思的黑龍設定，以及大約七百三十五個與其相似的仿冒設定（此資料取自於《阿卡夏紀錄》的非官方設定紀錄集）。

你將目睹由你悲壯的想像力所創造的第七百五十四隻深淵仿冒黑焰龍，同時發出慘絕的吶喊。

到那個時候，脫離初學階段的你開始意識到自己做了些什麼，並在其他神祇的嘲笑聲中，一邊揪著代行者的頭髮，一邊埋怨著當時為何沒有人制止你。

然後，你會逐漸失去想像力。比起獨創性，你會傾向於追求穩定的設定，選擇一個受到多數信徒喜愛的世界觀，而非試圖展現自己獨特的風格。你將創造出與他人相仿的設定，渴望著平凡的配件，並這麼度過接下來的每一天。

接著，過了很長一段時間後，你可能會恍然大悟，意識到「也許我曾有過比這些更重要的東西」，然而一切為時已晚，我們過去那段時期所想像的事物再也不會回來。

就如同你最初製造的黑焰龍，真正珍貴的事物已在那個時期完全離開了我們身邊。

在深淵中成為神，並以神的身分度日，便是如此。

——摘錄自《神二病贊歌》，攏絡誘騙之神皮耶爾著

† † †

緊挨著綠林禁區與紅窪沙漠的卡斯皮昂第八十四號門前，站著一名全身赤裸的男人和一名半裸的男孩。

男子低頭注視著自己一絲不掛的身體，用一種懷疑世間萬物的聲音問道：「這真的一點都不可疑嗎？」

「當然，因為深淵尊重每個設定的風格。」

「就算光溜溜也一樣？」

宰煥難以置信地看著柳納德。他原先就對盤查所有著不好的回憶，在混沌時也是，他相信了當時一同進入盤查所的伙伴，結果卻被捲入一場糾紛。

當然，如果卡頓此刻在這裡，大概會這麼說：「先引起爭端的不是城主大人嗎？當時您違反了《戈爾貢出入境法》第二十七條第四項……」

此刻，卡頓大概也徘徊於深淵的某處，搞不好還在吟唱著他那該死的《戈爾貢特別法》之類的東西。

宰煥回想起卡頓那張令人不悅的英俊臉龐，開口道：「我所到訪過的世界裡，裸體四處走動是非常可疑的行為。」

「不是啊，裸體又怎麼了？」

『哎呀，沒問題啦。相信我！』

聽著男孩和女孩得意洋洋的語氣，宰煥皺起眉頭。

仔細想來，這種說法並非荒唐無稽，畢竟人類與神的標準本來就各不相同，宰煥決定抱持著輕鬆的心情和柳納德一起通過了入口。

不久，宰煥便遭到入口的管理所所長拘捕。

✝ ✝ ✝

卡斯皮昂八十四號入口辦公室。

管理所所長是高階神巴利巴爾的信徒，他輪番注視宰煥與柳納德，語帶不悅地質問：「越赤裸越強大的法則系設定——最近誰還會用這種東西啊？」

聽著管理所所長的訓誡，宰煥在內心咬牙道：「妳死定了。」

『真奇怪，這明明是極為普通的設定啊，那個所長怎麼這麼不知變通呢～』

「我會先殺了妳。」

『喂，你等一下啦！』

就在這時，一名士兵走向陷入苦惱，手撫著山羊鬍的管理所所長。

「所長，對方說的似乎是事實。根據紀錄，兩千五百三十一年前，一個名為安徒生的神註冊了『裸體』的設定。」

「真的嗎？」

「是的，而且根據卡斯皮昂的紀錄……」

士兵瞥了宰煥一眼，在所長耳邊低語。

「哎唷，曾經是高階神？還發生了這種事啊。」

所長翻閱下屬提供的資料，然後望向宰煥。

「赤身裸體的安徒生……你是她的代行者，而你旁邊的孩子是信徒。是嗎？」

宰煥本打算開口否認。

『就承認吧，否則事情會變得更麻煩。』

宰煥只好把即將說出口的話吞回肚子裡。

「差不多。」

聽到這簡短的回答，管理所所長的眉頭微微皺起。

信徒之間的關係能呈現彼此神格的差異。因此，就宰煥的立場而言，他不該以輕率的態度回應身為高階神信徒的管理所所長。

管理所所長乾咳了一聲。

「不過這個和紀錄上的有點不同吧？世界力的模式也不同。根據這裡的紀錄，安徒生只有一個信徒……」

「最近我們的神招募了新的信徒！現在我們也有兩位信徒了！」

在一旁察言觀色的柳納德迅速插嘴。

「代行者大人，這真的太令人期待了，對吧？我們現在可以創建新的設定了！既然現在有兩個信徒，那我們也能擁有像黑焰龍和紅焰劫這種酷炫的設定了！」

提到黑焰龍，只見管理所所長的眼神變得有些微妙。

柳納德注視著所長，繼續說道：「所長，您當初一定也經歷過我們這個時期吧？」

「嗯？呵呵，是啊。確實有過。」

或許是多虧柳納德可愛的外表，抑或是他那帶著撒嬌口吻的言辭，突如其來的話題轉變並沒有令所長感到不悅。

「黑焰龍啊……也是，這個年紀確實會想要擁有那種設定，當年我也很迷戀外表。」

「您在我們這個時期的時候是個怎麼樣的人呢？」

「呵呵，我當年啊……」

所長似乎認為柳納德是一個新手信徒，他隨即以一副陷入回憶的神情開始講述故事。其中一半是關於自己的英勇事蹟，另一半則是多管閒事的建議。

或許管理所所長也曾經歷過低階神信徒的歲月。他在卡斯皮昂的八十四號入口，懷念著那段時光。

宰煥一邊聽著所長乏味的故事，一邊凝視柳納德。

他是一個善於與成年人打交道的孩子，能夠利用自己孩童的身分誆騙成年人。他究竟過著怎樣的生活，才會令他在成長過程中具備如此聰穎機靈的特質呢？

對於這一點，宰煥完全摸不著頭緒。

結束了一番自吹自擂的管理所所長笑容滿面，哼哼地噴出鼻息，從位置上站起身來。

「嗯，這回就放你一馬，以後可別忘了更新紀錄。」

「謝謝您，所長！」

「很好很好。」

管理所所長笑容可掬地望著柳納德，接著又冷冷地回頭瞥了一眼宰煥。

「下次別再隨便裸體四處行動了，你在你的固有世界默默享受那種設定就好，別把純真的孩子拖進來。」

出入境的大門砰的一聲關上。

宰煥和柳納德站在原地，凝視著關閉的門扉好半晌。

真是比想像中更加無趣的結局。

柳納德開口說道：「現在的大人都是這樣，明明連自己的生活都過不好，還想給別人指點迷津，真是一幫愛瞎操心的傢伙。」

「……」

「而且管那麼寬要幹嘛？總是說不要做這個、不要做那個，我猜他們壓根沒有意識到，這種行為也是在將自己的固有世界強加在別人身上。」

宰煥默不作聲地盯著柳納德。

面對宰煥的不發一語，柳納德似乎認為自己犯了什麼大錯，臉色黯淡地低下了頭。

「抱歉，我沒想到那種人竟然會是所長，本來深淵的原則就是不干涉其他神祇的設定……」

「不用在意，不過你的口才確實不錯。」

「嘿嘿，謝謝。您的口才跟處事能力真的差強人意呢。」

這傢伙能言善道，帶著他上路也不虧，至少比某個毫無用處的傢伙好多了。

『……嗯？』

「妳好像充分證明了自己一點用處也沒有。」

『開什麼玩笑？還不是多虧我，你才能輕鬆通過檢查？』

「就算妳沒有嘴巴，話還是要講清楚，不是因為妳才順利通過，而是差點因為妳過不了。」

『不是這樣吧？要不是有我，你現在肯定會被關在卡斯皮昂的監獄裡。』

入口的大門隨著安徒生的話語豁然敞開，那扇門與宰煥和柳納德方才通過的側門截然不同。

人群一個接一個隨著藍色傳送陣走進去，受到特殊金屬器具束縛的人們在管理員的引導下，正被牽引至某處。

宰煥注視著他們，問道：「為什麼要監禁我？」

『理由多得數不清。比如說……你，被稱為非法神祇。』

「非法神祇？」

『指的是沒有登記在老大的阿卡夏紀錄上的神祇。通常獲得神格後會自動登記，但你不一樣。老大的派系絕對不可能承認你這樣的人是神。』

「還真是個麻煩的世界。」

「快點動起來！」

「眾神都在等了！」

正當宰煥打算再問些什麼的時候，一群人再次走過他的面前。

「動作快！慢吞吞的傢伙會被送到勞役場，你們自己看著辦吧！」

那些靈魂在管理人員的鞭打下，朝著收監所走去。

宰煥的眼神與其中一名靈魂短暫相會，雖然僅有短短一瞬，他的身體卻彷彿被雷擊中了一般，頓時全身僵硬。

那名男子似乎沒有認出宰煥，他睜著空洞的雙眼，繼續隨著人群移動。

宰煥死死盯著男人的背影，他已經許久沒有感到這麼震驚過了。

怎麼會這樣？

太多疑問湧上心頭，使得宰煥甚至忘了他和安徒生原先在談論的話題。

過了片刻，宰煥才費力地開口說道：「那些人是幹嘛的？」

「誰？哦，那些人嗎？」回答問題的是柳納德。

「好像是這次在釣點抓到的新靈魂，從數量上來看應該是個大型釣點……他們似乎正在把要拍賣的靈魂暫時關押在收監所內。」

那漠不關心的語氣，彷彿這是件司空見慣的事情。

宰煥壓抑著淡淡的不適，反問道：「釣點？捕獲靈魂？」

「對，嗯……大致就是這樣。」

柳納德向宰煥簡短地解釋了釣點和靈魂之間的關係。在這個地方，「釣魚」通常是指為了填補信徒短缺而實施的手段。

這時，默默聽著故事的安徒生插嘴道。

『雖然這個行為看起來不太人道，但在這裡這麼做是有原因的。新釣上來的靈魂需要盡快找到神，否則他們會陷入瘋狂。在深淵，沒有神無法撐下去。」

「那個釣點是連接到哪裡？偉大之土嗎？」

『不是，是邊境。應該是直接銜接到幻想樹的根部吧？那些人幾乎都是從那邊上來的靈魂，很少會出現像你這樣從混沌過來的情況。」

「通常都是哪種靈魂會被釣上來？」

『通常是徘徊在邊境那邊的靈魂，有時候……』

「有時候？」

『有時候那些在噩夢之塔死去的靈魂也會上來。』

宰煥的嘴微微張開，隨即再度闔上。

安徒生感受到他內心的顫動，提問道。

『怎麼了？有什麼問題嗎？』

銬上刑具，不斷被拖著前行的男人——宰煥忘不了那副面容。

他不應該出現在這裡。

他是宰煥還在噩夢之塔時，跟隨他直至最後的戰友，那個為了減輕他的負擔而假裝回到過去的傢伙。

他比任何人都要開朗，比任何人都要樂觀，因此被人們稱為笑容騎士。

宰煥仍然記得他的名字。

你為什麼會在這裡……允煥？

2.

最後一波人潮消失後，收監所的門終於關上。完成靈魂引導的管理人員，一邊說著無心的玩笑話，從宰煥身邊擦肩而過。

「怎麼樣？這次有沒有像樣的傢伙？」

「每個都看起來弱不禁風，頂多去勞役場吧，要當戰鬥信徒太勉強了。」

「也對，畢竟是些連塔都破不了的傢伙……」

管理人員遠去的身影消失在盤查所的方向。

過了好一陣子，宰煥才開口。

「安徒生。」

面對略帶一絲憤怒的嗓音，安徒生有些緊張地回答。

『嗯？』

「最多可以收幾個信徒？」

✝ ✝ ✝

昏暗潮濕的收監所內部，四處傳來了呻吟聲。允煥眨了眨沉重的眼皮，環顧四周，一臉茫然的人們以餘光相互打量，嘈雜聲此起彼伏。

「呃嗯，這裡是哪裡……」

「你們是邪教的傢伙吧？到底把我帶到哪裡！」

「這裡是阿斯特里姆大陸嗎？有人可以回答一下嗎！」

「有、有來自盤古大陸的人嗎？」

各個角落的靈魂紛紛哭喊哀號，眼見騷動絲毫沒有平息，守衛終於親自出動。最終，直到一個身穿僧服，大聲叫嚷著邪教和血魔的和尚昏厥時，噪音才逐漸停歇。

「這裡不是武林，不是中原，也不是盤古大陸或是阿斯特里姆之類老套名稱的大陸！要是想活命就給我閉嘴！」看守長如是說。

然而就這麼一句話，原先嘈雜騷動的人群，猶如被按下靜音鍵一般，迅速變得悄無聲息。

接著，收監所的看守員開始逐一為靈魂分配房間。

在看守員的引導下，允煥被安置在某間房間裡。

到底為什麼會變成這樣？他完全不明白自己身上究竟發生了什麼事情。

就在一週前，他被帶到了這個未知的空間……難道世界沒有滅亡嗎？

他不曉得自己為何會冒出這樣的疑問。腦袋疼得像是要裂開一樣，他越是試圖回憶過往，記憶就越是離他遠去。

然後，他想起了一個人名——宰煥。

那是一個陌生的名字。他的摯友中，沒有人叫作「宰煥」。回溯起童年的記憶，或許能想到幾名朋友，但宰煥這個名字指的似乎並非他們。

允煥注視著那些和他被分配到同一個房間的人們，每個人的眼神都黯淡無光。其中還有一位女性的面容莫名令他熟悉。但無論他怎麼想，都憶不起對方的名字。

允煥凝視著女人的臉龐，將身體蜷縮成一團。

好冷。

登上深淵以來，寒意變得尤為深刻，刺骨的陰寒流遍全身，令他顫抖不已。

隨著時間的流逝，允煥逐漸意識到這不僅僅是單純的寒意，而是整個世界彷彿從視野的角落崩潰瓦解的感覺。

四周隨時會如破碎的玻璃般崩解，令人感到不安。他彷彿潛進了高壓的深海，害怕自身存在將如蟲子一樣輕易被壓扁。

允煥的牙齒喀喀作響，雙肩頻頻顫抖，他倏然發現自己正雙手合十，十指交扣。這是在他所居住的地球上，每當人們尋求超凡存在的時候會採取的姿勢。

但允煥不知道自己現在該尋覓誰。

「宰煥啊……」

他下意識地低喃著這個名字。他不斷地輕聲低喚，彷彿那就是神的真名。

接著，心中某處開始湧現溫暖，那股溫暖的感覺質樸而微小，卻異常清晰，足以保護他。

他開始憶起某個人的背影，彷彿就在觸手可及的地方，然後……

「二九四—一六三一三四。」

允煥的思緒變得支離破碎。

「二九四—一六三一三四。」

直到片刻之後，允煥才意識到那是在呼喚自己。

鐵欄的另一端站著看守長。

「二九四—一六三一三四，前來接你的神已經到了。」

允煥應聲抬起頭來。

神？

鐵欄之外的黑暗空間中，一名深灰色頭髮的男子站在看守長身邊，開口道：「你說這傢伙是從大師塔出來的？」

「我確定。協會出身的夢魔能為此擔保，您大可放心。」看守長笑著補充，「雖然沒成功破塔有點可惜，但他抵達了第九十八層，聽說也沒有掉入大師設置的陷阱裡。」

「還有其他人嗎？」

「還有一個女人。她和這傢伙來自同一座塔……至於那女的，據說抵達了第七十六層。」

看守長注視著在允煥身後倚著牢房牆壁的女人。

「七十六層有點不上不下。」

「不過倒是頗有姿色，就算缺乏作為戰鬥信徒的價值也……」

深灰髮男子望著女子的方向，若有所思。

「只有他們兩個？本來應該還有更多人吧？」

「據說其餘的沒有被夢魔協會送來，只有這兩人的記憶罩未正常啟動。」

深灰髮男子滿意地點了點頭。

「好，我就帶他們走。男的跟女的都買下。」

「您確定嗎？費用是……」

「每人三千托拉斯。」

男人從懷裡掏出幾塊閃亮的水晶。看守長先是仔細檢查水晶的品質，然後滿意地笑了笑。

「數量沒錯。」看守長一邊打開鐵欄一邊說道：「我還是要不厭其煩地提醒您，今天的交易是——」

「別擔心，我又不是第一次和你交易。」

「說的也是，那麼路上小心。」

允煥和女人走出鐵欄之後，看守長再度將鐵欄鎖上，消失在黑暗中。

允煥一臉茫然地抬頭看著深灰髮男子。從近處仰望著他，便會發現男子給人一種完全不同的感覺。

「走吧。」

允煥的世界中，一道光芒傾瀉而下。

他的眼前有一位神。

✝ ✝ ✝

『原來如此。所以你想救那位朋友，對吧？』

安徒生端詳著宰煥傳遞的記憶，輕輕嘆了口氣。

『首先，我先回答你剛才提出的問題。信徒數量沒有限制，將來你想收多少信徒都可以。』

「我明白了。」

『等等，你要去哪？』

宰煥的步伐一如既往地不見絲毫猶豫或恐懼。

在察覺那步伐的目的地後，安徒生發出了尖叫。

『不行，絕對不行！喂！』

焦急萬分的她重複了同樣的話語兩次。

宰煥不滿地反問：「為什麼？」

『你不是打算去摧毀收監所嗎？』

「我只要救出朋友就好。」

『那不是一樣的意思嗎？你要是那麼做就完了。你知道這裡有多少高階神的代行者嗎？難道你要與整個卡斯皮昂為敵？』

無論是高階神的代行者，抑或是卡斯皮昂，宰煥在採取行動前，何曾將那種事情放在心上？

「無所謂。」

在混沌也是如此。他毫不猶豫地與整個戈爾貢對峙，當他聽見君將蜂擁而至時，甚至連眉頭都沒皺一下。

『不對，你給我等等！你在這裡連世界力都凝聚不了！你還不明白我的意思嗎？這是一個無法戰鬥的地方！』

然而，宰煥早已朝著收監所移動。

不久後，在附近站崗的警備隊擋住了他的去路。

「你是怎麼回事？從這裡開始，民間信徒禁止進入。」

「讓開。」

與此同時，宰煥的全身釋放出可觀的世界力，那是足以瞬間引起周圍所有注意力的騰騰殺氣。

允煥。

如果加上在混沌使用噩夢之塔的時間，他最後一次見到允煥已是兩千多年前的事了。儘管如此，當他再次看到那張臉的瞬間，仍舊感到深遠的記憶恍如昨日般重新復活。

那是在他覺醒之前，作為人類時期的記憶，是他與共同攀登噩夢之塔的伙伴們之間的回憶。

而那故事的中心，有著笑容騎士金允煥。

金允煥，與他一起登上最後第九十八層的唯一隊友。

他有些事情想要問他。

為什麼你當時沒有回歸？為什麼你沒有像其他同伴一樣選擇回歸，去享受新的生活？為什麼你……

「不讓開的話——」

我就要使出刺擊了。

然而，就在宰煥果斷拔劍的瞬間。

滋滋滋滋滋滋！

他的手猶如觸電般顫抖不已，發出啪滋滋的聲響，世界力消失無蹤。

警備隊冷漠地朝著呆愣地盯著自身手掌的宰煥。

「花招耍完了就快滾。」

為什麼？

某種極為具體的東西在阻饒著他。

是安徒生嗎？不是。他緩緩環顧四周，卻沒有感受到任何足以阻礙他的存在。

『我不是說過了嗎？』

即便如此，分明有某種東西在阻止他拔劍。

『沒有人能在這個地方戰鬥。』

✝ ✝ ✝

同一時間，卡斯皮昂的「世界力抑制局」發生了一些不尋常的事情。

世界力抑制局是由居住在卡斯皮昂的各大神祇派遣一名信徒，以維護該站點安全的機構。沒有任何神祇或代行者能在卡斯皮昂的市區發動戰鬥模式，這即是歸功於這座世界力抑制局所創造的「巨型設定」——世界力封印。

然而……

「咳呃啊啊啊！」

「啊啊啊啊啊！」

今日，那道封印發生了意外。

「發生什麼事了？」

收到呼叫匆忙趕來的局長臉色發青。

「這到底是——」

部門內部的景象簡直是一場災難，只見輪流向巨型設定「世界力封印」供應世界力的信徒紛紛吐出銀色鮮血，昏厥在地。

「有多少人變成這副模樣？」

「八、八十個人，局長！」

「什麼時候的事？為什麼會這樣？」

「不到十分鐘前。卡斯皮昂收監所附近發生了異常的能量反應——」

不可能有這種事。

世界力封印是由上百名信徒輪番提供世界力以維持的設定，而穩定該設定的力量從未崩潰至這種程度。

「這究竟是怎麼回事。」

一個月前也曾發生過半數信徒倒下的情況，但當時是因為高階神祇的代行者集體展開激烈的戰鬥。若非颳起那般規模的世界力風暴，絕不可能對世界力封印造成如此大的打擊。

「局長，災難等級報告出來了！」

一位急匆匆跑過來的員工開始進行彙報。

過了片刻，主螢幕顯示出了災難等級。

災害等級八。

足足達到了十級中的八級。即便是高階神祇六個月前發生的衝突，頂多也只是在六至七級間徘徊，這次竟然升至八級？

局長表情凝重，立即下達了指令。

「向高階神祇請求支援，派遣大隊。全員的世界力等級至少要三級以上。」

3.

也許他本可以嘗試威力更強的刺擊，例如世界刺擊或連環刺擊，然而他並未這麼做。

『你打算一直用這種愚蠢的方法嗎？』

是因為安徒生的這句話。

『看似最快的路徑實際上可能是最遙遠的道路。要是你當初在混沌巧妙避開一些事情，周遭的人們就能少受點傷害，並更快抵達深淵。』

「妳讀了我的記憶？」

『我現在是你世界觀的居民，多少會知道發生在你身上的事情。我說你啊，目標是看到幻想樹的盡頭，對嗎？』

氣急敗壞的安徒生繼續像機關槍般喋喋不休。

『或許你至今都能靠刺擊擺平眼前的一切，但現在不同了，這種粗暴的方法絕非抵達幻想樹盡頭的最快路徑。按照現在的方式，你很快就會死得很慘，畢竟深淵裡多的是君將級的傢伙！』

安徒生傳遞過來的情緒並非虛假，她甚至向宰煥展示了數千年記憶中的一小部分。

『你看，你可以像他們那樣戰鬥嗎？嗯？』

看著腦海中代行者之間戰鬥的畫面，宰煥感到一種微妙的興奮。那並非覺得自己能戰勝，抑或敗北的感覺。該怎麼形容呢？這裡的戰鬥不同於他以往經歷的任何對決，而是截然不同的風景。

那是他未知的世界相互較量，彼此碰撞的光景。

『總之，就算不摧毀那座收監所，也有辦法救出你的朋友，同時還能避免成為非法神祇而受到追捕。』

「什麼辦法？」

『利用拍賣會。』

安徒生像是一名深淵的導遊，親切地向他介紹拍賣會的系統。

『在大型釣點捕獲的靈魂會遭到短暫拘留，並移轉至拍賣會。換句話說，我們可以在拍賣會救出你的朋友，還能避免引起不必要的騷動。』

「……」

雖然他對「買下」昔日朋友允煥的想法不甚滿意，但安徒生的話乍聽之下確實頗為合理。

短暫整理思緒後，宰煥再度開口。

「帶路吧。」

『真的？真的嗎？』

「對。」

宰煥對這樣的自己感到陌生，他反覆地交替握緊和鬆開拳頭。也許是因為安徒生的話語，抑或是久違地見到了允煥。

混沌的伙伴、清虛和卡頓、賽蓮和美露，以及那段與凱門等幫主相處的時光，大概也在他身上留下了些許的痕跡。

不假思索破門而入這樣的事情，他已經在混沌嘗試過了，那麼，這回試著從另一條路出發也未嘗不可。

聽著安徒生鬥志昂揚地引領他前進的聲音，宰煥心想這次的旅程或許會與他預期的有所不同，朝著另一個方向發展。

而彷彿是為了驗證他的預言，一個小時後，宰煥赤裸著身子被趕出了拍賣會。

✝ ✝ ✝

無論踏上哪條路，最終都會面臨許多阻礙。

『對不起，我忘了我的證書已經失效了。』

整整十分鐘前，來到拍賣會門前的宰煥因管理員的遏止，被禁止進入會場。

「很抱歉，沒有證書的神祇無法進入拍賣會。」

據聞，神祇之間有一種叫作證書的東西，而沒有證書的神祇無法使用拍賣會場等公共設施。

聽說是為了公共安全之類的。

然而更大的問題是，向相關行政部門申請取得新證書之後，必須等待一個月的時間才能領取。

「前段時間認證程序有所簡化，因此，只要您能證明至少擁有五名信徒，我們就可以為您發放證書。」

至少五名信徒。

這是證明該神祇世界觀符合安全標準的最小單位。

『高階神總是愛弄一些沒意義的東西……』

「吵死了。」

『對不起。』

總之，基於這個原因，宰煥、安徒生和柳納德此刻正在拍賣會的入口處招募信徒，並且是以裸體的狀態，手上還晃著各種物品。

路過的人們似乎更將宰煥視作觀賞對象，而不是神。

招收信徒。歡迎新成員，轉移世界觀時可享受百分之兩百的設定福利，可補償部分違約金。

看著柳納德頭上頂著亮起的小型全像螢幕四處閒逛，宰煥的心情有些微妙。

他還真擅長做這種事。

這個小伙子不僅機靈，在某些方面甚至經驗老道。雖然特別懂事，仔細一想，卻又令人心生惆悵。

他無法想像柳納德在適應這種生活以前，究竟經歷了哪些事情。

「漂亮姐姐！來瞧瞧我們神的世界觀吧！」

「帥氣的大叔！哎呀，別直接走掉嘛。這裡可是有很多令人驚豔的設定在等著你喔！你要是知道了肯定會非常震驚！」

然而，儘管柳納德拚命吸引關注，人們仍舊未表現出任何興趣。

「招募信徒本來就這麼難嗎？」

「還是有些人時不時會看一眼啊，但怎麼都沒有人過來呢？」

柳納德出神地低頭盯著宰煥與自己的下半身。

「難道是因為我們光著身子嗎？」

「大概吧。」

『開什麼玩笑！怎麼可能！我的設定完美無缺！它反而廣受女性信徒的喜愛。』

就在這時，一名男人向他們走來。

「嘿，是新出現的世界觀嗎？」

終於有了第一位客人。

男人穿著平凡無奇的服飾，就這名信徒的世界力看來，他的神顯然既非特別強大，也非格外弱小。

雖然他身上散發出牆頭草的刺鼻氣息，但終究是第一位來訪的客人，柳納德飛快地跑了過去，把他拉到宰煥面前。

「沒錯，這是新創造的世界觀！如果你現在以信徒的身分加入，將能享受各種福利，進入信徒的上位圈……」

「那位代行者為什麼光著身子？」

「那不是重點！總之，他有一個宏偉的世界觀！一看就讓人震驚到昏迷的那種。」

「是嗎？是什麼樣的世界觀？有什麼設定？」

「呃，嗯，這個嘛……」

柳納德頓時說不出話來。

這麼一想，到底該如何描述宰煥的世界觀呢？

柳納德默默地仰望天空，臉色變得一片蒼白。無處可去的哀憐目光轉向了宰煥。

見此，宰煥開口道：「直接讓你看看吧。」

過了一會兒，男人滿懷期待的眼神轉為驚愕，他顫抖著手指著上空，眼睛逐漸翻白。

「呃、呃呃呃呃……」

正如柳納德的預言，嚇得魂飛魄散的男人口吐白沫，陷入昏迷。

就這樣，後來又有幾個靈魂路過。

目睹宰煥世界觀的信徒反應各不相同，有的口吐白沫，有的雙眼翻白，還有的是兩種症狀同時出現。總而言之，就是這三種反應之一。

最後，他們一律發出咒罵聲並消失蹤影。

『這種狀態不可能招得到信徒。』

安徒生絕望地喃喃自語。

『深淵的信徒大多是過一天算一天的人，但你的世界觀太陰暗了。本來生活就已經夠艱難了，他們竟然還得面對這樣的東西？』

「……」

『換個更明亮的氣氛如何？我把我的世界觀借你。』

「妳的世界觀是什麼？」

『裸體世界，是所有信徒都赤身裸體的美好地方！缺點就是偶爾會有些奸詐的大叔加入，巧妙地避開違法行為……』

「妳的世界觀不是走童話路線的嗎？」

『是童話啊，成人童話。』

宰煥望著遠處致力於招攬客人的柳納德，瞇起了眼睛。

『真的不換嗎？我不是在強迫你，只是這樣下去，你絕對招不到信徒。』

「我不會改變我的世界觀。」

『你認真？』

「再等等看，如果行不通，那我就像剛才一樣直接進去。」

『別這樣嘛，如果你在這裡種一些花和樹木，肯定會變成一個美麗的世界觀！稍微布置一下，一定會吸引很多信徒……』

就在這時，嘈雜的人群從拍賣會的入口處湧了出來。

「該死，收監所這週的靈魂這麼快就沒了，一個也沒撈到，到底是被誰搶走的？」

「呵呵，你不知道嗎？這週是分配給元宇宙的，看來短時間內公共釣點的靈魂都要被搶劫一空囉。」

宰煥的腦袋猛地轉了過去。人群中，他看見了方才那名喋喋不休的男人。

「唉，真是的，釣起那麼多靈魂，要是全被一座塔壟斷了，那我們要拿什麼過活啊……」

「那是什麼意思？」

「搞、搞什麼啊！你這個裸體的傢伙！」

不管男人是否感到驚恐，宰煥又走近了一步，抓住對方的領口刨根問底。

男人上下打量著赤裸的宰煥，面色更加蒼白，而宰煥則是繼續追問。

「你說釣點的靈魂去哪了？」

「先、先放開我。」

那人一時因宰煥霸道的氣勢而結結巴巴，很快地，他似乎察覺到了什麼，隨即擺了擺手。

「啊，難不成你是奴隸商人？很遺憾，但這週的卡斯皮昂拍賣會你要白跑一趟了，商品早就被元宇宙的人掃光了。」

「元宇宙？」

「嗯，你是從別的站點來的嗎？我就是在指那個。」

男人所指的方向，一個路牌廣告正頻頻閃爍。

阿波羅的代行者吉諾維斯，宣布參加第二九七一期元宇宙！

德瑞克的代行者皮爾格林，表達了對第二九七一期元宇宙的參賽意願。

中階神蓋爾宣布親自參加第二九七一期元宇宙！

「小兄弟」特輯……

「那是什麼——」

然而，當宰煥一鬆手，那人早已逃之夭夭。

柳納德在他身旁低語。

「這麼說來，我好像也聽說過，卡斯皮昂有一個地方，被稱為眾神遊樂場——」

『不行。』

安徒生迅速打斷了柳納德接下來的話語。

『那裡絕對不行。』

她的語氣相當堅決。

『那裡不是正常靈魂該去的地方。對不起，但你的朋友已經……喂！』

無論她說了什麼，宰煥已然動身。他通過「猜疑」和「理解」掌握周圍道路的構造，踩著矯捷的步伐移動，而柳納德也踏著小碎步跟上他。

不多時，卡斯皮昂的中心地區一覽無遺。

這裡的建築風格非常獨特，令人聯想到巨大的馬戲團競技場，而穿梭在建築物之間的靈魂身著各種服飾，有吞雲吐霧的嬉皮、像是中世紀騎士的團體，還有如孤島的部落成員般全副武裝的人們。

『等等！我叫你站住！』

宰煥就這樣又走了五分多鐘。

狹窄的小巷對面，五顏六色的燈光灑落，令人想起色彩繽紛的主題公園。

努力的人應予以適當的獎賞！

歡迎來到元宇宙。

塔的外觀隨著指示牌顯露其貌，那是一個由巨大輪型圓盤疊起的建築物。穿越雲層的高度，使人難以窺其頂端的模樣。

它比宰煥至今見過的任何建築都要龐大。

悼念尼爾．克拉什大師。

這座偌大的塔面前，寫著這樣的文句。

大師，宰煥十分清楚那是在恭維哪一個種族。

『媽的，這輩子竟然還會活著回到這裡。』

「為什麼深淵裡會有一座噩夢之塔？」

『還能是為什麼？當然是因為有些瘋子懷念過去身為商品的日子啊。』

4.

正當宰煥想說出「世界上哪會有人懷念那種東西」，他讀取到了元宇宙中心處的奇妙文字。

「構……建……商品……老……」

「……包含……與……有關。」

他想起自己曾在彼斯特萊因管理的噩夢之塔中見過類似的字符。

剎那間，宰煥的腦袋傳來一陣刺痛，緊接著，腦海中浮現出一句話，但那不是他的記憶。

那是妙拉克的記憶，記載於《深淵紀錄》中的一段話。

許久以前，有一座為了到達幻想樹的盡頭而構築的塔，那是一名年老的夢魔為了挑戰世界盡頭所建造的塔。

宰煥本能地意識到，那座塔正是眼前的「元宇宙」。

除了九百年前的妙拉克，還有其他存在試圖登上幻想樹那遙不可及的頂端。如同宰煥在混沌建造覺醒之塔，深淵之中也有人作出了類似的嘗試。

「是誰在操作這座塔？」

『如果駕駛沒有換，大概是「懶惰」那個傢伙吧。』

懶惰？

後方出現了一群人潮，那是身穿中世紀騎士服飾的信徒，宰煥先前看過他們。

「讓開。」

開口的是一名身穿赤紅色全身鎧甲的男人，自頭盔間流淌而出的紅色光芒讓人有種奇妙的既視感。

男人與宰煥的視線相交，動作稍有停頓，然後呆愣地凝視著宰煥手中緊握的獨不，雙目炯炯有神道。

「你有一把好劍。你抓過龍嗎？」

「很久以前。」

「是嗎。」

那人饒有興致地端詳了宰煥好半晌，旋即轉身朝著塔的方向走去。接著，後方的人群也跟著避開宰煥離去。

站在塔樓附近議論紛紛的人群中，傳來一道驚訝的聲音。

「他們是赤塔的龍騎士，德瑞克的信徒！」

德瑞克。顯然那群傢伙擁有與龍有關的世界觀。

除了他們之外，還有許多參賽者，其中一部分是先前在深淵街道上見過的人們。

「斯巴達克斯的信徒也來了呢。」

「聽說今年還有一位覺醒者參賽，是真的嗎？」

「那些傢伙肯定會使用快速通道，起碼從第五層開始吧。今年的新人真不好過。」

「哎呀，我們又不是真的來爭取名次的，加減賺一些托拉斯就可以打包回家了。」

這麼一大群人究竟是從何而來？

儘管無法得知他們是否真的懷念身為商品的日子，但有一點能夠肯定——

他們試圖再次挑戰塔。

『我最後一次警告你，如果你進去我就不會再幫你了。不對，是幫不了你。』

「妳對那座塔了解多少？」

『那是一群垃圾神祇居住的地方。』

「就這樣嗎？」

『我以前進去過一次。』

猶豫片刻的安徒生再度補充。

『那時，我失去了一切。』

透過聲音，宰煥能感覺到安徒生在顫抖，彷彿光是回憶那段時光就令人深惡痛絕。

這時，塔的外牆傳來喧囂聲。

「這邊這邊，釣點的靈魂走這裡！」

乍看之下，甚至有點像方才所見的囚犯隊伍。

看來剛才在拍賣會入口遇到的那名男子說的沒錯。宰煥徑直朝那走去。

『我警告你別白費力氣，否則最後還是會落得剛剛那副下場。』

「那些傢伙會怎麼樣？成為神的信徒？」

『如果真是那樣就好了，他們大概會成為眾神的傀儡。』

「傀儡？」

『神的軀殼，一個失去靈魂的代行者。那座塔裡的傀儡都將被抹滅自我意識，成為眾神的道具。』

「為什麼要那麼做？神的目的不是要聚集大量信徒？」

『因為元宇宙這座塔，是深淵中最痛恨信徒的神居住的地方。』

宰煥沉默了一會兒。眼見隊伍的尾巴消失，塔門闔上，宰煥的手再次伸向劍柄。

『進去會死！就算是你也——』

「告訴我，要怎麼救出我的朋友。」

猶豫片刻後，安徒生開口了。

『正式參加元宇宙的活動，運氣好的話，說不定能見到他。傀儡拍賣最早是從第七層開始，你要是能抵達那裡，或許就有機會救出他。但那根本是天方夜譚，不管你有多強，你知道那裡有多危險嗎——』

允煥就在那裡。

為了通過噩夢之塔而犧牲性命的戰友，此刻再度被拖入塔中，卻只是為了成為眾神的玩物。

柳納德似乎已經從宰煥散發的氣息察覺了些什麼，他一臉悲壯地抓住宰煥的袖子。

「宰煥先生，一般入口在那邊。」

『喂，柳納德。你！』

暴跳如雷的安徒生高聲尖叫起來，但柳納德聽不見。

「我們真的要這樣做嗎？我之前有好幾次纏著安徒生說要進入元宇宙，結果她總是阻止我，不讓我去。」

儘管聽不見的狀態，但他說出的話語彷彿正在聽安徒生說話。

宰煥低頭望著柳納德。

「害怕的話，你可以在外面等。」

「不，我也想和你一起去！我認為那是我總有一天必須去的地方。」

「為什麼？」

「因為……那個地方和安徒生大人也有關係。」

宰煥無視安徒生不斷傳來的話語，走向售票亭。售票亭各處已經排起了短短的靈魂隊伍。

宰煥選擇了六號售票亭。售票亭的員工用著提不起勁的目光掃了宰煥一眼。

「入場費是每日五十托拉斯，直接買斷一星期，可以算你兩百五十托拉斯。」

聽到彷彿像在售賣遊樂園門票一般的語氣，宰煥苦惱了半晌，向柳納德提出疑問。

「什麼是托拉斯？」

「深淵的貨幣，由信徒的『信仰』物質化而成，類似水晶的東西……」

「我們也有嗎？」

「有是有，但是……安徒生大人應該——」

『不行，絕對不行！你覺得我會給你嗎？』

宰煥靜靜地集中注意力，接著，一個像是小錢包的東西突然浮現腦海。那不是他的錢包。

宰煥毫不猶豫地打開了錢包，當他張開拳頭時，看見掌中握有兩塊小水晶。

「我只有這些。」

『我的錢！呃啊！我的錢啊！你這個臭小偷！』

「這大約是兩百托拉斯。」

宰煥不假思索地遞出水晶。

「兩個人，兩天。」

「兩天？確定嗎？」

「我沒有多少錢。」

「嗯，以後別後悔了。你有好好讀過警示牌了吧？」

員工用手指了指售票櫃檯上方的警示牌。

注意！入場券一旦過期，若未更新票券，您將成為元宇宙的傀儡。請務必在截止日期前更新票券。

傀儡啊……就是剛才聽到的那個嗎？

『是不是害怕了？害怕的話現在就停手，你都不曉得成為傀儡的下場有多駭人——』

「畢竟是噩夢之塔，這點程度的懲罰早就在我預料之中。」

『哎唷，看來你是從一座相當厲害的噩夢之塔出來的嘛。』

宰煥同樣也來自一座大師塔，那確實是個相當傑出的塔。然而，宰煥並不想對此多發表評論。

「請由那邊進場。」

工作人員所指的方向有兩個入口。

一般通道

快速通道

「啊，如果從快速通道那裡進去，你會被閃電劈死，所以別走那邊。」

像宰煥這般衣衫襤褸的參賽者大多都走向一般通道的入口。

反觀另一方面，少數裝備華麗的參賽者則走進了快速通道。其中還有一位先前差點與宰煥發生口角的盔甲男子，那名男子似乎朝宰煥的方向看了一會兒，隨即消失在門內。

然而，真正引起宰煥注意的並不是全身盔甲的男人。

而是某個小孩。

有一位相貌衣著令人十分熟悉的男孩。他穿著棒球外套，將棒球帽反戴，並將耳機緊緊戴在頭上。這不是錯覺，他肯定在哪見過那個傢伙。

但在宰煥走向他之前，男孩早已消失在快速通道的人群中。

『羨慕吧？但這也是沒辦法的事。這遊戲終究還是對有錢人和信徒多的傢伙更有利，所有進入快速通道的人都會從第五層開始。』

「從較高的樓層開始是好事嗎？」

『可以快速獨占這期元宇宙的狩獵場和隱藏道具啊。』

宰煥凝視著快速通道的入口。

『現在感覺到了嗎？你必須和那些傢伙競爭。那還不算什麼，居住在塔中的混蛋是多麼惡毒可怕——』

「我要進去了。」

面對絲毫不帶猶豫的話音，安徒生頓時啞口無言。

『你是認真的？』

「對。」

宰煥可以感受到安徒生的情緒，包含劇烈的動搖與憤怒。

「其實妳也希望我這麼做吧？」

『胡、胡說八道什麼！我為什麼要再度回到——』

她曾經是一名栽培者，管理噩夢之塔的栽培者。雖然不清楚具體的緣由，但她是發自內心地憎恨那座塔。

前提是她說的都是事實。

「妳說妳在塔裡失去了一切，對吧？」

安徒生，她可能會對此次事件有所幫助。

「那這次重新找回來就行了。」

✣

✣

✣

同一時間，世界力抑制局局長阿戴爾．列治文與一組由各地高階神組成的大隊，共同抵達了卡斯皮昂收監所的入口。

「你確定是這裡嗎？」

「確定。這裡檢測到了世界力的反應。」

阿戴爾在重新測量收監所周圍的世界力反應的同時，身後傳來一陣低聲抱怨，聲音來自因警報而被召集的隊員。

「災難等級八，這怎麼可能？」

「大概是故障了吧，有時測量儀器也會壞掉。」

「我們局長太敏感了。」

當皺著眉頭的阿戴爾抬起頭時，隊員紛紛迴避視線。阿戴爾在心裡暗自咒罵，並且盡力不顯露於表。

要是真如他們所說的是測量儀器故障，那反倒是好事，然而——

嗶嗶。

世界力的反應仍然存在。

隊員拿著測量儀器的手正在顫抖。

「是、是真的啊。」

儘管反應相當微弱，但這周遭確實曾有顯現戰鬥設定的痕跡。奇怪的是，那是足以觸發八級災難警報的世界力，附近的地貌卻沒有留下任何物理痕跡。

「局長，我找了一圈，這裡似乎沒有任何打鬥的跡象。我向附近的目擊者打聽，他們也說沒有見到類似打鬥的事情。」

不可能有這種事。

一個月前，當高階神祇藉由代行者展開激烈戰鬥時，卡斯皮昂的一小塊區域直接被夷為平地，當時的災難等級高達六至七級，而如今的八級災難卻沒有留下任何痕跡？

各處進行調查的隊員後來打探出了一個消息。

這道消息來自守衛收監所入口的警衛，守護之神班加德的低階信徒。

「那個，有一個裸體的變態傢伙引起了一點小騷動。」

「騷動？有人死了嗎？」

「沒有，他只有抓住劍柄而已。」

劍柄？

「你這個傢伙，局長什麼時候問你這種事了？」

「可、可是您說無論是怎麼樣的怪事都要報告……」

「再怎麼說那種小事也——」

「幾點？」

「什麼？」

面色凝重的局長說道：「我問那是什麼時候發生的。」

「請稍等片刻。時間是——」

信徒一臉委屈地按了按太陽穴，顯然是啟動了班加德的設定「運動攝影機」。片刻之後，信徒說了一個時間。

「什麼？這一點都不合理啊！」

聽見轉達的時間，隊員用一種滿是懷疑的聲音嘀咕。

班加德信徒報告的時間，正是世界力抑制局信徒倒下的時刻。

這件事根本不符合邏輯，更何況他僅僅抓住劍柄就引發了八級災難警報？

「當然不合理了。」

然而，假使有一個存在僅僅通過抓住劍柄就能觸發如此強大的世界力，那麼會如何呢？

這是一個令人毛骨悚然的想像，但並非毫無可能性，畢竟在這座深淵，偶爾會存在那種超越常規的超級強者。

比如一個月前剷除高階神信徒，並消失無蹤的那位小鬼覺醒者。

「可以讓我看一下影片嗎？」

「這裡。」

實際上，影片中有一名赤裸的男子緊握著劍柄。

「畫質為什麼這麼差？」

「這個嘛，我也不太清楚。」

「難道是影像干擾？」

就像是蒙上馬賽克的影片一樣。

要實現這種程度的影像干擾，至少需要是最高階神的眷屬。

也許那名男子是最高階神，甚至……最糟糕的情況是，七大神座的眷屬悄悄到訪卡斯皮昂。

若是這樣的實力派來到這裡，那麼大概從盤查所開始就已經出問題了。

「局長，我把他們帶來了。」

片刻後，阿戴爾召集了近幾天擔任盤查所輪班工作的所長。然而，並沒有得知特別引人注目的消息。

也許是錯覺吧，正當阿戴爾感到灰心之際，負責八十四號入口的管理所所長的話令他豎起了耳朵。

「那個，的確是有一個奇怪的代行者……因為他是個新手，而且還是低階神的信徒……」

「如實報告。」

「他是一個有點奇怪的傢伙，嘴裡一直說什麼世界觀的，全身脫了個精光。我想起了過去的日子，就勸戒了一下，但是——」

「……你說什麼？」

「嗯？」

「你剛才說了什麼？」

「那個……您是指哪個部分？」

「裸體的世界觀。」

「哦，那個啊。有一個代行者和一個信徒，他們兩人都光著身子。哎呀，世界上竟然還有人用那種粗俗的世界觀。」

不單單是赤裸著身體，連世界觀都是如此？

「難不成……」

是赤身的代行者？

局長阿戴爾・列治文曉得這深淵中有一名擁有這種世界觀的神。

「他們侍奉的神是『安徒生』嗎？」

「啊，是的。您怎麼知道呢？」

看著呆頭呆腦的管理所所長，阿戴爾露出一絲苦笑。

時代真的變了，最近的孩子竟然不認識赤身裸體的安徒生了嗎？

這麼說來，萬一安徒生的代行者真的回到了這裡，這件事可是非比尋常。

「安徒生的代行者最後被偵測到的地方在哪裡？」

「是元宇宙的入口。」

元宇宙。阿戴爾這才意識事情將如何發展。

「也許不久之後，卡斯皮會發生一場真正的災難。」

Episode 16. 元宇宙

1.

沒想到竟然還會有那種傢伙。

——摘自第二九七一期元宇宙倖存者「勒內」的頻道

✝ ✝ ✝

『喂，我說啊。』

踏進元宇宙入口的過程中，安徒生的語氣顯得十分兩難。

『你的話確實很帥，想法也不錯，但是……』

但是？

『光靠一身傲氣是行不通的。你再仔細想想，而且我們還帶著一個孩子！』

那個孩子似乎以為自己是來玩的，興高采烈地跟在宰煥身後。

「耶，元宇宙，是元宇宙耶！我終於要在元宇宙首次登場啦！」

『可惡，那個不爭氣的傢伙。我是不會幫忙的！我警告過你了喔！』

宰煥一路走進元宇宙的長長通道，安徒生則像隻小鳥一樣不停地嘰嘰喳喳。

『我是認真的，我絕對不會出手干涉！真的喔！』

「隨妳便。」

『但是你不能走那邊，要走右邊那條。』

宰煥停頓了一會兒。

「妳還真了解。」

『當然了，畢竟我有來過。』

「聽妳的口氣，莫非妳是回歸者？」

『回歸？咳咳。雖然不知道那是什麼意思——』

「不對，妳最後登頂失敗了，應該叫落伍者才對，希望妳的落伍經驗能幫得上忙。」

『喂，你個性怎麼那麼糟糕？』

不同於嘴上的牢騷，安徒生卻散發出一股奇妙的興奮氣氛。

『果然這邊的路更快，跟我當年一樣，這裡要走這邊——』

「妳剛才明明說不會出手干涉。」

接下來，宰煥的眼前浮現出一則奇怪的訊息。

〔■■■？#%！@#$$#■■煥■■%■■迎■？〕

訊息畫面伴隨著發出滋滋滋滋聲響的火花而扭曲變形。

『這麼說來，原來你是個覺醒者啊，所以才無法辨識系統介面。』

安徒生低聲嘟囔，彷彿沒有想到這一點。

他在混沌也曾因為這個問題吃了不少苦頭，顯然，這座塔使用的系統和混沌相同。

『好吧，我就大發慈悲跟你分享我的視野。快去查看訊息吧，在這座塔裡，你要是不能讀取系統訊息，損失會十分慘重。』

安徒生說話的同時，變形的訊息也正常地顯示出來，上面是許久沒看過的印刷文字。

〔歡迎來到元宇宙第一層。〕

〔您已進入 1-5 號公車站。〕

隨後，四周湧起一陣波動，出現了一個正方形的房間。

寬敞的房間兩側，可以看見令人聯想到大型購物中心的貨架。從銷售日常用品的雜貨店，到可以修理「配件」或「設定」的商店，應有盡有。

唯一不尋常的是，所有的商店老闆都如蠟像一般面無表情。

〔您為元宇宙第一層的乘客。〕

〔您位在安全區域。〕

〔您的世界力將即時顯示，任何人都可以查看您的世界力。〕

〔正在測量您的世界力。〕

〔您尚未獲得排名。〕

這裡似乎能顯示擁有的世界力總量。

宰煥從未想過世界力能換算成數值，他微微皺起了眉頭。

如果連世界力都能還原成數值，那麼它和混沌使用的靈力又有何不同？

〔無法測量用戶的世界力！〕

正在與宰煥分享訊息的安徒生發出了詫異的聲音。

『出錯了嗎？』

〔無法測量用戶的世界力！〕

看來他作為覺醒者的事實，這回也對系統訊息產生了影響。

這與混沌當時的情況相似。

『好吧，這也是沒辦法的事。先讀一下這個，你看得到我分享的視窗吧？』

宰煥查看了系統提供的元宇宙指南。

＋

〈乘客規則〉

1. 元宇宙共有十層，完成每一層任務，即可進入下一層。

2. 每一層中，您可以透過任務獲取托拉斯，可用於購買商店道具或增強個人世界觀。

3. 居住於各樓層的乘客可經由公車站移動至下層。當下降層數超過一層，將受到懲罰。

4. 欲下車的乘客可按下設置於各樓層的下車鈴離開公車。然而，若未到達七樓便先行下車，將收回一千托拉斯以及在塔中獲得的半數托拉斯作為下車費用。

5. 當您持有的入場券過期，您將被徵集為元宇宙的傀儡。

6. 元宇宙第九層只能居住九名乘客，他們具有挑戰最終層的資格。

7. 抵達最後一層的乘客可以向元宇宙的主人「駕駛員」許願。

＋

宰煥將規則仔細閱讀了一遍。

內容本身很單純。這座元宇宙的目標是登上第十層見到駕駛員。這對於曾登上噩夢之塔頂端的宰煥來說，是一個熟悉的系統。

『沒錯，你很清楚嘛。』

宰煥注視著高聳的塔尖，簡單清點了自己必須從這座塔獲得的東西。

第一，登上第七層，救出允煥。

第二，體驗這些神獨特的戰鬥方式。

還有，第三……

若是《深淵紀錄》沒有寫錯，妙拉克也曾造訪過這座塔。說不定這座塔的頂端，還保留著妙拉克留下的通往幻想樹盡頭的線索。

正當他在認真梳理思緒時——

「大家好。」

某處傳來了奇怪的聲響。

……嗯？

回頭一看，發現那道問候的對象並非是他。

「各位，猜猜這裡是哪裡呀？要給你們看一下嗎？好，現在都知道了吧？」

一名身著輕皮甲，有著柔軟褐色頭髮的女子正專注地對著空中說話。

「又是元宇宙？沒興趣？哎，別這麼說嘛，這可是勒內我第十次挑戰元宇宙了！哎呀，這不是在打廣告喔，觀看我頻道的神又不多，哪有聯盟會請我宣傳呢？」

那個自稱勒內的女人似乎對主持直播還不太熟練，然而，正是她生澀的表現牢牢地抓住了觀眾的目光。

儘管勒內有些手忙腳亂，但她還是熱心回覆觀眾的每一則評論。

「我像賽蓮姐姐嗎？我的天啊，謝謝你！我真的很喜歡賽蓮姐姐！她口才很好，超級帥氣的。」

心情好轉的勒內順勢提高了聲調。

「不過我今天準備了新的主題，那就是——新手搭乘元宇宙！」

勒內的目光飛快掃視四周。

「最近元宇宙哪裡還有新手？令人驚訝的是，確實有呢。來，各位看看！這裡就有一名千真萬確的新手！讓我來向大家介紹新手先生！」

宰煥漠然地看著推到他面前的麥克風，心想這又是怎麼回事。

「嗯？可能是第一次上節目有點緊張吧。看好囉，諸位神祇，這種時候該怎麼做呢？對，默勒內的眼神相當認真，不過宰煥選擇用比她更為認真的語調回答。

「我要參加。」

「哇，哇啊。諸神，大家都聽到了吧？這個人是認真的。他是真的，真的！」

「妳剛才不是說關掉直播了嗎？」

她似乎對宰煥的指責不以為然。

「明明說關掉直播，卻以這樣的方式捉弄他？這怎麼會是在捉弄呢！這是我為了向各位展現這名新手的真心所制定的計畫啊！」

「……」

「總之，我勒內，這次真的要卯足全力了。我一定會讓他登上第七層。什麼？新手很可憐？」

朝著上空暴跳如雷的她，突然一臉嚴肅地開始提出建言。

「新手先生，認真聽好了。老手勒內的建言，第一條：那邊不是有一群穿著同樣服飾的傢伙嗎？絕對別招惹他們。」

她指向的地方，聚集著一群看起來相當危險的傢伙。尤其是那群腰間插著煙斗的傢伙，好像曾經在哪裡見過。

「還有那邊那群對著天空自言自語的傢伙，你也要小心他們。」

人群後方有幾個傢伙獨自一人喃喃自語，還有人將運動攝影機放在空中，不停手舞足蹈，擺出奇異的手勢。

「這些沒有高速通行證，直接從第一層開始攻塔的人，實力大多相差無幾。但偶爾也會有例外，有些傢伙是為了享受屠殺良民的感覺而來，他們甚至通過直播……」

「妳不也和他們一樣嗎。」

「啊哈哈……你的觀察力果然很敏銳呢。」

勒內輕輕一笑。

「信不信由你。就像你說的，如果我的觀眾要求我從背後捅你一刀，那我也只能照做。」

她的眼神讓人分不清那究竟是玩笑話，還是出自真心。

儘管如此，宰煥還是很滿意那聲音中蘊含的坦率。不知為何，這令他想起了第一次進入混沌時的情景。

『小心點。那人身上有種不祥的氣息，感覺很像我以前認識的某個人——』

宰煥沒有對安徒生的話作出任何反駁，徑自朝著第一層入口走去。

〔即將正式開放元宇宙第一層。〕

〔元宇宙是基於尼爾·克拉什大師創建的初始設定建造而成，詳細內容請參閱9.61版本的『元宇宙設定集』。〕

〔『元宇宙設定集』販售中。是否購買？〕

面對浮現於眼前的購買畫面，勒內大聲嚷嚷。

「唉，這些商人又開始了。千萬不要買這本設定集，知道了嗎？」

「那我應該在這裡買什麼？」

「嗯——這個嘛。」

和藹可親的柳納德不知不覺與勒內展開了談話。

〔5分鐘後，元宇宙第一層即將開放。〕

〔目前商店正在販售『元宇宙9.61更新版新手紀念禮包』。〕

「買這個就行了！姐姐買一個給你吧？」

「好！」柳納德微笑著高聲回答。

〔目前商店正在販售『元宇宙9.61更新版新手紀念禮包II』。〕

「這個也買給我吧！」
「哎呀，真可愛。來，給你！」
〔目前正在進行禮包組合超值優惠活動。〕
〔『元宇宙 9.61 更新版成長紀念禮包』正在販售中。〕
「這個也是！」
「嗯？啊，這個也……」
〔『元宇宙 9.61 更新版成長紀念禮包 II』販售中。〕
〔『星星直播聯名』活動禮包販售中。〕
「那個看起來也挺不錯呢？」
「你這小子很會嘛。」
當柳納德與勒內在吵吵鬧鬧時，宰煥皺著眉頭瞪向憑空浮現的訊息。提前用禮包出售道具？即便是在噩夢之塔也未曾見過這樣的系統。
『多了一些奇怪的東西耶。』
「妳上次來這裡是什麼時候的事？」
『大約五百年前。』
消息不靈通的時候，聽取周遭的意見是最好的辦法。宰煥靜靜地豎起耳朵傾聽，聽著四周傳來的討論聲。
「新手禮包的效益還算不錯吧？」
「當然比從零開始好多了。要是手無寸鐵地上去，肯定會直接下地獄見閻王。」
同時，從勒內身上敲詐了一番的柳納德，穿著閃閃發亮的裝備來到了宰煥身邊。
「宰煥先生！我在這裡拿到了很多東西！這裡還有您的——」

「我不用，你自己用吧。」

「真、真的可以嗎？」

柳納德的眼眸噙滿淚水，似乎深深受到了感動。

「唔。」

勒內用一種發自內心憐憫的眼神望著宰煥。她顯然也買下了好幾件禮包，渾身上下環繞著一道特殊的光芒。

〔30秒後開始入場。〕

「先不說這個。既然我們是同隊的伙伴了，說話可以隨意點嗎？」

「我拒絕。」

「我也不想，但你已經這麼做了啊。不過，你幾歲了？」

「兩千歲。」

宰煥的回答感讓勒內有些吃驚，她刻意抬起頭，像是不服輸一樣。

「那我已經兩萬歲了。」

宰煥意外地瞥了勒內一眼。

〔10秒後開始入場。〕

「真的？」

「你覺得呢？」

伴隨著勒內閃爍的眼眸，安徒生的聲音同時響起。

『我再說一次，你真的得小心她，她有點不對勁——』

隨著一道明亮的光芒，元宇宙的入口敞開了。

「看來妳做不到。」

『你說話一定要這樣嗎！』

就在安徒生暴跳如雷之際，宰煥朝著感知到哥布林的方向邁出了步伐。

不知走了多久，附近傳來兵器交戰的聲響，人類與哥布林的慘叫聲時斷時續地在周圍迴盪，以及……

「我先完成了，十個！」

某人的高呼聲傳來，終於出現了集齊十枚徽章的人。

他是方才嚷嚷著要率先取得首殺的人之一。

「嗯？」

然而，男人的狀態十分奇怪，一些乘客歪著頭面露困惑地朝他走去。

「喂。」

男人驚慌失措地渾身發抖，凝視著建築物玻璃窗上倒映出來的自己。

「搞什麼，這是怎麼回事！」

映在透明玻璃上的倒影相當怪異。他本應是人形的外貌發生了某種變化，彎曲的背脊、綠色的皮膚、醜陋的外表，以及畸形的獠牙。

「哥布林？」

接著，男子的頭頂上方，出現了一根紅色的箭頭。

〔出現擁有10枚徽章以上的哥布林！〕

〔獵殺該哥布林時，可獲得其收集的所有徽章。〕

〔額外獲得的徽章可於關卡結束後兌換成托拉斯水晶。〕

伴隨著這則訊息，周圍的乘客都笑了起來。

「啊哈，原來是這樣啊。」

四面八方同時傳來拔出武器的聲響，驚恐的男人嚇得渾身發抖，連忙向後退去。

「等、等等！等一下！」

第一層的任務是獵殺哥布林，收集十枚徽章，而收集十枚徽章並完成任務的人……

「呃啊啊啊啊！」

全將變成哥布林。

2.

各處響起那些化為哥布林的乘客慘叫聲。此時，碰巧集齊十枚徽章的男子一邊後退，一邊警告其餘乘客。

「可惡，別靠過來！」

那些不曉得哥布林生成位置的人，或者哥布林數量不足的乘客，他們的目標產生了轉變。

不久前顯示徽章獲取的排行榜，現在已成為衡量誰成為哥布林的良好指標。

＋

〈徽章獲取排行榜〉

1. 雷姆．盧——16枚〔追蹤／50托拉斯〕

2. 米爾．洛斯——14枚〔追蹤／50托拉斯〕

3. 達伊諾斯——13枚〔追蹤／50托拉斯〕

……

＋

「找出擁有十枚以上的傢伙，教訓他們！」

「等等！等等啊！要是殺了我，你們也會變成哥布林！你們承受得了嗎？」

在男子的高喊下，周遭開始了一場眼神交戰。

若是集齊所有徽章就會成為哥布林，反之，若是堅持不收集徽章，最後就會被淘汰。

〔剩餘時間20分鐘。〕

看到這條訊息，乘客們互相對視了一眼。

「慢慢來吧，沒必要著急。」

反正只要在二十分鐘內集齊十枚徽章即可完成任務。

一個料到自己死期將至的哥布林男子連忙環顧四周，然後舉起了雙手。

「等一下！我給你們！只要把徽章給你們就好了吧！」

幾乎在同一時間，哥布林男子將徽章拋向了空中。趁著其他乘客撿起散落在地上的徽章，男子飛快地逃走了。

然而，在撿拾徽章的人群中，宰煥看見了一顆眼熟的腦袋。

「宰煥先生！我也差不多都集齊了！」

聽說他的步伐迅疾，看來手上動作也一樣矯捷。問題在於，他的嘴巴也同樣動得太快。

宰煥快速地清點了柳納德懷中的徽章。

九枚……現在有九枚了。

「喂，小鬼。」

目睹柳納德撿拾徽章的乘客紛紛逼近，嚇壞的柳納德朝著宰煥的方向後退了幾步。

「交出來。」

柳納德縮著肩膀，躊躇地向後退去，圍在他身邊的乘客則是如惡鬼般不斷迫近。

剎那間，宰煥看見了先前映照出哥布林男子倒影的建築物玻璃牆。

〔出現多隻擁有不只一枚徽章的哥布林！〕

系統從未說過必須集齊十枚徽章才會成為哥布林。

「喂，那邊的大叔大嬸。」

周圍乘客的頭頂上方都出現一個紅色箭頭。

玻璃牆上倒影的乘客無一例外，全都變成了綠皮膚的怪物。

這裡的所有人皆已成為了哥布林。

第一層的任務是獵殺哥布林，集滿十枚徽章。起初，元宇宙第一層便是以乘客間的爭執為前提而設計的場所。

柳納德頻頻後退，直到後腦勺撞在堅硬的牆壁上，他忍不住發出一聲呻吟。

回頭一看，宰煥就站在那裡。

「退後。」

柳納德迅速躲到他的身後，其他人面露凶惡，卻沒有輕易靠近。

「是個沒看過的傢伙。」

第一層的乘客畢竟只是些剛剛經歷過新手階段的信徒，面對恐懼時，他們難免會陷入驚恐。

「查一下那個人的排名，他有徽章嗎？」

「一個都沒有。」

「喂，你侍奉的神是誰？」

暗中從身後慢慢接近的傢伙，加上刻意假裝友善搭話的人們，數量共有十二名。

宰煥沒有放鬆警惕，反而將手移向劍柄。若想測試自己在深淵中的實力，這算是一個不錯的舞臺。

一看就是在說謊。這伙人顯然是打算等他交出徽章後，毫不猶豫地從背後捅他一刀。

然而……

「代行者大人，我想我知道那傢伙是誰。」

一名紅頭巾男子輕聲在他們的首領耳邊低語。

「不會錯的，我看過他出現在一段影片中。您記不記得不久前，低階信徒在釣點遭遇的那件事故？」

「他就是那個裸體的傢伙？」

「是的。」

首領上下打量著宰煥，隨後緩緩解下斗篷，舉手投足間散發著毋庸置疑的首領風範。斗篷之下，他穿著黑色盔甲，身上盤繞著明顯是精良品質的各種配件。

「提議取消。既然你動了我們的孩子，就得為此付出相應的代價。」

『那傢伙是貝爾卡因的主要代行者，跟那些阿貓阿狗的信徒完全不是同個檔次。』

中階神貝爾卡因的主要代行者。

但宰煥沒有望向對方，他將目光集中在籠罩於代行者身後的某股力量上。

滋滋滋滋。

〔鐮刀之神『貝爾卡因』感受到了您的目光。〕

「那就是神嗎？」

〔鐮刀之神『貝爾卡因』對您感到十分不悅。〕

感官似乎變得有些遲鈍，導致他無法準確判斷眼前的敵人究竟有多強大，究其原因，大概是因為對方背後的「神」吧。

畢竟，代行者終究只是替神祇行使權能的存在。

換言之，他必須擊敗的「真正」敵人就在那裡。

安徒生發出警告。

『主要代行者能使用至少九成的神力，最好別跟他硬碰硬，據說低階神和中階神之間的世界力是天壤之別。』

「妳嘴上說的跟我感受到的不一樣。」

『呃……』

「妳不是想看我們對戰嗎？」

對方是曾在綠林禁區欺負柳納德的傢伙，安徒生對此感到憤怒也是理所當然。

更何況，她也對宰煥的力量感到好奇。

究竟她選擇的這名覺醒者有多強大？君主屠殺者的傳聞是否屬實？那個故事是否誇大其詞？

這個男人，究竟能否成為替她向這座塔復仇的存在？

「想看的話就看吧。」

正如安徒生與他共享視野，宰煥同樣也分享了自身的視野。

充滿「猜疑」和「理解」的視線移向男人的背影，以及應當在男人身後的中階神貝爾卡因，以及祂背後的巨塔——元宇宙。

「……神……數落初學者的匹夫之勇……」

「……為貝爾卡因的代行者加油……」

隨著小兄弟的字符串自空中冉冉升起，宰煥的「猜疑」和「理解」也不斷向著高樓層攀登，彷彿在探索自己能登至何處一般。

『你給我等一下。』

而貝爾卡因的代行者已然失去耐心。

「看來你沒有想談話的意願，那就受死吧。」

貝爾卡因的使徒同時衝向了宰煥。

✝

✝

✝

〔您目前持有的徽章數量為10枚。〕

勒內提前集齊了十枚徽章，她站在附近一棟高樓的樓頂，俯視著下方。那群襲擊宰煥與柳納德的人，也是這一期較為知名的團體。

「每個人都是魁首聯盟的贊助對象嗎？」

那些傢伙被稱為「魁首部隊」，其中以從第一層開始攻略的中階神貝爾卡因世族為主。全員皆佩戴著「新型隨機抽取配件」，顯然是透過聯盟提供的托拉斯而來的道具。

「是我最討厭的一群朋友呢。」

〔少數神祇質問您是否也曾收取托拉斯贊助。〕

「總之，我也是時候該過去幫他了吧？」

雖然大可以提前出手相助，但她特意拖延時間是因為與神祇之間的賭約。

那就是賭這名新手是否真的是初學者。

〔火焰之神『伊格尼斯』稱之為『隱力徒模式』。〕

「好，伊格尼斯大人，請您確保準備好足夠的賭金。」

〔火焰之神『伊格尼斯』根據自身的經驗判斷，對方高達百分之九十九點五的機率是隱力徒……〕

所謂的隱力徒是「隱藏力量的信徒」的縮寫。

但無論怎麼想，那個新手都不可能是隱力徒。

「他的靈武確實很厲害，但最近時常能見到這種仿製武器。」

〔少數神祇同意勒內的觀點！〕

「各位看，他的退路全被封住，已經死到臨頭了，怎麼可能是隱力徒啊。這樣都說得過的話，那我其實也是隱力徒了嘛。」

〔少數神祇斥責您最近特別愛嘲諷。〕

「總之，新手救援隊勒內，出動！」

就在勒內大喊一聲，單腳踏上在樓頂欄桿的瞬間。

「哦？」

伴著臨終前的聲聲慘叫，勒內的頭髮在空中飄揚飛舞。

令人難以睜開雙眼的巨大氣壓中，一道懾人的光柱倏然沖天而起。

4.

〔剩餘時間10分鐘。〕

貝爾卡因的代行者「達伊諾斯」擁有一雙火眼金睛。

在噩夢之塔中，他的視線所及之處都藏匿著隱藏道具，縱使遭到噩夢之塔淘汰，險象環生之際，他仍舊找到了通往深淵釣點的路徑。

能進入中階神貝爾卡因的麾下，也全因他卓越的洞察力。

但是今天，達伊諾斯卻開始懷疑起自己的眼睛。

那傢伙到底是怎麼一回事？

他們既非隸屬於最低階或是低階神祇，而是中階神貝爾卡因麾下的五位使徒。

然而這五名使徒——

「哇啊啊啊！」

「代、代行者大人。」

竟然在一擊之間被打得落花流水。

對方並非擁有特別驚人的設定，男子只是簡單地握住劍柄，向前一捅。

刺擊。

無論怎麼看，那就是一記刺擊。

他甚至懷疑那是自己不了解的新型設定，但他在深淵從未聽聞那種設定。

〔部分神祇對元宇宙第一層發生的動亂表現出興趣！〕

〔少數神祇對您的勝利抱持懷疑。〕

小兄弟網路裡諸神喋喋不休，不停議論著像是新秀強者的出現，或者是第一層的隱力徒之類的話題。

「讓開。」

達伊諾斯一邊踹開倒下的使徒，一邊向前走去。

他的眼睛正警告著他，若是在此處退縮，貝爾卡因絕對不會原諒他。

〔多數神祇對這場戰鬥表現出興趣！〕

〔鐮刀之神『貝爾卡因』表示不悅。〕

確實理當如此，因為第一層的神祇都開始關注這裡了。

換言之，他在此處的落敗將無異於貝爾卡因的失敗。

那就接接看這招吧。

一股莊嚴的世界力自達伊諾斯的全身升騰而起。凝聚的世界力寄存於手肘之中，鐮刀猛地伸長五公尺以上，掃向前方的空間。

截斷。

強化後的貝爾卡因鐮刀不僅蘊含使徒使用的融解，甚至加強了切割力。此設定令其他中階神的代行者也為之顧忌，不願與其單獨對峙，然而……

鏘！

嵌有此項設定的鐮刀，竟然被一柄黑漆漆的靈武輕易擋了下來，不受融解及截斷影響。

居然擋下了這招？

對方甚至帶著奇異的神情低聲嘟囔。

「中階神的話，至少能擋下普通刺擊吧。」

他的鐮刀是偉大之土的君主也避之唯恐不及的設定，怎麼可能會被那種菜鳥擋下來。

緊抿著嘴唇的達伊諾斯問道：「你的真實身分是什麼？隸屬於哪個聯盟？這期是不是有接受贊助？」

他有一種奇怪的預感。這個赤身裸體毫無配件的男人，從對方身上絲毫感覺不到特別強大的世界壓。

「我不懂你在說什麼。」

「以你的實力，不可能無緣無故突然出現在第一層。從實招來，我或許還能放你一馬。」

看他還會頂嘴回應，或許勉強還是個能溝通的對象。既然如此，也不一定非得與他打鬥不可，透過威懾來避免鬥爭也是種辦法。

〔少數神祇對於代行者『宰煥』的贊助內容感到好奇。〕

〔少數神祇對於代行者『宰煥』隸屬於哪個聯盟感到好奇。〕

如果那個叫宰煥的傢伙是聯盟成員，對他來說也算是種幸運，將來若是演變成兩個聯盟互相對峙，或許能有藉口避免爭鬥。然而……

「你這種程度可以爬到這座塔的第幾層？」

這傢伙的情況有點怪異。

「什麼？」

「我說，你這程度可以爬到這座塔的第幾層？」

這是某種變相的挑釁，還是發自內心的疑問？由於無法確定是出自哪個原因，達伊諾斯糊里糊塗地老實回答。

「就算單槍匹馬，我也有信心能爬到第六層。」

有些話一說出口就成了一種自信。

身為一名能獨自登上第六層的強者，達伊諾斯覺得自己的心平靜了下來。

是啊，無論別人怎麼說，他都是足以獨自抵達第六層的強者，又怎麼可能會被那種傢伙任意擺布呢？

「真無聊。」

「你說什麼？」

「看來第六層之前的實力不過如此。」

不過如此？

達伊諾斯的世界力自全身迸發而出。隨著世界力急速流動，他的世界觀變得更加穩固，而那穩建的世界觀源於對自身的過度自信。

「你這是在自掘墳墓。」

如果對方是著名神祇的代行者，他不可能對此一無所知，畢竟這樣的消息肯定早就被小兄弟廣泛報導。

「喝啊啊啊！」

巨大的鐮刀揮舞而過，前方的地面被夷為平地，碎裂崩解。達伊諾斯追向猛然躍起的宰煥，展示出他最華麗的技巧。

現在可不是考慮失敗可能性的時候，他必須取得勝利，而且要用比這裡任何人都要華麗帥氣的方式。

〔極少數神祇期待看到您活躍的表現。〕

達伊諾斯接受了聯盟「魁首」的贊助，出戰本期元宇宙。

縱然沒能如高階神的代行者一樣取得高速通行證，也無法使用鉅額托拉斯進行抽獎直播，但他仍舊是以自身方式成功獲得贊助，並登上元宇宙的精英。

〔部分神祇正在觀看您的戰鬥。〕

低樓層的神祇都在觀望著他的戰鬥，他此刻的表現將決定未來的贊助方向。

轟砰砰砰砰！

攻勢接二連三，攻擊的主動權仍然掌握在達伊諾斯手中。說實話，表面上來看，宰煥完全處於被追殺的狀況。

「只顧著逃跑啊，你打算撐到時間結束嗎？」

「……」

「很抱歉，你的計畫註定會失敗。」

戴納斯冷冷一笑，按下了項鍊上的小型按鈕。

——啟動造型。

在這座富人越富、窮人越窮的元宇宙，存在著一種能使財力差距顯著化的配件，那即是所謂的「元宇宙造型」。

元宇宙造型是一種能在元宇宙將乘客的攻擊力、防禦力與攻擊速度等能力提升一定比例的駭人配件。

在一旁圍觀兩人戰鬥的乘客發出了驚嘆聲。

「哦，難道那是——」

「是新造型！可惡！」

「果然是接受贊助的傢伙！」

在旁觀者仰望的目光下，宰煥首次表現出奇怪的反應。

「你為什麼是這副模樣？」

「看樣子你認出了這套造型，那你應該也明白自己毫無勝算。」

說的也是，只要是有在花錢買道具的人，不可能不曉得這套造型——一襲高貴墨色披風以及環繞在周圍的黑色火焰。

稀有造型——暗香君主薩明伽藍。

這款新造型以眾神之敵「君主」的外觀為基礎打造，呈現出標新立異的風格。

當然，元宇宙的神祇認為只要外觀酷炫且性能強大就是個好東西，所以就算是敵人的造型也完全不成問題。

〔造型效果使攻擊速度提升20％！〕

〔造型效果使攻擊力提升20％！〕

〔造型效果使防禦力提升20％！〕

經過強化的鐮刀毫不留情地在空中揮動。

宰煥的表情也微微一變。儘管仍舊處於守勢，但與先前不同的是，擋下鐮刀的劍刃所承受的重量確實有所差異。

或許是感受到了那一絲遲疑，達伊諾斯笑了起來。

行得通，這樣就能贏了。

雖然不曉得是哪位神派來的伏兵，但他現在不是自己的對手。

「我已經充分明白元宇宙是個什麼樣的地方了。」

宰煥不斷後退的步伐，首次停了下來。

「你們連君主都不如。」

始終採取守勢的宰煥變換了姿勢，由防守轉為進攻。筆直的獨不彷彿在進行示威，瞄準了達伊諾斯。

宰煥的世界力逐漸增強，縈繞於兵刃的世界力，在達伊諾斯看來也達到了非同尋常的水準。

「你這傢伙——」

中階神……高階神？不對，也許……

冷汗不斷冒出。為了消除不安，達伊諾斯揮出更強勁的一擊。

鏘鏘鏘鏘！

倉促間揮舞的鐮刀與宰煥的劍刃發生了碰撞。

強化型的「肌肉強化」與「物理傷害強化」，再加上操縱系的「融解」與「腐蝕」，達伊諾斯足足運用了多達四項附屬設定的組合。

然而，這項設定組合沒有奏效。

縱使鐮刀啟用了造型的力量，仍舊無法穿透匯聚於劍刃的世界壓。達伊諾斯對這種情況感到困惑不已。對方的世界力固然強大，但其總量並非具有威嚇性的程度。

那到底是什麼樣的設定？

或許是察覺到事情不對勁，他的神也給予了回應。

﹝鐮刀之神『貝爾卡因』全力支援祂的代行者。﹞

中階神的全力支援，這則久違的訊息再度給了達伊諾斯信心。

他贏得了。

再厲害的代行者，也贏不了將同步率提升到極致的他。

然後宰煥開口了。

「偉大之土的武將大概撐了四招。」

周圍掀起一陣蕭瑟的漩渦，宰煥的劍震顫不已，似乎有某種力量開始湧動。

「真好奇你能接住幾招。」

「他不是普通的傢伙，全力幹掉他！」

貝爾卡因的信徒立即組成了一支隊伍，同時向宰煥發動攻擊。

透過連接彼此的世界力，一個世界觀在他們身旁形成。眾多的使徒聚集在一塊，勉強勾勒出曚曨的貝爾卡因聖域。

蓊鬱的叢林中，彷彿有大量的巨型螳螂在爭先恐後地捕捉獵物。

他們的中心，有一位代行者穿著從君主身上竊取而來的服飾。

暗香君主，薩明伽藍，抑是引領宰煥開啟創世的君主。

宰煥揮舞著劍刃。隨著某種事物爆炸的聲響，四周頓時泛起耀眼的光芒。

在那片光芒中，貝爾卡因的代行者達伊諾斯無助地眨了眨眼。

光之路徑掃清信徒，直衝雲霄，直至那時，達伊諾斯才終於意識到，為什麼他和他的神如此害怕那個男人。

原來那傢伙面對的始終是……

啪喀喀喀喀，刺擊所經之處出現了一道巨大的裂縫，那是憑藉固有世界的力量碾壓出的空間。方才還屬於元宇宙的空間，此刻正飄浮著漆黑宇宙的殘骸。

〔鐮刀之神『貝爾卡因』陷入憤怒與恐懼的震驚中！〕

〔鐮刀之神『貝爾卡因』受到巨大的衝擊，陷入沉睡。〕

看著從中浮現出的詭異場景，達伊諾斯的身影像斷了脖子的螳螂一般崩潰瓦解。

〔少數神祇驚愕不已！〕

〔疾光之神『雷伊雷伊』對這個不可思議的景象驚訝得合不攏嘴。〕

〔新的神祇進入了頻道。〕

〔『匿名神32』詢問元宇宙是否終於完蛋了。〕

……

〔火焰之神『伊格尼斯』嘲諷地說道，我早就知道會這樣了。〕

眾神的世界出現了裂縫。

✝ ✝ ✝

宰煥輕輕地按著手腕，同時望向天空。

成為廢墟的一樓天空上方，可以看見遭到撕裂的元宇宙天花板，黑暗從深深雕刻的裂縫中緩緩蔓延而出。

宰煥仰望著遠方深邃黑暗另一端。

一次能夠抵達的極限就是那裡嗎？

登上不知是否有著允煥的第七層之前，不能浪費時間一個一個對付這種傢伙，因此，這就是他的選擇。

如果這座塔也是一個「世界」，那麼它就可以被摧毀。

於是，宰煥朝天空進行了刺擊。

第一層、第二層、第三層、第四層，還有第五層，他的刺擊直衝雲霄，直到第五層為止都是如此。然而，當刺擊抵達第六層的瞬間，他發覺劍尖受到了某種阻礙。

某種強大的力量擋住了他的劍。

至少在第六層，有一個能阻擋他的刺擊的存在。

宰煥稍微放鬆了手腕，隨後彎腰撿起掉在地上的徽章。

〔您已獲得 106 枚徽章。〕

〔達成徽章獲取排行榜第一名。〕

〔您獲得的徽章將轉換為積分。〕

〔您的紀錄將列入元宇宙歷史得分榜。〕

〔您已完成任務通關條件。〕

然而，四周的氣氛十分不對勁。

『你到底幹了什麼好事？』

耳邊傳來安徒生像是啞口無言，或者說是精神失常般喃喃自語的聲音。

『太瘋狂了，天啊，這根本說不通，這到底是——』

不僅僅是安徒生，其他乘客也是如此。驚愕的乘客肩膀頻頻顫抖，彷彿看到了某種不敬的景象，又像是不曉得可能會發生這樣的事情。

「這、這到底是什麼鬼。」

宰煥抬頭仰望天空。原本波濤洶湧的刺擊痕跡已然消失，留下了一道裂縫。裂縫中，天花板的殘骸如雪花般傾瀉而下。

那幅景象猶如在向人們講述，這裡並非真正的世界，不過是夢魔建造的春秋大夢罷了。

〔火焰之神『伊格尼斯』對您感興趣。〕

〔疾光之神『雷伊雷伊』希望將您納為代行者。〕

〔終結必至之神『塔納托斯』對您的自豪表示驚嘆。〕

〔破壞之神『迪斯特羅伊爾』希望將您納為信徒。〕

〔智慧之神『希爾馬頓』指責您魯莽的行為……〕

……

眾神的訊息覆蓋了整片天空，宰煥抬頭看著這些訊息，蹙起眉頭。

這裡是元宇宙，萬神的遊樂場。

就連遭到摧毀的世界，也只是他們的消遣嗎？

〔元宇宙第一層時限已結束。〕

〔您成功存活。〕

其他乘客高聲喧譁的聲響傳入耳裡，宰煥卻無心聆聽。

他劈開的世界裂縫彼端，一道不祥的陰影正降臨於此。

5.

〔元宇宙第一層的乘務員正在召喚您。〕

……乘務員？

世界的色彩被反轉，除了宰煥和柳納德之外的一切幾乎同時停止，天花板被貫穿的大洞之中降下了類似電梯的東西。

是叫我們上去的意思嗎？

柳納德滿臉緊張地走向宰煥。宰煥點了點頭，兩人同時上了電梯。

片刻後，電梯開始沉沉地向上移動。

停止的時間再度流動了起來，世界的色彩恢復正常，驚慌的乘客在遠處仰望著電梯，還可以看見勒內在遠方大力揮手的樣貌。

再見。

從她的嘴型看來，似乎是這麼說的。

但宰煥不太確定，也不曉得能否再次見面。

電梯瞬間進入塔樓的天花板。

〔您已進入簡易公車站。〕

如漆黑宇宙般延展開來的黑暗中，依稀能看見其他猶如房間的場景，那顯然是塔的另一個「第一層」。

為了爭奪徽章而互相殘殺的乘客映入眼簾。

「殺了他！先殺了那傢伙！」

正如賽蓮與妙拉克，建造這座塔的夢魔分明也有其目的，而宰煥隱約知曉他的意圖。

——所有人皆成為哥布林的第一層。

他並不想費心理解夢魔的意圖。無論是獵殺哥布林還是變成哥布林，歸根結柢，人類最終只是為了這座塔的目的而遭到犧牲的祭品。

「妳說過，這裡是那些懷念商品時期的人們聚集的地方。」
宰煥忽地隨口拋出一句話。
感受到安徒生的目光後，他再度開口。
「深淵的靈魂是從未登上噩夢之塔，或攻塔失敗的人，對吧？」
『沒錯。』
宰煥抬頭仰望著塔中看不見盡頭的黑暗。
從未見過塔的盡頭的靈魂，以及失去塔的記憶的神祇。
「而深淵的神祇是那些遺忘栽培記憶的人。」
「一旦目睹過塔的盡頭，就不會說出懷念那些時光的話了。」
宰煥通過的塔只是幻想樹根部那不可勝數的其中一座塔。即便是此時此刻，仍有許多靈魂正在攻略噩夢之塔，有人死去，而有人存活下來。
宰煥所見的盡頭，只不過是透過攻略抵達塔頂而迎來的平凡結局。
儘管如此，安徒生卻無法那麼說。
因為，深淵的任何人都沒能知曉那「平凡的結局」是什麼。
『是啊，你說的對。』
過了一會兒，電梯吱吱作響地停了下來。門一打開，映入眼簾的是一個由黑白兩色漆成的寬敞空間。
柳納德迅速跳了下來，指著一張小標示牌。
「看來這裡也是一個公車站。」
『這裡是簡易公車站，就是乘務員居住的地方……這麼說來乘務員還在啊。』
「乘務員？」

『他們是管理每個樓層的人。』

有那麼一瞬間，宰煥想起了存在於他的世界的巴士乘務員。

難不成這裡的乘務員，就是指那個乘務員？

「嗯？」

不知何時，他們身旁浮出一塊看起來歷史悠久的古老石板，石板上依序記錄了歷代元宇宙得分者的名字。

＋

〈歷代第一層最高得分榜〉

1. 邁亞德·范·德克蘭

2. 妙拉克·阿爾梅特

3. 柳雪荷

4. 陳恩璽

……

＋

有熟悉的名字，也有陌生的名字。

當他在端詳這些名字時，心頭瞬間閃過一股熱流，但這並非宰煥自己的情感。

他很快便意識到安徒生在注視著誰的名字。

＋

9. 瑞秋·玲

＋

腦海中掠過一些記憶片段，一名金色短髮女子笑著和安徒生一同閒談。

「她是妳之前的代行者嗎？」

『……』

安徒生沒有回應，卻在沉默中傳達了片段的記憶。

宰煥原本打算詢問那個女人現在人在哪裡，但最終還是止住了，因為他想起安徒生說過她在塔裡失去了一切。

與他們一同盯著石板的柳納德問道：「上面沒有宰煥先生的名字嗎？」

「很快就會添加上去了。」

聽見一道擁有絨毛般柔和聲調的嗓音，宰煥下意識地轉過頭。石板的另一側彷彿切割出一片潔白空間，那處存在著一道另類的身影。

「很高興見到您，您是這期元宇宙第一層的新紀錄保持者。」

真的很怪。奇怪的部分並非是他官腔的語調，而是他的存在本身。

因為——

他的衣著真的是名乘務員，只不過外觀是一隻直立的「羊」的形態。

對方怎麼看都是一隻羊，一隻身高約一百六十公分，穿著整潔灰色西裝的羊。

安徒生咧嘴笑道。

『我都說是乘務員了，當然是羊[1]啊。』

她的話確實沒錯。

『那傢伙現在竟然在這裡工作，真是歲月無常啊。』

「是妳認識的人嗎？」

『可以的話，能把身體借我一下嗎？我想親自說幾句話。』

1 乘務員韓語（안내양）最後一個字發音與「羊」相同。

儘管宰煥百般不願意，但出於無奈也只好答應。

那隻羊帶著怪異的笑容搭話道：「不好意思，現在才跟您打招呼，我是……」

『貝洛圖斯，你過得好嗎？』

乘務員的瞳孔驀的睜大。

「降神？您是哪位，竟然知道我的名字——」

下一秒，宰煥的全身散發著燦爛的光芒，貝洛圖斯嚇得睜大雙眼。

「這個光芒，難道您是赤裸裸的安徒生大人？」

『是赤身裸體啦。』

安徒生用宰煥的嘴巴發出咯咯輕笑。

✝ ✝ ✝

第一層的乘務員與安徒生有過一面之交。

他帶領一行人來到一張小桌子前，然後端出點心和茶水。

「這裡能招待的不多，還請多多包涵。」

「哇，這個難道是茶嗎？」

「這是種植於卡斯皮昂禁域的茶葉，對於恢復世界力很有效。」

柳納德用閃閃發亮的眼神抬頭望向宰煥。

『喝吧，柳納德。』

「嗯！」

看著匆忙將茶水喝得精光的柳納德，安徒生難為情地嘀咕。

『他也沒什麼世界力可以恢復吧。』

「我至少也有一點好嗎？」

柳納德撇了撇嘴，他似乎是把喝下肚的茶水當作未來將會湧現的世界力一樣，乾脆大口猛灌茶水。

宰煥也喝了一口，茶水微微散發著花草香。靜靜蔓延開來的沉默中，柳納德喀滋喀滋吃著點心的聲音傳遍了整個空間。

「我沒想到安徒生大人會再度出現在這裡。」

『意思是你想我了吧？』

貝洛圖斯不發一語地微笑著。

『你怎麼會成為乘務員？你原本應該是賽維爾的代行者啊。』

「正如您所知，賽維爾大人已經滅亡了，失去神祇的代行者能選擇的道路並不多。」

『所以你自願成為塔的奴隸？』

「看來誕生於廢墟中的存在，即便意識到自己所處的地方是廢墟，也無法離開。」

『用浪漫的方式講述可怕的故事，會有什麼不一樣嗎？』

「在這裡，如果不這麼做，就無法生存下去。」

咕嚕，貝洛圖斯喝了一口茶，靜靜地笑著低頭看向茶杯。指尖輕輕觸碰茶杯的瞬間，茶水在杯子裡掀起一股小小的漩渦。

「您為什麼又回來了呢？」

『又沒人說我不能回來。』

「您一旦來到這裡就會喪命，您應該向聯盟承諾過了吧。」

承諾。這番話令安徒生沉默了一會兒，然後再次反問。

『那聯盟有遵守對我的承諾嗎？』

「安徒生大人。」

『我一上來就看到塔裡賣的各種商品。』

「……」

『到底為什麼會變成那副模樣？那些付費商品究竟是什麼？元宇宙是從什麼時候開始賣那種東西了？這樣誰還敢在這個世界對真正的冒險懷抱夢想？』

安徒生所指之處擺滿了付費商品的目錄，商品內容包含各式各樣的禮包與機率型配件，以及用於販售的造型等等。

安徒生擰起眉頭。

『還有那個標語又是怎麼回事？』

安徒生指的地方正刊登著元宇宙特有的廣告。

元宇宙，給予疲於身為信徒的你完整的自由。

在虛擬與現實的界線消失之處，打造屬於你的世界觀。

元宇宙第七層「傀儡天堂」隆重開幕！

安徒生憤怒地咆哮。

『一路上我還看見了以君主為原型製作的造型，難道連我的伙伴也都被做成造型了？』

「……」

『我的信徒都怎麼樣了？那些傢伙答應過我，會將我的信徒從這座該死的塔釋放出去，作為代價，我被封印了數百年以上。告訴我，我以前的信徒都去哪了……艾丹呢？我的伙伴還在這座塔裡嗎？』

「您聽了只會受傷而已。」

『貝洛圖斯。』

「五百年了，安徒生……這是一段足以令身為高階神的祢成為低階神的長久歲月，這個地方也不再是祢所熟悉的元宇宙了。我不曉得祢回到這裡想做什麼，但這裡已經不再有任何祢想要的東西。」

『我知道。』

安徒生殘酷地笑了笑。茶杯中的茶水劇烈震顫，呈現漩渦狀的茶水隨即浮向空中，開始被火花包圍。

『所以我才要回來。我會摧毀一切，無論是該死的聯盟，還是那些背叛我的王八蛋——』

隨著一陣滋滋滋的聲音，茶水漸漸平息下沉。

『可惡的世界力……』

片刻後，安徒生的氣息完全消失，重新取回身體的宰煥輕輕揉著太陽穴。

「那傢伙好像暫時睡著了。」

「大概是因為世界力不足，掉進了緩衝區。那位安徒生大人竟然會掉入緩衝區……看來這段時間真的發生了很多事情啊。」

「你似乎和那傢伙很熟。」

貝洛圖斯輕輕點了點頭。

「這次是時隔五百年再度見到祂的代行者。」

「五百年來你都待在這裡嗎？」

貝洛圖斯沒有回答宰煥的問題，而是默默望著天花板。

定睛一看，天花板上掛著數個巨大圓形相框。相框裡的照片有貝洛圖斯本人，還有一個看起來像是安徒生上一位代行者的少女，兩人臉上滿是泥土，開懷大笑著。

「安徒生大人的代行者來到此處……無疑是打算再度挑戰攻塔吧。代行者啊，你是不是打算再次挑戰這座塔的最終樓層？」

「這座塔的最終樓層有誰？」

「那裡有駕駛員。」

貝洛圖斯提及駕駛員的瞬間，表情產生了微妙的變化。

那一刻，宰煥捕捉到了他臉上的畏懼和敬畏。

「所謂的駕駛員究竟是誰？」

「外界對祂的稱呼不勝枚舉，包括元宇宙的駕駛員、萬神的領導者、天國的繼承者、星之導師、古代的記憶者、懶惰的君主。那位是——」

貝洛圖斯喝了一口茶。

「這裡唯一知曉如何抵達幻想樹盡頭的人。」

Episode 17. 五百年的滅亡

1.

為何又是「元宇宙」呢？不論是五百年前還是一千年前，早已存在的元宇宙，為何現在卻被視為一個嶄新的世界，並受到推崇呢？

美其名曰眾神的天堂，化為現實的想像，但那最終也不過是某個人的世界觀罷了。人們為何要拋棄自己的世界觀，紛紛追求虛幻的世界呢？

對此，我有所深思。

深淵的眾神，是否已經放棄成為「神」了呢？

——摘自《元宇宙的陷阱》，攏絡誘騙之神皮耶爾著

✝ ✝ ✝

當我在閱讀妙拉克的《深淵紀錄》，以及在歷史得分榜中看見妙拉克的名字時，曾經考慮過這樣的可能性。然而實際聽到之後，這種感覺更加真切。

妙拉克來到這裡是為了尋找通往幻想樹盡頭的方法。

而在元宇宙盡頭，有一個了解幻想樹祕密的存在。

「到了最終樓層就能見到他嗎？」

「我想是的，如果你能成功登上去。」

輕輕鼓掌的貝洛圖斯指向了塔的天花板。

「所以請你不要像剛才一樣隨意摧毀塔，修理費用比想像中更為昂貴。」

「這種方法似乎比較快。」

「若是破壞可憐神祇的遊樂場，將必須付出相應的代價。」

「可憐？那些神？」

「你無法理解這個世界對神祇來說具有何種意義。」

我確實不了解，同時我也對此也不感興趣。

「聽說你是為了拯救朋友而來。」

「你認識我的朋友？」

「不認識，但樓上的神可能知道，而祂們大概對你現在的舉動不大滿意。」

宰煥的表情第一次變得有些凝重。

「我來這裡可不是為了完成那些兒戲般的任務。」

「你的任務對某些人來說可能是一種慰藉。無論是神還是信徒，這裡是他們唯一能擺脫那令人厭倦的聖戰的地方。」

「是想叫我當丑角嗎？」

「是讓你成為英雄的意思。」

宰煥的手移向劍柄。

「乾脆把這地方徹底毀了，這樣那些自命不凡的神自然也會爬出來。」

貝洛圖斯淡漠地注視著宰煥，隨後轉頭仰望天花板。宰煥施展的世界刺擊痕跡仍在那裡，那股世界力貫穿第一層天花板而至，甚至穿越了簡易公車站。

「我認可你的力量。能夠貫穿元宇宙天花板是件十分罕見的事情，但也不是沒有先例。數百年前，第一層的最高得分者也做過類似的事情。」

「數百年前？」

一瞬間，宰煥想著那或許是在說妙拉克。

「是的，龜裂的裂主來到這裡時，也做出了與你相似的舉動。」

龜裂。仔細想想，歷史得分榜上面有著柳雪荷的名字，聽說她也是龜裂的團長。

「據說這次也有一名龜裂團員參賽……總之，你再怎麼強大也不能違背塔的規──」

說到這，貝洛圖斯的表情瞬間僵住了。他的瞳孔飄忽不定，宰煥這才意識到他正在看著自己以外的某種東西。

他的「理解」讀取到一些訊息的片段，那顯然是神祇透過某種渠道發送給乘務員的訊息。

「……樓上……塔的上層……」

「什麼？真的嗎？」低聲呢喃的貝洛圖斯隨即看向宰煥，儘管十分不情願，他卻不得不這麼說道：「有一位神祇要求送你上去，祂說會替你支付特級高速通行證的費用。」

「什麼？真的假的？」

代替宰煥回答的是已經喝了七杯茶的柳納德。

在他忙著將嗆到的茶水吐出來的同時，貝洛圖斯用手帕輕輕擦拭嘴巴道。

「這種情況很罕見……看來有不少神祇覬覦你，還有上層的神向你提出了宣傳贊助方案。」

「連贊助都給嗎？」

「贊助是什麼意思？」

柳納德回答了宰煥的疑問。

「怎麼說呢，嗯。就是在我們的身上投放廣告。」

「廣告？」

「簡單來說，就是把你打造成本期元宇宙的吉祥物的意思。」

柳納德興奮地看著宰煥。

「宰煥先生！看來我們也要賺大錢了！你剛才有看到那些貝爾卡因的信徒吧？他們也有接受贊助。」

宰煥回想起貝爾卡因的代行者及使徒。假如那就是接受贊助的結果，那還不如不要。

此時，贊助訊息相繼抵達。

〔聯盟『遺忘』希望為您提供『贊助』。〕

〔聯盟『魁首』希望為您提供『贊助』。〕

〔聯盟『火焰』希望為您提供『贊助』。〕

「看樣子訊息已經抵達了。」

伴隨著貝洛圖斯的話語，無情的訊息轟炸仍在持續進行。

〔聯盟『火焰』為您提供的贊助福利為 200 萬托拉斯。〕

〔條件為，您必須在宣傳期間內將70％的托拉斯使用於『火焰』的指定商品。〕

……

〔聯盟『魁首』為您提供的贊助福利為 150 萬托拉斯。〕

〔條件為，您必須在宣傳期間內將50％的托拉斯使用於『火焰』的指定商品。〕

……

除此之外，還有一些類似的訊息陸續抵達。

這時，宰煥才大致理解此刻的狀況。

「天啊，祂說兩百萬托拉斯耶，宰煥先生！」

柳納德確認金額後，精神變得有些恍惚，呼呼地大口喘著氣。

「真是令人吃驚。作為第一層的乘務員，這還是我第一次為乘客導覽這種贊助消息。」

「這很厲害嗎？」

「這已經超越了厲害的程度，你將成為本期元宇宙的吉祥物，深淵的靈魂看到你的成功，將會再度湧入這裡。讓我來更詳細地說明一下贊助宣傳——」

儘管每個聯盟的贊助福利略有不同，但大體上涵蓋的內容頗為相似。

舉例而言，若是從火焰聯盟那裡獲得兩百萬贊助費用，那麼必須將其中的一百四十萬重新投資到他們製作的商品中。

「總之，就是這種商品。」

〔顯示『火焰』販售的機率型商品。〕

〔目前正在進行機率型造型獲取活動。〕

畫面隨著訊息同時浮出。宰煥正好對造型感到有些費解，才發現那正是先前貝爾卡因的代行者所使用的配件。

「這是一種服裝。套用造型後，外表會變成相應的樣貌，且能使用該造型擁有的能力。」

比如，波賽頓造型包含了使用波濤相關力量的設定，而索爾造型則包含能運用雷電相關力量的設定。

宰煥迅速滑動著目錄，一邊向下查看。

雷神索爾造型——熱銷中！

火焰之神伊格尼斯造型——熱銷中！

那些造型中，存在著宰煥熟悉，且在地球上也廣為人知的神神祇之名。宰煥認為，或許深淵裡也有這些神。

除此之外，也能看見深淵中原有的神祇。

正在觀賞造型目錄的宰煥停了下來。

救贖的魔王金獨子造型——新品上市！

金獨子？真是個奇怪的名字。

出於好奇心，宰煥點擊了詳細資訊。

＋

〔傳說級新款造型『救贖的魔王金獨子』〕

說明：以幻想樹之外的宇宙的知名強者為原型製作的造型。

輔助效果：移動速度與攻擊速度增加40％。

輔助設定：救贖

＊當集齊兩個傳說級造型，可以挑戰合成神話級「救贖的魔王」造型。

＋

「哇，宰煥先生。我們也來抽一個吧。」

柳納德顯然十分想要新的造型，但若是想收藏這款造型就必須接受聯盟的金援。

宰煥問道：「我不太明白，為什麼要搞得這麼麻煩？」

如果想贈送造型就直接贈送，如果想給錢就直接給，為什麼還要刻意掏錢讓人自己去買造型，這是有何居心？

「因為透過直播看到您購買商品的神祇，有可能會因此購買相同的商品。」

這時，宰煥才真正理解了「贊助宣傳」的內容。

「這樣是不公平競爭吧？我剛才還看到塔在說什麼公平之類的話。」

「……那不是你需要擔心的事。反正對你來說，這是一個絕對有利的提議，如果你現在接受贊助——」

『我不過是稍微打了個盹，醒來後就發生了一堆奇怪的事情呢。』

這時，傳來了方才陷入沉睡的安徒生的聲音。

『現在是誰要贊助誰？』

✢ ✢ ✢

從那之後直至事態解決，約莫花了三十分鐘。

『絕對不行，聽到了沒？就算要花錢，也只能用我親手賺來的錢！絕對不能接受那些混蛋的金援！』

「知道了，妳別吵。」

無視安徒生持續在腦海中大聲嚷嚷，宰煥與其他兩人站在通往下一層的入口處。

「你真的打算就這麼離開嗎？」

「是的。」

就結論來說，宰煥拒絕了聯盟提供的所有贊助內容。

〔聯盟『火焰』的眾神認為您的選擇相當有趣。〕

〔聯盟『魁首』的眾神對您的選擇感到無語。〕

〔多數神祇對您的選擇感到意外。〕

〔火焰之神『伊格尼斯』對您的選擇相當感興趣。〕

儘管獲得身分不明的神祇支持或許是能快速登塔的方法，但這並非宰煥的風格。更何況，他目前對於贊助宣傳的背後究竟隱藏了何種詭計也一無所知。

短暫陷入沉思的貝洛圖斯點頭表示理解。

「嗯，這樣的選擇也不錯。隨著不選擇贊助團體的時間越長，你的價值也就越高。」

「隨便你怎麼想。」

「不過……拜託了，請你不要再破壞塔。」

宰煥輕輕點頭。

儘管他並非完全相信貝洛圖斯的話，但若是允煥落在那個叫作聯盟的地方，那麼此刻摧毀塔的動作可能會激起其他神祇的反感。

從眼下的情況看來，默默抵達舉辦傀儡拍賣的第七層才是更為安全的選擇。

「雖然你拒絕了神的支持，但離開前請領取獎勵。這是僅限第一層最高得分者的獎勵。」

貝洛圖斯輕彈手指，左側的空間應聲打開，出現了小型的展示架。展示架上主要掛著外衣和戰鬥服等配件，宰煥從中挑選了一件還算能看的黑色戰鬥服。

+

〈道具資訊〉

名稱：萊因霍茲的戰鬥服——披風套裝

等級：S級

說明：此為高階神萊因霍茲的新品系列，套裝包含戰鬥服及披風。屬於元宇宙專用配件。

附加設定：特級耐久度、生活防水、卓越彈性、自我修復、吸收衝擊、快速恢復

+

效果看起來還算實用，附加的設定也還不錯，外形簡約，最重要的是這與宰煥在噩夢之塔常穿的戰鬥服十分相似，這點令他相當滿意。

「暫時不用裸體了。」

『喂，你這樣講我很傷心耶！』

他輕輕按下戰鬥服的按鈕，喀噠一聲，衣物立刻如蛇一般纏繞住全身。

〔裝卸按鈕的靈魂已識別完成。〕

似乎是能通過這個按鈕輕鬆更換服裝。

安徒生露出狡猾的笑容。

『可以快速脫掉呢，而且還是相當迅速的那種……』

一旁的柳納德也收到了獎勵，他身上穿著與宰煥具有相似設計的可愛戰鬥服。

「我的工作已經完成了。剛才發放了額外獎勵，請確認一下。」

〔獲得額外獎勵 2,000 托拉斯。〕

〔獲得第六層入場券。〕

「可以直接去第六層嗎？」

「某位神祇為你購買了特級高速通行證，你可以攜帶一名同伴。祂表示不會向你收費，所以你可以直接上去。」

儘管不曉得對方是誰，但宰煥不打算拒絕這及時雨般的好意。

「安徒生大人就拜託你了。」

宰煥微微頷首示意，消失在門的另一端，柳納德也跟隨其後。他們消失之後，乘務員貝洛圖斯仍舊盯著那個方向好半晌。

然後，不知過了多久，電梯的提示音響起，有人抵達了公車站。

「新手先生離開了嗎？」

「是的，他剛離開。」

「一個贊助都沒接受？」

「是的。」

「他果然是個有趣的人。」

站在貝洛圖斯身後的人正是勒內。

「那個，直播──」

「別擔心，我已經關了。」

「真的嗎？」

勒內沒有回答，只是直勾勾地盯著貝洛圖斯。貝洛圖斯匆忙檢查直播頻道，隨後才鬆了口氣，說道。

「看來您很喜歡這個人設呢，命運之神。」

勒內如同撫摸寵物一般，輕撫著不知從何處飛來的直播用空拍機。空拍機發出愉悅的細微機械聲，接著突然發生故障，遠離了勒內。

勒內走向依然擺著茶點的桌子旁，將宰煥喝過的茶杯拿到嘴邊。

「嗯，新手的氣息，太棒了。」

「您為什麼要贊助他特級高速通行證呢？」

「我也不曉得。」

勒內一邊用茶匙攪動著茶，一邊哼著歌。

「您應該曉得，您不能干涉這座塔的事物，如果聯盟的神祇得知──」

「我會怕他們嗎？」

短短一瞬，塔中的時間彷彿停滯了下來，巨大的鐘擺搖搖欲墜。簡易公車站的地板發出震動，像是即將倒塌一般。

即便是面對安徒生也毫不退卻的貝洛圖斯，這回也不得不婉言補充。

「七大神座有可能會得知。」

七大神座，是指抵達這座深淵頂峰的七名神祇。

「即便如此，您仍然要干預嗎？」

勒內不發一語地打了個響指，遠處的空拍機開始在空中播放影像，隨後浮現了許多畫面。

第一層、第二層、第三層、第四層……第七層，畫面上出現了努力登塔的乘客，以及在背後支持著這些乘客的神祇。這是那些登塔乘客上傳到小兄弟網路的影像畫面。

「不覺得太可惜了嗎？」

「什麼？」

「這麼多的信徒，竟然被關在這樣的塔中，追逐著虛無的目標。」

「他們需要這個世界，因為這個地方是他們唯一能生活下去的樂園。」

畫面中的乘客似乎在獵殺怪物或執行任務，接著又紛紛打開系統視窗，挑戰抽取造型或購買配件禮包。

「好，一萬托拉斯儲值完成，挑戰抽取新款傳說級造型！」

勒內默默望著那些沉迷於揮霍大筆托拉斯的人們。

「那種地方就是樂園？」

「也是有那樣的樂園。」

「元宇宙早就失去了它的本質。」

「已經太遲了，您五百年前不也經歷過這樣的事嗎？」

五百年前，這座塔差一點掀起革命，然而那場革命失敗了，此後塔的體制便屹立不搖。

「那時候有多少高階神祇身亡，命運之神您應該心知肚明。」

「當然了。所以這一次，我打算嘗試不同的方法。」

「這就是您贊助他的原因嗎？」

畫面上映照出宰煥進入新樓層的模樣。

「他抵達最終層的機率是零。」

「你真的這麼認為？」

隨著勒內的問題，公車站入口處的石碑發出了啪滋滋的聲響。仔細一看，石碑的最頂端刻有新的文字。

＋

〈歷代第一層最高得分榜〉

1. 麥亞德．范．德克蘭、宰煥（New!）

2. 妙拉克

3. 柳雪荷

4. 陳恩璽

＋

第一名的紀錄數百年來從未改變過。

貝洛圖斯靜靜地注視著那個紀錄。

是錯覺嗎？某處似乎傳來了微弱的震動聲。長期以來只朝著同一方向移動的公車輪胎，好像受到了微弱的阻礙。

這輛公車，是否真的有終點站呢？

貝洛圖斯注視著映照在畫面上的宰煥。

區區一個普通靈魂，光憑一個靈魂是否真的能讓這輛巨大的公車停下？他能完成任何神祇都無法達成的任務嗎？貝洛圖斯害怕去思考那些問題。

因為恐懼，所以他必須說出來。

「如果他不是安徒生的代行者，或許還有可能。」

「那是什麼意思？」

「他無法登上第七層。」

這番話令勒內瞇起雙眼。

「你用了什麼手段？難不成是受到聯盟唆使？」

「不是那樣的。您忘記了嗎？第六層有著什麼。」

「……」

「如果他真的是安徒生的代行者，他必定無法通過那裡。」

貝洛圖斯仰望著宰煥的刺擊在天花板上留下的裂縫。透過那道裂縫，恰好可以看見刺擊停止之處。

「他將在那裡，與他的神一同自取滅亡。」

2.

『柳納德那傢伙要賭氣到什麼時候？』

「……哼。」

『臭小子！』

離開簡易公車站，沿著漫長的走道前進的過程中，柳納德始終扁著嘴，像隻鴨子一般。

『是因為我不買給他那個什麼魔王的造型嗎？』

「如果拿到那兩百萬托拉斯，我們本來也可以成為富翁的！安徒生大人算什麼啊……」

『那筆錢不能拿！那是髒錢！』

儘管安徒生知道柳納德聽不見她的聲音，依舊逐字逐句地反駁。

「元宇宙要花錢的地方那麼多！除了要定期支付入場費，還要買造型！還要買配件！」

『你就是因為我沒買配件給你才生氣吧。』

「其實我也沒有特別想要！」

分明是無法對話的情況，但彼此好像能銜接上對方的話。正當宰煥心中疑惑，打算開口的瞬間，走道突然來到盡頭，一個新的場所出現了。

〔已進入 6-3 號公車站。〕

「又是公車站？」

這次的公車站與先前略有不同。

「好多門。」

站內擺滿了數百扇門。有的門是由金屬材質製成，而有的門則是以陳舊的木材打造，唯一可以確定的是，門的另一端散發出的氣息各不相同。

〔已抵達元宇宙第六層任務。〕

＋

〈元宇宙第六層〉

任務：請在第六層挑選三道門執行附加任務。

獎勵：進入第七層，獲得 500 托拉斯。

＋

柳納德迅速理解了任務內容，嘀咕道：「看來是要從中選擇三道門完成任務。」

前方的門有如門牌一般，標著上、中、下的標誌，看來應該是附加任務的難易度。

『嘿嘿，終於輪到我大展身手的時候了。』

「沒時間了，快速通過吧。」

『咦？等等！』

宰煥只是迅速掃視面前的門。

大多數的門沒有限時標誌，但有些門上標示著時間限制。

＋

世界名：星星直播聯名活動地圖３「緊急防衛戰」

難易度：中

內容：生存８小時。

＊星星直播任務聯名地圖上市。

＊通過獲得Coin來兌換托拉斯水晶吧！

＊這就是讓那位「救贖的魔王」大展身手的任務！

＋

『我的記憶中沒有這個地方耶？聯名？是最近的活動嗎？』

「就這個了，這個任務的通關所需時間最短。」

『喂！等等！你知道任務內容嗎？』

宰煥毫不猶豫地打開門，柳納德也敏捷地跟在宰煥身後。

整整八小時後。

千瘡百孔的柳納德走了出來。

「呼、呼！真的差點就要死了！」

大口喘著粗氣的柳納德抱著一堆金色的Coin，緊隨其後的是渾身沾滿塵土的宰煥。

「小菜一碟。」半裸的男子淡然地擦拭著濺到獨不劍身的怪獸血液，如此說道：「總之我們通過了。」

宰煥輕按衣服上的按鈕，穿回戰鬥服。

緊急防衛戰這項附加任務的內容，是必須在八小時內不斷消滅自地鐵站蜂擁而至的怪物。想必那個叫做「星星直播」的地區也存在著這種任務。

〔已完成任務『緊急防衛戰』。〕

〔獲得獎勵 300,000 Coin。〕

宰煥接著挑選新的聯名地圖。

＋

世界名：星星直播聯名活動地圖8「最強的代罪羔羊」

難易度：極高

內容：通過任務「最強的代罪羔羊」。

*星星直播任務聯名地圖上市。

*通過獲得 Coin 來兌換托拉斯水晶吧！

*令那位著名的「救贖的魔王」也陷入苦戰的極高難度！

*注意！有可能在極短時間內完成任務。

＋

「我走了。」

『不是，等一下啦！你又不知道任務內容是什麼！』

無論如何，宰煥又走了進去，柳納德也跟著進去了。因此，安徒生當然也緊隨其後。

接著，八小時後，柳納德再度衝了出來。

「我真的、真的差點就要死了！」頭暈腦脹的柳納德臉上帶著深深的黑眼圈，大聲嚷嚷道。

他們似乎在這回的任務獲得了不少配件，柳納德如今也穿上了與宰煥相似的戰鬥服。

接著，宰煥也衝了出來。

「極高難度果然也沒什麼大不了。」

『一名全裸的男子如此說道。』

宰煥按下胸前的按鈕，迅速穿起服裝。

柳納德正在數著新獲得而來的Coin，喃喃自語。

「不過宰煥先生，我們用這種方法完成任務沒問題嗎？」

「沒有別的方法了，因為最強的人是我。」

這次通過的地圖「最強的代罪羔羊」，是與其他乘客一同進行任務的地圖。任務內容很簡單，只需要在蜂擁而至的怪物中存活下來。問題是怪物會隨著時間的推移變得越來越強大，如果只是單純採取守勢，任務並不會結束。

通過任務的條件為「最強的乘客」死亡，或者是執行該任務的半數乘客死亡。

因此，宰煥作出了選擇。

——摧毀產生這項任務的世界。

然而問題出自比宰煥更快作出選擇的人們。

「那傢伙「最強」！只要殺掉他就行了！」

「殺了那傢伙！」

其他乘客毫不遲疑地衝向宰煥，最終半數的乘客因為他的刺擊而亡。

「多虧如此，任務很快就結束了。」

原本並沒有這個打算，但事情還是發展成這樣了。

不曉得救贖的魔王那傢伙當初是怎麼完成任務的……

〔幻靄之神『布爾卡諾斯』對您表達了強烈的憤怒！〕

〔情感之神『赫卡』憎惡您！〕

〔水災之神『戴莫爾』詛咒您！〕

……

〔火焰之神『伊格尼斯』喜歡您的豪爽！〕

通過其他第六層公車站一起進入活動地圖的神祇，正在向宰煥散發無比強烈的憎恨。因為那些神祇的代行者都在宰煥的刺擊下成為了孤魂。

〔已完成任務『最強的代罪羔羊』。〕

〔獲得獎勵 300,000 Coin。〕

〔獎勵 Coin 可兌換為托拉斯水晶，是否進行兌換？〕

「兌換。」

在不到一天的時間裡，連續攻克兩個地圖後，宰煥積累了相當可觀的托拉斯水晶。

「現在我們也是富翁了！至少可以隨心所欲地更新入場券！」

儘管 Coin 與托拉斯的兌換比例不怎麼划算，他們還是在轉眼間賺了超過一萬的托拉斯。

〔火焰之神『伊格尼斯』好奇您的下一個任務選擇。〕

不知不覺間，似乎也出現了固定觀眾。

始終留意著神祇訊息的安徒生低喃。

『那個伊格尼斯，應該不是我認識的伊格尼斯吧。』

「是妳認識的神嗎？」

『這個嘛，首先，整個深淵沒有任何存在不曉得那位神。不過用膝蓋想也知道，那一定是冒牌貨，那傢伙哪會看這種直播……』

安徒生短暫念叨的聲音瞬間變得有些遙遠，看來是頻道不怎麼穩定。

「訊號不太好。」

『因為我在小兄弟網站的帳號等級太低了。』

「那個叫勒內的女孩就不一樣。」

『那你去跟她一起啊。』

宰煥暫時沒有回應，而是集中精神專注於他的固有世界。然後，他似乎看見了一名蹲在角落的少女。

看起來像是因為自己的話沒被聽進去而鬧彆扭的模樣。

「這次選妳想要的門吧。」

『什麼？真的嗎？』

「對。」

〔您已完成兩項附加任務。〕

〔請選擇最後一項任務。〕

然而隨著訊息出現，前方敞開的門盡數闔上，消失無蹤，其中甚至包含一些他特別留意的門。看來最後的附加任務不容許隨意敷衍了事。

「活動地圖都關閉了，但是後面的門還開著！」

這回似乎是為了協助玩家作選擇，門上貼著簡單的提示。不過，此次的提示內容與先前有所不同。

〔元宇宙 1.54 版本〕

〔元宇宙 5.46 版本〕

〔元宇宙 7.31 版本〕

若宰煥的記憶沒有出錯，他現在參與的元宇宙版本是九點六一。

『果然！我就知道這個東西還在。』

定睛一看，每個版本都寫有說明。

＋

〔元宇宙 7.48 版本〕

為渴望經典版本的你而設的舞臺！

＋

看來這些門是通往前幾期元宇宙的通道。

『這就是第六層的特色。元宇宙每季都會有大規模的更新，偶爾會出現整個版本地圖全被換掉的情況，舊版本的地圖就會這樣遷移到第六層。』

這麼說來，這個地方就像是保管元宇宙過去版本的博物館。

然而，仔細一看，似乎有些不對勁。

＋

〔元宇宙 8.01 版本〕

回歸經典，再次進入元宇宙。

〔元宇宙 9.11 版本〕

再現真正經典舞臺，感受過去的氣氛吧。

〔元宇宙 9.23 版本〕

真實經典版本開放，回到過去元宇宙的懷抱。

＋

正在認真閱讀說明的柳納德發出了疑問。

「全部都寫著經典版本耶。」

『因為這樣才能吸引更多的乘客。』

「咦？為什麼？」

『初期的元宇宙是一個公平的世界，只要努力就能獲得相應的獎勵。至少那時相信這一點的人比現在多。』

「哇，安徒生大人，現在不是降神狀態也可以聽到您的聲音耶！」

『通過第一層後，這傢伙的世界力好像增強了一些，雖然很短暫，也可以和你聊——』

噗咻咻，伴隨著這股聲音，安徒生的聲音再度消失。

「又聽不到了。」

『可惡。』

宰煥也和柳納德共同逐一查看舊版本的門扉，門牌下方簡要地寫著參與該版本的乘客評論。

＋

駕駛員快找回初心吧。

開什麼玩笑？這也叫經典？

不是說不抽嗎不是說不抽嗎不是說不抽嗎？

到底要我們儲值多少錢啊，一群混帳！

＋

一連串的惡評。

柳納德像是有了什麼想法般大聲喊道：「看了這些評論後，我覺得我們還是找個評價好的地方進去吧！」

『大家一開始都是這麼天真。』

於是柳納德就這樣徘徊了十分多鐘，最後勉強找到了評價最好的版本。確切來說，他原本是打算找高評價的版本。

「竟然沒有一個版本高於兩分……」

短暫陷入沉思的柳納德，像是恍然大悟似地拍了一下手。

「仔細想想，標榜經典不就代表有真正經典的最初版本嗎！」

『挺有兩把刷子的嘛。』

「那就直接進去最初的版本吧！」

過了不久，柳納德找到了最初的版本。

＋

〔元宇宙 1.00 版本〕

內部維修中，無法進入。

＋

看見接踵而至的「內部維修中」標示牌，柳納德突然像是精神失常一般，張開雙臂大喊。

「元宇宙！」

「看來神祇覺得這種不像話的塔很有趣。」

『五百年前不是這樣的。雖然有收費系統，但整體來說每個人還是懷有各自的夢想與冒險，與同伴一起成長，讓人感覺好像真的可以抵達這個世界的盡頭。』

「妳之前也是為了玩那種遊戲才來的？」

『不是，我最討厭遊戲了。硬要說的話，我之前來這裡的原因跟你很像。』

「很像？」

『我也是為了拯救朋友而來。』
正當宰煥想詢問神是否也有像朋友這樣的存在，安徒生的目光停在了某扇門前。
宰煥察覺到她的目光，停下了腳步。
『我們進去吧。』
安徒生選擇的是一扇布滿灰塵的門。這扇門多年來無人問津，幾乎沒有人留下最新評分。
柳納德滾動著畫面，瀏覽這個陳舊地圖的評分。

＋

〔元宇宙 3.12 版本〕
精神混亂者居住的地方。
絕對不能進村。

＋

「宰煥先生，這裡的評分甚至不到一分。」
「無所謂。」
「好的。難度較高，通關獎勵應該也會比較多吧？」
宰煥點了點頭，抓住門的把手。
〔您已選擇『元宇宙 3.12 版本』。〕
打開門的剎那，一股冷冽寒意縈繞於鼻尖，天空正飄著白雪。
見到雪的柳納德興奮地朝著天空揮手，宰煥則撥開輕盈的雪花，緩緩環顧四周。
暗灰色的天空，四處是破敗的房屋，以及在一片荒涼中隨處可見的巨大坑洞。遠處的火山上只留下成形的火山灰，附近化為廢墟的地區感受不到任何生命的跡象。
『沒想到竟會再次來到這裡……』

「妳知道這個地方？」

安徒生沒有回答。

每當她咽下話語，她的情感就會更加沉重地傳遞過來。縱使宰煥早已清楚那些情感代表著什麼，但其中蘊含的層次與溫度，都和他所熟悉的感覺截然不同。

「原來如此。」

這就是安徒生五百年前生活的元宇宙——她失去一切的地方。

在安徒生陷入短暫沉思之際，宰煥稍微端詳著周圍的廢墟，然後，他的目光停在某處。

他們通過的那扇門附近，地上有一道深不可測的裂縫。

宰煥默默凝視著那道裂縫。即使其他人不曉得，他不可能分辨不出來那是什麼。那是他的刺擊所留下的痕跡。

看來他在第一層發動的刺擊貫穿了這個「世界」。

他下意識地抬頭仰望天空。

那裡沒有裂縫。

「這樣啊。」

這裡，有個存在擋住了他的刺擊。

3.

〔您已進入『元宇宙第六層』。〕

〔該層的世界觀是『五百年前，大革命時代』。〕

安徒生以一種微妙的語氣嘀咕。

『還談什麼大革命。』

只要經過時間的淬鍊，所有悲劇皆會成為故事，然而並非每個人都能輕鬆品味這個故事。

『什麼都沒能改變，還叫什麼大革命啊。』

元宇宙第六層的任務隨即浮現而出。

＋

〈元宇宙第六層——3.12 版本〉

任務：毀滅？？

限時：？日

獎勵：第七層入場券、10,000 托拉斯、？？？

＋

「毀滅……」

『這世界早就毀了，還有什麼能毀滅的。』

安徒生無語地嘟囔。

『這裡是我以前挑戰的元宇宙第八層。那時活著的乘客不是死了，就是逃到其他層去了。』

聽安徒生這麼一說，周圍確實看不到任何存活的靈魂，眼前只有暗灰的天空，以及越積越深的雪。

宰煥與柳納德在那片雪地上留下了密密麻麻的腳印。不知走了多久，遠方不可思議地出現了火光，而且火光還在逐漸增加，不久後便照亮了整片雪地。

火光圍繞著長長的籬笆，發出微弱的光芒，那是一座村莊。

柳納德興奮地大喊。

「好像有人耶。」

「過去看看吧。」

「可是剛才評論說不要進村……應該不會有事吧？」

若是有人說不要進去，那一定有原因，然而村莊宛如明顯的線索般突然出現，實在令人無法置之不理。

穿過雪地，行走了一段路程，村莊的入口出現在眼前。

「是誰？」

守衛村莊入口的是一名中年人，他在嚴冬中僅穿著一件粗糙皮褲，毛髮濃密的肚子大方顯露於外。

「你們這些傢伙。」

中年人威嚇地舉起槍矛對準宰煥。

宰煥的手緩緩伸向劍柄。但當他握住劍柄的剎那，內心浮現了一種奇怪的感覺。

安徒生？

一股扭曲的感知自腳尖蔓延而上，安徒生的情感正如潮水般湧向宰煥。

「喂……」

還沒等宰煥說話，他的全身便開始散發世界力。不過那並非宰煥自身的世界力，而是一股猶如老奶奶給孫女講故事般的溫暖世界力。

那是安徒生的力量。

中年男子的神情一變。他忽然開始顫抖，扔掉槍矛，一步、兩步朝著宰煥走近。他粗糙的手緩緩握住了宰煥的手，哀傷地顫抖著。

男人似乎對此感到難以置信，巨大的身軀在宰煥面前逐漸崩潰。

「安徒生大人？難道是安徒生大人嗎？」

皺起眉頭的宰煥試圖抽回手，但俯視著男人的安徒生以迷茫的聲音低語。

『漢斯？』

✝ ✝ ✝

名叫漢斯的男人帶領宰煥與柳納德進入了村莊。零星的燈光映亮村莊，散發出一股淒涼的氣息。

「請往這邊。」

正如安徒生所述，她似乎在這座塔是相當著名的存在。男子領著一行人來到他的家，揚起和藹可親的笑容並端上溫暖的茶水，儘管不如貝洛圖斯準備的那般豪華，仍能感受到他樸實的心意。

「真的好好喝！」

「看來你是安徒生大人的新信徒。」

漢斯展開笑顏，摸了摸柳納德的頭。

「你是安徒生大人的新代行者嗎？」

「不是——」

「您終於……重新回到塔裡了。」

宰煥感覺到安徒生試圖掙扎著出去，於是長吁一口氣。

安徒生迅速借用他的嘴開口。

『漢斯。』

「安徒生大人。」

親耳聽見安徒生的聲音，漢斯的臉上再度充滿了激動的情緒。在這名男子身上，宰煥感受不到任何敵意，唯一有的僅是無盡的信任。

『你在這裡做什麼？』

「嗯？就是……混口飯吃。如您所見，過著平凡但幸福的日子。」

『但是你……』

安徒生多次試圖開口，卻總是猶豫不決，她似乎害怕那個問題會令某些事情得到證實。

『其他人呢？』

「現在是清晨，大家都出去服勞役了。」

『還有誰在？』

「很多人，大家見到您都會很高興的。」

『有誰？』

「嗯，克里斯蒂安、瑪麗安娜，還有……」

聽見自漢斯口中流淌而出的名字，宰煥感覺到安徒生的視野有所動搖。他不必詢問也能知道，那些名字，全都對她意義重大。

「他們是妳的朋友嗎？」

安徒生沒有回應宰煥，而是再度向漢斯提問。

『勞役是什麼意思？是誰指使你們做事？』

「是我們自願的。為了維護這個世界，我們也必須出一份力。」

他那逆來順受的語氣，令安徒生一時無言以對。

這時，門外傳來了些許動靜。

漢斯看了看時間，似乎認為時機恰好，從位置上站起身來。

「這個時間，他們剛好回來了。」

跟著漢斯走出門，可以見到村莊外面滿載而歸的人們。穿越連綿大雪，朝著此處靠近的人數一看多達數十人。

漢斯向村民揮手，他們也從遠處揮手回應。

『他們帶了什麼回來？』

「殘留在廢墟裡的礦石，或是附近獵到的怪獸屍體。」

『為什麼要撿那些回來？』

「那是——」

漢斯還沒來得及回答，數十公尺遠的空中突然出現了一扇門，那扇門與宰煥和柳納德方才進入的門不同。

『那道門是……』

安徒生立即認出了那扇門，那並非從下層移動至上層時，由乘務員提供的門，而是唯有在付費配件商店才能購買的門。

「是收割官。」

隨著漢斯的話音，門內出現了兩名乘客，一眼就能看出他們身上穿戴著華麗配件與酷炫的造型。

宰煥也認出了他們，大概是從七層以上的居住區下來的高層乘客。

接著傳來低聲的交談聲。

「該死，每次來這裡心情都很差。」

「沒辦法，要填補數量就得來這裡繞一圈。」

「聽說這裡的工地主人是個不折不扣的瘋子？」

「那些五百年前的倖存者，你有見過不是瘋子的傢伙嗎？」

收割官自顧自地閒話家常，一把揪住向他們走近的居民後頸。

「喂，今天的收穫量是多少？」

「這就是全部了。」

「你在跟我開玩笑嗎？」

收割官用腳踹開籃子，臉上露出凶狠的表情。

「這麼少能做什麼？連五塊強化石都製作不了啊。」

「嘿，別動這些孩子，要是搞砸了——」

「搞砸了又怎樣？反正也沒看見那個瘋子。喂，你們覺得我很可笑嗎？」

「收割官大人！對不起！」

「這幾天出沒的怪物數量不多，還請您諒解……」

不知何時跑來的漢斯連連彎腰，將礦物撿進翻倒的籃子裡。

「那就用其他東西補上啊。」

收割官指出人群中頻頻發抖的一對男女，得意地笑了笑。

「您說的其他東西是……」

「就是你們兩個，這次跟我們一起上去。」

「等等，不能搶走這裡的人。」

「你這個膽小鬼在怕什麼？反正他們只是一群飯桶，就算消失也不會有人知道。喂，還不快點過來？」

被指名的村民猶豫不決地站在原地，神情嚴肅的收割官大步走了過去。

試圖勸阻並擋住他的人是漢斯。

「收割官大人，請停手吧！如果再這樣下去，我們也會——」

「你們會怎樣？」

漢斯的瞳孔顫動不已，收割官身上散發出異常的氣息。

「我好好跟你們講話，你們就以為我好欺負是吧？」

「那個，不是這樣的……」

「一群沒有神的傢伙。」

沒有神的傢伙。這番話，令漢斯的眼中首次燃起火花。

望著怒目而視的漢斯，收割官的嘴角興致勃勃地扭曲了起來。

「怎麼？想幹一架？」

比漢斯矮兩個手掌高的收割官伸出手，一把抓住他的肩膀，片刻後，漢斯的肩膀籠罩著紅色氣息，並開始燃燒了起來。他的臉部因劇痛而扭曲，但他既沒有呻吟，也沒有發出慘叫。

「真有趣，很能忍嘛？」

收割官往手掌注入力量，漢斯開始蜷縮起身體。緊閉的嘴唇毫無血色，顯得乾裂腫脹，整個身體都在痛苦地顫抖。

然而，某個瞬間，樂在其中的收割官神情突然凝固，因為他發現漢斯的正後方站著一道陌生的身影。

收割官擰起眉頭。

「你是誰？」

他的話卻沒有傳入男人的耳中。

此刻，這名男人聽見的只有一個聲音。

『宰煥。』

「隨妳便吧。」

隨後，借用宰煥身體的安徒生動了起來，她以迅雷不急掩耳的速度接近壓制漢斯的收割官，一把抓住他的右手。

「混帳東西——」

驚慌失措的收割官啟動了世界力，但他的火焰絲毫無法對安徒生造成傷害。

僅憑藉著蠻力，安徒生便將收割官的手自漢斯身上分離開來。

『你們是聯盟的走狗？』

收割官沒有回應，而是揮動另一隻拳頭。

引燃爆炸。

安徒生一眼就能看出那一拳蘊含著強大的強化型設定，而就在男人的火焰拳即將揮向宰煥的腦袋之際——

『我只脫一半。』

「不——」

宰煥還沒來得及回答，他的上半身早已被脫得精光，而就在脫下衣服的同時，安徒生的世界力急遽增加。

砰！雙拳被握住的收割官瞪大了眼睛，似乎難以置信。

「怎麼會？為什麼脫了衣服後……」

收割官身後瀰漫出赤紅的氣息，隨即，這股氣息的另一端傳來了某人的視線。

〔火厄之神『普萊伊莫斯』察覺到了您的存在！〕

那似乎就是這個男人的契約神。

〔火厄之神『普萊伊莫斯』正在密切關注著您。〕

『普萊伊莫斯？』

〔火厄之神『普萊伊莫斯』大發雷霆！〕

『哪個王八蛋的眷屬，竟敢動我的人？』

「我要殺了你！梅森！快過來！」

「這個代行者的神很強大！全力上吧！」

兩人大概是同一名神祇的信徒，當他們的世界力爆發時，安徒生也瞬間鬆開了男人，拉開距離的兩名收割官同時向空中伸出了手。

「火厄之神啊！」

以兩名收割官為中心，一道湧動著火焰氣息的圓形法陣浮現，逐漸覆蓋周圍，將附近一帶化為一片火海。

雖然在下層對抗貝爾卡因使徒時，宰煥也曾見過類似的情景，但這次不同。

某種不尋常的事情正在發生。

宰煥在腦海中翻閱了下一頁。

妙拉克的記憶，《深淵紀錄》。

祂們與老大魔下的君主不同，深淵的眾神都擁有獨特的世界觀，具備著運用自身世界觀的終極戰鬥方式——

小小的火團，降臨於他們眼前。

那就是世界觀的顯現——聖域開顯。

火厄之神普萊伊莫斯。

聖域開顯——火魔群落！

周遭十餘公尺內的地區被火海覆蓋，如同草坪般鋪展而開的火焰灼燒著宰煥的全身，他被燻得烏黑。

宰煥意識到這項能力是什麼。

固有世界。

等同於第三階段覺醒者固有世界的能力，不同之處在於，此刻的世界具備著真正的物理力量，能對敵人造成傷害。

儘管站在火焰中央的兩人喘著粗氣，他們仍舊露出笑容，彷彿已經贏得了勝利。

「唯有身處聖域，神才得以成為全能的存在。」

收割官的手指指向了宰煥。

「去死吧。」

隨著那道宣言，一道身影同時擋在了宰煥的前方。

「不行！」

是漢斯。

「啊，安徒生大人……」

漢斯的身體開始燃起烈焰，與方才不同，這是一種無法抑制的火焰，燃起的世界力與先前截然不同。

看見火焰的瞬間，宰煥也明白了，這道火焰無法輕易撲滅。

然後，宰煥的手擋住了這道火焰，但火焰很快便將宰煥的手吞噬殆盡，並開始燃燒起來。

安徒生宣布。

『宰煥，全部脫了。』

「我說了不准——」

『而且還要用一些托拉斯。』

宰煥感覺到自己的托拉斯化為白色的光芒，安徒生吞噬了那道光芒。下一瞬間，宰煥的雙眼湧出潔白的光輝。

安徒生緩緩開口。

『很久、很久以前，有一名赤身神。』

她哼唱了一小節的歌曲。

隨著歌聲，宰煥所站的位置開始蔓延出青綠的野草。

令人窒息的火災中央，唯獨那一小塊土地沒有燃起火焰。

宰煥明白了一件事——這一小塊土地，正是安徒生的聖域。

安徒生的目光投向了收割官，一步，兩步，她緩慢地向前邁進，步伐所及之處，火焰逐漸熄滅。

『因為不喜歡穿衣服，一輩子都是光著身體過日子。』

男人繼續指著宰煥，不停地喊著：「去死吧！」

然而，在觸及宰煥的肌膚之前，火焰早已消失得無影無蹤。

轉眼間，宰煥已然走到了他的面前，而那名收割官用顫抖的聲音問道：「連、連顯現都沒有，你是怎麼——」

『我不需要顯現。』

安徒生露出純真的笑容。

『因為這世界早已是我的聖域。』

宰煥的手抓住了收割官的頭顱。

『脫掉。』

男人的身體連同衣裳被撕得粉碎。

面對這殘忍駭人的景象，宰煥感到非常驚愕。

雖然規模不大相同，但他彷彿看見了和混沌的卡塔斯勒羅皮一樣強大的力量。
剎那間，宰煥的腦海中再度翻過一頁。
登上深淵後，唯一令人遺憾的是，沒有遇見那名繼承古代神祇設定的神。
……什麼？
七大神座指定的一級變數，高階神中最接近七大神座的候補人選之一——赤身裸體之神，安徒生。
沒想到妙拉克的《深淵紀錄》裡竟留有關於安徒生的故事。
「求、求您……饒我一命。」
另一名收割官步履蹣跚地低喃著，不知何時已召喚出傳送門逃向上層。
安徒生沒有抓住他，而是以冷若冰霜的語調宣告。
『告訴聯盟那群傢伙，安徒生回來了。』
收割官一消失，周圍的野火也隨之熄滅，眼眶泛紅的彪形大漢——漢斯正凝視著這一切。
廢墟中冒出了青綠色野草，漢斯看了看野草，一瘸一拐地走過來。
「安徒生大人。」
漢斯一把抓住宰煥留有燒傷印記的手，臉上滿是淚水。
「您、您遲到太久了。」
他的聲音像是被堵塞般含糊不清。
接著，宰煥明白了，這些人不是安徒生的「朋友」。
『漢斯。』
安徒生的第十位使徒，漢斯正在哭泣。
緊接著，一名微胖的鬈髮男人左搖右晃地走了過來。男子的嘴裡似乎正咀嚼著什麼東西，他抖動著滿腮的食物，不可置信地喃喃自語。

「真的是安徒生大人嗎？」

『克里斯蒂安。』

安徒生的第七位使徒，克里斯蒂安。

在那之後，出現了一名雙手默默合十，戴著眼罩的紅髮女子。

「您回來了，安徒生大人。」

『瑪麗安娜。』

安徒生的第四位使徒，瑪麗安娜。

「您沒有忘記我們。」

看著團團圍上的人們，宰煥也察覺到這些人的身分——他們全都是安徒生之前的信徒。為了他們的神，整整等待了五百年歲月的信徒。

若是有人看見這一幕，肯定會認為這是一幅令人動容的場景。

毫無疑問，本該是如此。

『生命中的每一刻，我都不曾忘記你們。』

世界的平衡出現問題，一股違和感湧上心頭。

接著，宰煥的腦海中湧出了記憶。

「安徒生大人，您快逃吧。這裡交給我們！」

『漢斯。』

「安徒生大人，感謝您一直以來的照顧。」

『瑪麗安娜。』

「救救我，安徒生大人。我不想死啊，拜託、拜託了！」

『克里斯蒂安。』

壓抑了長達五百年的古老神祇之怒，籠罩在一片皚皚雪原之上。

『到底是誰將你們變成了傀儡？』

這個村子裡的所有人，早在五百年前就已經死了。

〔任務已更新。〕

＋

〈元宇宙第六層——3.12 版本〉

任務：毀滅世界。

限時：14 日

獎勵：第七層入場券、10,000 托拉斯、???

＋

五百年前，安徒生為了守護這個世界而戰。

而五百年後的現在，她為了毀滅這個世界而來。

4.

戰鬥結束後，村莊的信徒將身受重創的收割官搬移至倉庫。

失去所有世界力，靈魂殘破不堪的收割官正處於垂死邊緣，不知受到了多大的打擊，就連與神祇之間的連結似乎也已中斷。然而，他依舊留有一絲氣息。

漢斯將他的靈魂體牢牢地綁在村莊倉庫的柱子上，看向宰煥。

「安徒生大人向來很少永滅敵人，就算對方是無惡不作的壞蛋也一樣。」

「也就是說她不會輕手了結對方的性命？」

「我們不能隨意殺害聯盟的收割官，那不是我們可以處理的事情……」

漢斯徹底封鎖了收割官四肢的行動，擦拭著額頭上的汗水。

「『那個人』過來後，大概會親自處理掉。」

那個人？

『抱歉，但我可能要沉睡一天左右了。』

安徒生的話語恰巧傳了過來。彷彿在壓抑著一湧而上的睡意，她的聲音顯得十分虛弱。

『我有點勉強過頭了，以我現在的狀態是不可能唱到第二小節的。』

第二小節，是在說那首奇怪的歌吧。

世界力會隨著每一小節急劇提升，看樣子這首歌似乎是安徒生的主要設定。

『我休息一下，之後我會把事情都告訴你，你千萬別在我不在的時候做奇怪的事……』

到底把我當成什麼闖禍精了？

安徒生的氣息徹底消失無蹤，宰煥則是跟著漢斯走向屋內。

目前天才剛亮，看來他們還需要在這個村子多待幾天，儘管有些對宰煥感到好奇的人們在附近到處徘徊，但漢斯挽起袖子把他們趕走了。

「宰煥先生也累了，現在大家都回去休息吧，明天還有時間。」

看著依依不捨地轉身而去的村民，宰煥簡單地發動猜疑進行掃描，試圖找到阻擋他的刺擊的存在。然而即便擴大感知範圍，仍舊沒有察覺到任何對他構成威脅的敵人。

「雖然有些簡陋，今天只能麻煩您在這裡休息了。」

漢斯為宰煥和柳納德準備了一間小房間，裡頭有著簡易的家具，然後便帶著獨特的和善笑容退下。

房間的布置相當不錯，與簡陋的村莊外觀形成鮮明對比。床上鋪著柔軟的床墊，床頭櫃上放著一盞手提油燈造型的檯燈。

仔細一想，這座村莊的氣氛有些奇特。

照亮村莊的路燈和這盞檯燈一樣，外觀分明呈現的是中世紀風格，但仔細分析每個細節，可以說是參雜了各種不同的文明技術。

柳納德說感覺就像住在高級旅館一樣，在床上蹦蹦跳跳，不一會兒便倒頭呼呼大睡。宰煥悄悄將睡著的柳納德推到床角，然後躺在床上。

也許是因為難得在一個像樣的地方休息，又或者是因為今天窺視了安徒生的記憶，他久違地憶起了攀登噩夢之塔的日子。

那是他在噩夢之塔的第一天，首次成功狩獵怪物，賣掉怪物毛皮後在旅館房間入睡。經過日復一日為了生存而奮鬥的時光，如今他已不再想起那段回憶。

當時的他，是什麼樣子呢？

「宰煥啊，你還在練啊？都已經幾個小時了？」

「宰煥先生，稍微休息一下也沒關係吧？」

「宰煥你真的很勤奮呢。」

每眨一次眼，宰煥都能聽見伙伴的聲音如幻聽般在耳邊迴盪，讓他想起了自己在那段時期周而復始的日常。

明天早上醒來後，也要像當時那樣進行刺擊。

帶著這樣的想法，宰煥安靜地閉上了雙眼。

一片寂靜中，只剩不知從何處傳來的烏鴉叫聲。

✝ ✝ ✝

第二天早晨，早早起身的宰煥，走到了漢斯家的後院。他輕鬆地脫下上衣，短暫熱身後，便拿起了獨不。伴隨著一股令內心平靜的感覺，他以準確的姿勢揮出刺擊。

一刺再刺，聚精會神地重複著這個動作，宰煥難得對自身的刺擊發動了猜疑。

如今，刺擊對他來說已不再是單純的技能，而是成為了他的「設定」。

「宰煥先生，我也能學嗎？」

回頭一看，雙手輕輕合十的柳納德正在那裡，言辭中透露著急切與不安

宰煥不難理解他唯一的信徒的心情。

柳納德覺得自己很弱。或許是在第一層與其他信徒的交戰中深刻領悟到了這一點，他認為如果繼續這樣下去，自己在往後的旅程中只會成為拖油瓶。

宰煥俯視著獨不布滿傷痕的劍鞘。

他的刺擊是經過數千年歲月磨練而成，就算現在教授給柳納德，也不曉得對方能學到多少，但總比什麼都不做好。所有的刺擊，終究是以第一道刺擊為開端。

宰煥維持著原來的姿勢，輕鬆握住獨不的劍柄，就著緩慢且精準的姿勢，均勻地運用全身肌肉。

他揮動了劍。

即使沒有施加任何力量，村莊的枯草仍舊猛地被擊倒在地。被切斷的鋒利野草在空中飄盪，有些碎片甚至擦過柳納德的臉頰。

彷彿受到感動似地，愣愣望著刺擊的柳納德瞬間流下了淚水。

「咦……對不起，我、我怎麼會這樣。」

那僅僅是刺擊而已。

「你做得到嗎？」

「我試試看，我也一直很想試試。」

馬上打起精神的柳納德舉起放在後院的木劍，開始朝著空中反覆練習。

宰煥為認真鍛鍊的柳納德稍微調整了姿勢。

柳納德揮劍刺擊的動作相對生澀許多，當然，宰煥明白這需要耗費很長的時間。

也許當這名少年的刺擊達到完善時，他已不再是柳納德的神了。

「喝啊！」

表面上看似簡單，但打磨刺擊動作的歷程絕非一段單純的時光。那是為了達到完美的直線，必須經歷無數刻苦練習的歲月，才能錘練出的刺擊。

「我也可以試試嗎？」

探出一顆頭的漢斯不知從何時開始默默觀看著他們的訓練。

不僅僅是漢斯——

「我也是，我也想試試看。」

包含悄悄挺肚而出的克里斯蒂安在內，眼中閃耀著好奇目光的村民不知從何處一窩蜂地聚了過來。

「這是最近深淵流行的設定嗎？」

「我以前也用過劍……」

每個人都沉浸在興奮的情緒中，他們各自拿著斷裂的樹枝或廢棄材料，弓著腰，開始模仿柳納德。刺擊彷彿成為了某種儀式。

「抱歉，這些人就是愛湊熱鬧。在這個村莊，這算得上是一件大事。」

回頭一看，一名紅髮女子正捂嘴笑著，她用像是眼罩的東西遮蓋住眼睛，總覺得有些面熟。

「謝謝您昨天救了我。」

定睛一看，她是昨天見到的居民之一，名字叫作……

「我叫瑪麗安娜，是安徒生大人的第四位使徒。」

在簡短的交談中，練習刺擊的村民紛紛開始動身至別處。

「哎呀，已經這個時間點了，大家都過去吧。」

「大家要去哪裡？」宰煥問道。

「今天是神殿的禱告日，如果您有時間……」

正當他嫌麻煩準備拒絕的時候，瑪麗安娜又接著說了下去。

「昨天遇到的所有信徒都很想見您。」

「我？」

「是的，因為您是安徒生大人的代行者。」

儘管令這些人失望有點抱歉，但還是必須說出真相。

「我不是那傢伙的代行者，雖然她確實在我體內。」

「啊。」

瑪麗安娜遮住了微微張開的嘴。

「原來如此，我也想過那種可能性。」

「我並非有意欺騙各位。」

「沒有關係，因為安徒生大人與您同行這件事，對村莊裡的大家來說，已經是一份很大的禮物了。從這一點來看……我能再次勸說您同行嗎？」

對方都說到這個分上了，再拒絕也說不過去。若是允煥或瑞律看到這一幕，肯定又會被他們取笑說是「無法拒絕的宰煥」。

或許是因為元宇宙也是噩夢之塔吧，他最近特別容易回想起舊時的記憶。

「我知道了。」

與瑪麗安娜和柳納德一同在村莊漫步的過程中，宰煥留心觀察著周遭的建築物。昨天見到的路燈和電線桿再次映入眼簾，它們怎麼看都是不符合中世紀世界觀的物品。

「這個村莊的風格真是特別。」

「確實有點。」瑪麗安娜微笑著補充道：「安徒生大人是一位十分特別的神，祂雖身為神，卻有著人類的一面，甚至會把自己的同僚神祇稱為朋友。」

朋友。

「為我們建造這座村莊的人，也是祂的朋友之一。」

宰煥靜靜注視著瑪麗安娜的臉龐。據說失去神祇的信徒會變成喪失者，陷入精神瘋狂。

「妳說過你們以前是安徒生的信徒。」

「是的。」

「既然安徒生回來了，你們會再度成為她的信徒嗎？」

瑪麗安娜的腳步頓時停了下來，宰煥稍感疑惑，抬頭一瞧才發現神殿早已屹立於眼前。

眼前是一座巧妙融合了中世紀和現代建築風格的神殿。神殿正面有一尊熟悉的女孩雕像，它與宰煥在固有世界中見到的安徒生極為相似。

「雖然我們也很想，但那是不可能的事情。」

「為什麼？」

「因為我們現在的狀態，無法成為任何神祇的信徒。」

在宰煥進一步詢問之前，瑪麗安娜已經鞠躬行禮，先行走進了神殿。宰煥也輕輕踢了踢鞋子的塵土，跟著進入神殿。

入口通向神殿的通道兩旁，除了安徒生之外還擺放著其他雕像。

紀念五百年前共同為革命奮戰的四位神祇。

宰煥仔細端詳著每一座雕像。

正義之神「賈斯蒂斯」與其代行者「伊廉」。

昨日之神「阿爾戴那」與其代行者「尤濱」。

最後一座雕像已然破損，只剩下腿的部分，上面並無代行者的名字，只留有神的名字。

無代行者之神「艾丹．卡爾特」。

宰煥與柳納德暫時停下腳步，注視著那座雕像。

「還有神沒有代行者嗎？」

「我很久以前有聽說過，元宇宙有一位神不納代行者……不過我還真不知道那位神是安徒生大人的伙伴。」

柳納德心潮澎湃，一時不知該說些什麼。

「總覺得不太真實，安徒生大人竟然是這麼了不起的神，這怎麼可能。」

「安徒生從來沒跟你說過？」

「對啊，祂對五百年前的事情總是避而不談。」

提前抵達禮拜室的村民依序入座，他們只穿著內衣或薄長袍，幾乎可以說是衣不蔽體。沒有人對此多加解釋，但宰煥明白那是什麼意思。

安徒生的世界觀是裸體的世界，既然如此，他們不穿衣服也就不足為奇了。

宰煥按下戰鬥服的脫衣按鈕，解除了服裝。

反正這是裸體的世界，全都脫了也沒關係吧，畢竟安徒生總是喜歡赤裸著身子。

「啊，您來了，宰煥先生。」

正當他在物色合適的座位時，漢斯和善地上前迎接。

「那個，宰煥先生，在這裡做這種事……」

漢斯彷彿顯得十分為難，上下打量了宰煥一眼，忍不住乾咳一聲。

「這裡不是都要脫光嗎？」

「什麼？那是什麼意思……」

「安徒生應該是『赤裸的世界觀』吧。」

「當然擁有『赤裸的心靈』很重要，但不需要真的脫……」

「……」

「不過安徒生大人確實喜歡赤裸著身子……」

等那傢伙醒來，絕對要殺了她，宰煥帶著這樣的決心入座。

聽聞人們都在等著自己，宰煥還以為是否有什麼請託，實際來到現場卻發現沒有任何人向他搭話。被晾在一旁的他悄悄觀察著禮拜室的信徒，所有人都低著頭，似乎在虔誠祈禱。

這對宰煥而言是一種陌生的感覺。

「真的好久沒來神殿了。」

宰煥轉頭看向柳納德。這麼說來，柳納德的故鄉是哪裡？

「在我的故鄉，貴族會阻止我們進入神殿，所以我都沒進來過。」

柳納德模糊的回憶湧上心頭。

偷麵包時被攆走，試圖保護妹妹卻被貴族追趕，生命受到威脅，最終還被拖入突然間出現的噩夢之塔之中。

「在深淵，每個人都可以擁有自己的神，我還滿喜歡這一點的。」

當靈魂不得不面對那些無論怎麼努力都難以獨自承受的事情時，他們終究只能依賴神，不是嗎？

「就算信奉我，你的願望也不會實現。」

「重要的是我擁有信仰，光是這一點就能獲得慰藉。」

然後，柳納德開始禱告。少年心中虔誠的信仰，即是身為初學者神祇的宰煥也能稍微感受到一些。

「請給我救贖的魔王造型吧。」

如果聽不見禱告內容就更感人了。

宰煥緩緩觀察著其他信徒。

無論是鬍子男漢斯、貪吃鬼克里斯蒂安，還是安靜的瑪麗安娜，每個人都在默默禱告。

早已不再是安徒生信徒的他們，究竟是為了誰，又為了什麼而祈禱？

宰煥下意識地發動猜疑。

下一刻——

「救救我！」

禱告的聲音傳進耳裡。

5.

宰煥出神地聽著祈禱，讓他回過神來的人是柳納德。

「宰煥先生，你也有過禱告的經驗嗎？」

宰煥沉思了片刻。禱告嗎？

「我通過的那座噩夢之塔，有一位來自外國的教徒。」

這番意料之外的開場白，使柳納德的瞳孔閃耀著光芒。

「他的故鄉有一種替人朗讀經文的裝置，我不懂他們國家的語言，但據說只要轉動那個裝置，就視為誦讀一次經文。」

「好奇特的裝置喔。」

他遺忘了對方的名字，只記得那個人離世之前，製作了一臺類似音樂盒的機械裝置，留下了這樣的請求。

「我死後，能偶爾替我轉動這個裝置嗎？」

他是噩夢之塔中剩下的最後一位擁有信仰的教徒，在他死後，宰煥和允煥經常輪流前去為那個音樂盒轉動發條。然後從某一天開始，他們在音樂盒上設置了魔力迴路，使其永遠保持運轉。

「也許那也算是一種禱告，雖然不曉得神是否有聽見。」

「真是個有趣的故事。」柳納德沉思片刻後，補充道：「不過，我想那很難說得上是真正的禱告……」

「怎樣才算真正的祈禱？」

「呃，這個嘛……」

柳納德彷彿初次面對這樣的難題，抱著腦袋，開始發出一些模糊的呻吟。宰煥沒有看著他。

「救救我！」

無論是這裡。

「救救我！」

還是那裡，全都是一樣的內容。

漢斯、克里斯蒂安，還有瑪麗安娜也是，所有人禱告的皆是同樣的內容。

祈禱者的神情映入眼簾，那真的能稱之為禱告嗎？

『這裡是我以前挑戰的元宇宙第八層。那時活著的乘客不是死了，就是逃到其他層去了。』

五百年前，安徒生說她失去了她的信徒，而在深淵死去，意味著靈魂徹底遭到消滅。

宰煥的瞳孔望向漢斯，「猜疑」穿透了漢斯的靈魂，他只看見空洞的內部，一個空無一物的透明靈魂外殼。

宰煥開口道：「漢斯。」

「是？」

宰煥意識到，那個靈魂此刻並非真正理解自己的話語，不過是通過注入的記憶來回答。他這才明白了安徒生那句「到底是誰將你們變成了傀儡」的意義。

這裡的靈魂都已不復存在。

「我等這一天已經很久了。」

站在講壇前方的瑪麗安娜凝視著宰煥。

「懷抱著安徒生大人的異邦人啊，能否為這裡的所有人留下祝詞呢？」

假如安徒生是清醒的狀態，此刻的她會是什麼樣的表情？

宰煥徐徐自座位上起身。

「我不是安徒生，我是宰煥。」

宰煥憶起了死於噩夢之塔中的那名虔誠的信徒，他的神是否能聽見他留下的音樂盒旋律？假如神聽見了，又會說些什麼？

即便如此，對著音樂盒說話又有什麼意義呢？

宰煥似乎能理解這些人為何持續祈禱，就如同噩夢之塔的信徒一般，他們或許也是如此。

或許神也會感到寂寞吧。

「你們……」

神是因祈禱的信徒而存在，也許這就是他們五百年來持續祈禱的原因。

為了使他們的神留在這世上，為了讓祂被記住，為了記著祂。

「都很努力地禱告了。」

頃刻間，漢斯發出了怪異的聲音，宛如故障的音樂盒發出的嘎吱聲。

「現在可以休息了。」

神殿的村民就像在同一時間停下的音樂盒，他們一齊停下了動作，空洞的目光齊刷刷地仰望著宰煥。

「救救我救救我救救我救救我救救我救救我救救我救救我救救我救救我救救我救救我救救我救救我救救我！」

傀儡也會留下眼淚嗎？如果會，那是傀儡的眼淚嗎？又或者，是決心成為傀儡的人類的眼淚呢？

如果兩者皆非，那會是愛惜著這些傀儡的神所看見的幻覺嗎？

他們始終活在等待安徒生回歸的日子裡，並且……

「您、您遲到太久了。」

「您回來了，安徒生大人。」

「您沒有忘記我們。」

堅持等待著從這無盡祈禱中解脫。

宰煥握緊獨不，柳納德吃驚得瞪圓了眼睛。

「宰煥先生？」

所有傀儡一個接一個閉上了眼睛，彷彿期盼這一天的到來許久，終於迎來了禱告即將實現的時刻。

有什麼東西抓住了宰煥的右手，滋滋滋滋的聲響傳來，是一股約束著宰煥肌肉的世界力。

宰煥瞇起了眼睛。

「安徒生。」

『住手。』

「釋放他們吧。」

五百年來，這些為了安徒生祈禱，甚至成為傀儡的信徒，如今終於有資格從自己的信仰中獲得解脫。

「繼續困住他們，只是出於妳的貪婪，他們已經不再是妳記憶中的信徒了。」

『如果是你的朋友變成了傀儡呢？』

伴隨著喀喀喀磨牙聲，安徒生咬牙切齒地補充。

『那時，你也會說出同樣的話嗎？』

如果允煥變成了傀儡……

剎那間，宰煥的手微微停頓。

「若是如此，我會親手殺了那傢伙。」

兩道世界力相互碰撞，由於身體的主人是宰煥，最終獨不還是被緩緩抽出。

劍刃散發著危險的氣息，正當獨不朝著傀儡襲去的瞬間，安徒生放聲大喊。

『就算有方法可以讓傀儡恢復也一樣？』

獨不的劍刃停了下來。

『即便如此，你仍然會殺了這些傀儡嗎？』

「有方法嗎？」

『如果是製作這些傀儡的製作者——』

製作者。

這一瞬間，宰煥的猜疑再度強烈啟動，某種東西在他耳邊敲響了警鐘，周遭的傀儡一齊顫抖著身體。

更專注於猜疑後，他看見了傀儡的頭頂有一條向上延伸的半透明絲線，機不可見的絲線紛紛匯聚至同一處，直通神殿的入口。

那裡站著一個人。

「你是誰？」

抬頭的瞬間，宰煥感覺到安徒生的憤怒籠罩了全身，這股憤怒比他至今所面臨的任何情感都要強烈。

「這到底是怎麼回事？」

陽光灑入神殿內部，烈日之下，一名摘下帽子的女孩任由金髮在風中飄揚，她寶石般閃亮的瞳孔正望向此處。

宰煥見過這名女孩。

在安徒生的記憶裡。

在簡易公車站貝洛圖斯的相框裡。

以及在這座神殿的走道裡。

女孩踏著輕盈步伐一步步走近。哥德風格的禮服隨著女孩的步伐搖擺，坐在她肩上的烏鴉發出威嚇的叫聲。

「我們沒有忘記祢，所以，請祢也別忘記我們。」

說著這番話的同時，女孩奄奄一息。

「不用擔心我們，請一定要活下去，我的神啊。」

曾說出這些話的女孩，如今正站在宰煥眼前。

就在宰煥準備開口的瞬間，女孩用手指堵住了他的話語。

「我知道你是誰，這真的費了好長一段時間啊。」

她是安徒生的前一位代行者，瑞秋・玲。

然而，無論是宰煥或是安徒生，兩人皆心知肚明——眼前之人並非是瑞秋，而是另一個截然不同的存在。

空無一物的靈魂外殼，她的世界力宛如烏鴉的烏羽般鼓脹而起，危險且黑暗。

蜷縮其中的存在是一名神祇。

『妳、妳竟敢——』

「我的朋友，還滿意我準備的禮物嗎？」

『我要將妳碎屍萬段！』

安徒生的世界力無視宰煥的意志，籠罩了整座神殿。

聖域開顯。

幾日前，安徒生所展現出來的壓倒性力量，再度蠢蠢欲動，然而……

轟轟轟轟轟！

另一股力量將安徒生即將顯現的聖域強行壓制了下來。

女孩的全身流淌出黑暗的世界力，那股氣勢凌人的力量壓制住了另一個世界的顯現，釋放出在第一層遇到的貝爾卡因代行者無法比擬的威壓。

宰煥曾經與擁有這等力量的存在正面交鋒。

「君將。」

女孩的力量明顯能與偉大之土的君將相媲美。

「就這麼點程度？五百年來妳變弱了不少啊，安徒生。」

『該死！艾丹！妳究竟為什麼要這麼做！』

艾丹。聽見這名字的那一刻，宰煥想起了擺放在神殿走道的雕像。

唯一沒有標示代行者的神祇雕像。

「原來就是妳創造了這座村莊的傀儡。」

面對冷靜的宰煥，女孩歪了歪頭。

「你是安徒生的新代行者嗎？」

「把這些人恢復原狀。」

「看起來不像是她會喜歡的型啊。」

女孩再次運使世界力，她的眼中泛著燦爛的金黃色光芒，彷彿在衡量宰煥的力量。

法則系設定，烏鴉之眼。

安徒生深知蘊含在那隻眼中的設定，那是屬於無代行者之神的獨特設定，是一種能將世上所有信徒與代行者的能力轉化為數值的能力，也是艾丹．卡爾特為了尋找更強大的代行者及信徒而創建的特殊技能。

迄今為止，落入那雙眼中的無數名代行者都被她牢牢掌控，成為了傀儡。

然而……

那雙眼睛，此刻正劇烈地震顫。

「你是什麼東西？」

啪滋！女孩眼睛的微血管爆裂，眼中流出銀色的淚水。

「妳究竟帶了什麼東西過來，安徒生！」

艾丹跌跌撞撞地後退一步，而宰煥則朝前邁出了一步。他注意到女孩腰間的波斯彎刀，刀鞘上留有戰鬥的痕跡，這世上只有一種技能才能留下那樣的痕跡。

「刺擊？」

「原來就是妳，擋住我刺擊的人。」

女孩的神情劇烈動搖。

「難道那個……」

『宰煥。』

「安徒生，這次別妨礙我。」

這個叫作傀儡製作者的傢伙看起來似乎不懷好意，那他也不必有所遲疑。若是繼續滯留此處，位在第七層的允煥也會像村民一樣成為傀儡。

「我要殺了這傢伙，上到第七層。」

先前受到抑制的世界力自宰煥全身迸發而出，占據神殿半片區域的力量悄悄推開了黑暗的世界壓。那股純粹的世界力正匯聚於宰煥的獨不上，一口氣凝聚而成的世界力迸射出爆炸般的光芒，形成一個環繞的光圈。

世界刺擊，亦是一舉貫穿元宇宙六層樓的刺擊。

獨不的劍身劃出微小的圓圈，那股刺擊的次數正不斷疊加。

一道、兩道、三道、四道……

看著宰煥的世界力無情地攀升，艾丹的表情隨之變化。

「不曉得這次妳還接得住嗎？」

宰煥的獨不噴出了火焰。

Episode 18. 無代行者之神

1.

元宇宙，即是神祇的廢棄物處理場。

——艾丹・卡爾特

✝

✝

✝

「進入第六層！」

〔火焰之神『伊格尼斯』向勒內打招呼！〕

〔疾光之神『雷伊雷伊』向勒內打招呼！〕

「歡迎歡迎，各位大大安安唷，見到大家真開心！」

勒內比出勝利手勢，向著空拍機的鏡頭展開笑顏，她身穿黑色戰鬥裝束，與先前的衣著風格有些不同。

〔火焰之神『伊格尼斯』說新造型很漂亮。〕

「啊，這個嗎？這是新出的造型，我也買了一套。這可不是在打廣告喔，都是我花錢買的！」

〔疾光之神『雷伊雷伊』詢問該款造型的名稱。〕

「造型名稱？這個叫做月下賢帝劉尚雅，是我這次在星星直播聯名抽獎中抽到的，好看吧！」

〔疾光之神『雷伊雷伊』發著牢騷說自己也有抽，但是只獲得『自行車小偷韓明伍』。〕

「我光是那款造型就抽到二十次了，而且也不能丟掉，超級困擾。好啦，閒話就說到這裡，我們來開始今天的直播吧！」

勒內愉快地高喊一聲，敞開雙臂，先前拍攝她的空拍機則拉開距離，映照出以勒內為中心的遠景畫面，那是到處是斷垣殘壁的舊版本元宇宙市區。

「我，勒內，怒氣沖天之後，終於抵達了第六層！」

〔文法之神『克雷姆』指出，不是怒氣沖天而是發憤圖強。〕

〔疾光之神『雷伊雷伊』詢問您究竟是如何抵達第六層。〕

「如何抵達？當然是我費盡千辛萬苦的結果囉！你們知道為了抵達這裡，我有多辛苦嗎？」

〔智慧之神『希克馬敦』說不用想也知道，肯定是購買了特級高速通行證。〕

〔火焰之神『伊格尼斯』詢問您為何要來第六層。〕

「不是啊，我哪有錢買那種東西。哼哼，總之，我為什麼來這裡呢？你們還記得上次直播看到的新手先生吧？」

〔疾光之神『雷伊雷伊』詢問您是不是在說那個裸男。〕

「沒錯，就是那位新手先生！近日令元宇宙與小兄弟幾乎癱瘓的那名話題人物！」

勒內輕彈手指，直播畫面隨即轉變，浮現出小兄弟的熱門影片列表。

——成為話題的裸體刺擊，大舉擊潰貝爾卡因中隊〔熱門〕

——元宇宙第一層天花板崩塌，時隔七百年的巨大裂縫〔熱門〕

——二九七一期元宇宙，裸體刺擊的真實身分？〔熱門〕

其中大多數的縮圖都是經過馬賽克處理的裸男揮出刺擊，與勒內大吃一驚捧著臉頰的表情相互合成的圖片。

勒內嘖嘖了幾聲。

「哎呀，大家居然沒有取得肖像權，就隨便拿我的臉去用。總之，我為什麼會來這裡呢？就是為了那名新手先生！我特地追著他過來的！」

螢幕畫面出現「LIVE」標示的同時，她的直播也正式開始了。

——特輯！追尋話題人物「裸體刺擊男」！

〔『匿名神32』詢問您到底是怎麼找到的。〕

「多虧各位的金援，我才能花上大筆的費用找到這裡。」

勒內聳了聳肩，將手擱在眉頭上，開始四處張望。

「說起來，我們的新手先生來到了一個非常特別的世界觀呢。各位應該也曉得，元宇宙第六層參雜了舊版本的地圖，這裡看起來是——」

〔火焰之神『伊格尼斯』詢問這裡是不是那個傀儡變態居住的世界。〕

「傀儡變態？啊，看來我的小短腿是第一個找到新手先生的人！」

小短腿是勒內對空拍機的暱稱。這臺要價超過三千托拉斯的最高級配件，是贊助者為了總是碰到機器故障問題的勒內而送給她的產品。

片刻後，小短腿一號的視野出現在直播畫面上。那是一幅仍舊模糊不清的村莊景象，而遠處，可以看見宰煥與柳納德正朝著某個地方走去。

「咦，他們進了神殿？我們的新手先生似乎比想像中更虔誠呢。」

過了一會兒，神殿發生了巨大的爆炸，徹底崩毀。

✝ ✝ ✝

艾丹・卡爾特。

當前元宇宙中最強的六神之一，最初的傀儡製造者——無代行者之神。

在某些地方，也被稱為烏鴉之王。

那些畏懼被她網羅為傀儡的代行者，總是刻意挑選其他的地圖登塔，以免迎面碰上其所屬的組織。

這都是五百年前的事情了。

安徒生的革命以失敗告終，屬於該組織的神祇要不是遭到聯盟肅清，就是四散奔逃。

而艾丹是唯一的例外。

有傳言說是因為她背叛了安徒生，也有人說是因為她擁有的技能對聯盟大有用途。

能確定的是，無論以何種原因倖存下來，她仍舊是元宇宙最強大的神祇之一。此外，與那些衰敗的神祇不同，她依然保有高階神的力量。

「咳呃……」

而現在，她正被一個身分不明的裸體男子威脅。

「等等！停下，安徒生！」

但安徒生並沒有打算停手的意思。

確切來說，是安徒生的代行者。

艾丹咬緊牙根，專注於眼前的景象。在空中胡亂飛舞的神殿屋頂殘骸映入眼簾，僅憑感知到的威壓就足以令人明白。

此時凝聚於那把漆黑劍戟中的世界力，具有與高階神的主力設定相匹敵的力量。

臉色凝重的艾丹冷靜地重整自己的世界力。

「那可不是安徒生的設定。」

艾丹是活了將近兩千年歲月的深淵神祇，失去信徒的次數不剩其數，她身為神的資格甚至多次受到威嚇。儘管男子氣勢磅礴，但她早已不是初次見到擁有如此威力的設定。

「確實不同凡響，但似乎是尚未整治的設定。」

男子沒有回答，而是瞄準了艾丹，彷彿在等待著什麼似地。

過了一會兒，待所有村民皆已撤離神殿外，男子的氣勢才像是等待已久般猛烈升騰而起。

他在等傀儡撤離完畢？

艾丹的嘴角揚起一絲饒有興致的微笑。

真有趣。

艾丹也開始提升世界力。

兩道強大世界壓之間的衝突，足以令擁有數百年歷史的建築物地基震顫不已。如此純粹的世界力鬥爭，也是睽違數百年的罕見之事。

「來吧。」

如果對方是來真的，稍微配合也並非壞事。按照那種程度的設定，他果然會使用與剛才相同的世界力來——

轟轟轟轟轟。

有點不對勁。原以為會立即發動刺擊的劍身上，卻縈繞著一顆匯聚世界力的珠子。

彷彿在替它填補世界力似地，珠子逐漸增加。

一發、兩發、三發、四發。

至今尚可接受。

但當填補數量超過五發時，艾丹的神情也隨之一變。

「等一下。」

六發。

「我叫你等……」

七發。

若是受到如此強烈集中的世界力直擊，即便是艾丹也難以倖免。耳邊警鈴大作，男子的劍也同時噴出火焰，凝聚力量的刺擊撕裂了整個空間，襲捲而來。

艾丹下意識地召喚出自身設定。

烏鴉鎧甲！

原本在她肩上盤旋的烏鴉瞬間增大，覆蓋全身，化為一襲黑色鎧甲。

轟隆隆隆隆！

廢墟的上空被撕裂出一條道路，一股令整片地形和空間扭曲變形的世界力直襲而來，在這股巨大的壓迫感之下，艾丹不得不後退了幾步。

如大海般勢不可擋的世界力戛然而止，灰濛濛的塵霧升騰而起。塵土中，將神殿及村莊一分為二的男子正站在那裡。

正當艾丹不悅地打算開口時。

啪喀喀。

伴隨著碎裂聲，原本保護著臉龐的頭盔應聲碎裂，她的烏鴉鎧甲因無法承受衝擊而崩潰。

一陣風吹過，髮絲在空中飄揚。

艾丹低頭望著碎裂的頭盔。

「你叫什麼名字？」

男人回答道：「宰煥。」

「災患嗎？」艾丹自言自語般重複嘟囔著這個名字。

安徒生發出提醒。

『小心點，艾丹很少問信徒的名字。』

緩緩抬起頭的艾丹看了過來。

『那傢伙只有在想把對方變成自己的傀儡的時候，才會問別人的名字。』

像是在證實安徒生的話語，向前邁出一大步的艾丹莞爾一笑。

「妳帶了很厲害的代行者來呢，安徒生。」

「我不是代行者。」

「你不是？」艾丹瞪大雙眼，吃驚地問道：「那你是誰？」

宰煥思索了片刻。

他不是安徒生的代行者，安徒生也不是他的神。

那麼，他們究竟是什麼關係呢？煩惱並沒有持續很久。

「我是那傢伙的同伴。」

同伴。

好久沒親口說出這個詞了。他在噩夢之塔失去、在混沌遺忘的詞彙，為何現在會突然浮現在腦海中，連宰煥自己也不曉得。

然而艾丹的神情有些古怪。

「安徒生。」

暗紅色的血管彷彿在擴張勢力般，一股不祥的氣息以艾丹為中心在地板上蔓延。

「妳這傢伙還有同伴嗎？」

以瑞秋．玲的面孔說著話的艾丹，瞳孔中湧動著一抹冷酷的光芒。

「你的同伴不是早在五百年前，就全數死在這片戰場上了嗎？」

艾丹突然改變態度的原因不得而知，唯一可以確定的是，宰煥的話令她感到憤怒。

唰——

艾丹的手一揮，宰煥輕巧地揮動獨不，擋住了攻擊。

然而他的劍刃沒能阻止飛向神殿牆壁的斬擊，牆壁被劈了開來。隨著轟隆巨響，禮拜室瞬間崩塌，倒塌的景象後方是殘破不堪的走道。

展示著雕像的走道。

艾丹注視著煙塵中崩潰碎裂的雕像。

賈斯蒂斯與其代行者伊廉。

「你所有的同伴，無一倖免。」

阿爾戴那與其代行者尤濱。

「全都死了。」

安徒生與其代行者……瑞秋．玲。

艾丹猶如一名摧毀自身築起的沙堡的孩童，她露出純真的笑容，踐踏著殘破的同伴雕像，欺侮著他們。

『那傢伙五百年前也是這樣，現在依然還是個瘋子。』

瘋子。

表面上來看確實如此。

然而，宰煥心知肚明，她並沒有瘋，不過是假裝如此罷了。證據就是從神殿逃離至遠處避難的村民。

假若他們只是微不足道的傀儡，那個艾丹肯定不會顧慮他們的死活，但當宰煥的刺擊噴出火焰的瞬間，艾丹最先做的事情是保護他們。

「製造傀儡進行虛假的祈禱，失去的世界也不會回來。」

少女的眼中泛著淡淡的笑意。

奇怪的是，在那一瞬間，宰煥竟覺得那雙眼睛很美麗。

「這些人的祈禱……」

「曾經，都是真實的。」

或許是因為很久以前，他曾見過與其相似的眼睛。

「總有一天，大家會說這全都是個謊言吧？」

模糊的記憶中，有個女人這麼說過。

「塔出現了之後，地球沒有滅亡，人類也沒有集體回到過去之類的。」

「這確實像是小說中會出現的情節。」

「我們所經歷的這一切，誰會相信？」

面對著發牢騷的女人，允煥說道。

「但記住這些的不只有我們自己啊。」

「你們兩個，攻塔成功後不能裝作不認識我嗎？」

「確定不是瑞律妳想這麼做嗎？」

那時笑著閒話家常的允煥與瑞律，如今應該都已經忘記了那段時光的記憶。畢竟，唯一能保存栽培過程完整記憶的人，僅有抵達塔的盡頭的宰煥。

那段賭上性命攻塔，為了守護所有人回歸的當下而戰鬥的時光，如今已成為了不存在於世間的事物。

「你不會理解的，這不是區區人類能理解的事。」

正如同宰煥記得那段歲月，如果她在五百年的時間裡依舊忘不了那段時光，因而無法離開這個世界……

「如果你真的是安徒生的同伴，那就證明給我看吧。」

此刻，四周籠罩著一股前所未有的世界壓。

宰煥看向一直躲在他身後的柳納德。

「快逃吧。」

現在不逃就沒機會了。

臉色憔悴的柳納德掀動著嘴唇，然後緊咬牙點了點頭。

幾乎同時，安徒生高聲疾呼。

『宰煥！攻擊！現在立刻！』

宰煥的世界刺擊噴出了火焰。

二連發、三連發、四連發，持續接踵而至的刺擊洗禮。

但是不知為何，劍刃絲毫沒有碰到任何東西的感覺。

下一刻，彷彿有人熄滅了世界的燈火，周圍被黑暗籠罩。

宰煥同時發動猜疑與理解，受干擾的感知緩緩復原，身體卻如同陷入濃稠的墨水一般，沉重不已。

『該死。』

安徒生發出沉痛的聲音。

『那傢伙的聖域打開了。』

聖域開顯，意思是具體顯現神的世界觀，使神祇的真正權得以行使。

宰煥曾在第六層目睹過低階神普萊伊莫斯的聖域，那位神祇的力量確實不差，然而此刻呈現於眼前的一切，可謂是一股迥然不同的力量。

聖域開顯——烏鴉之墓。

隨著掩蓋整個世界的展翅聲，無數烏鴉飛揚而起，漆黑的羽毛如大雨般傾盆而下的同時，艾丹正注視著此處。

不對，那個東西已不再是艾丹。

那是一隻巨大的烏鴉。

地板變得黏稠，開始像沼澤般吞噬宰煥，當他奮力逃脫掙扎著身體時，沼澤中出現傀儡的手，一把抓住了他。

「救救我救救我救救我救救我救救我救救我救救我救救我救救我救救我救救我救救我救救我救救我救救我！」

戴著烏鴉面具的傀儡揪著他不放，企圖攀至沼澤上方。儘管他們戴著面具導致難以辨認身分，但那些聲音有些熟悉。

「救救我救救我救救我救救我救救我救救我救救我救救我救救我救救我救救我救救我救救我救救我救救我！」

某個人似乎是允煥。

「別一個人走別一個人走別一個人走別一個人走別一個人走別一個人走別一個人走別一個人走！」

另一個則像是瑞律。

像清虛的傀儡，像卡頓、賽蓮、凱門、美露的傀儡，還有——

烏鴉之王說道：「在你最愛的記憶中死去吧。」

這與先前對抗普萊伊莫斯的聖域時不同，儘管發動了猜疑與理解，宰煥仍舊無法輕易解讀眼前的世界。

這即是高階神的聖域，一個蘊含著數千年歲月的堅固世界觀。
若是被拉進沼澤，可能就再也上不來了。
——忘我。
隨著加速的知覺，周圍的動作稍微緩慢了下來，那一剎那給了宰煥思考的時間。
安徒生的聲音隱約傳來。
『可惡，是不是沒有剩餘的托拉斯了？只有聖域才能對抗聖域，要是我的狀態好一點……』
吵雜的振翅聲淹沒了安徒生的聲音。
世界正在將他吞噬。
宰煥冷靜地再三思索安徒生的話語。
只有聖域能對抗聖域，這句話給了宰煥啟發。
從腿部、腰部，最終淹沒至胸口，宰煥逐漸放棄了抵抗，慢慢閉上雙眼。
——這個世界是假的。
最終，甚至連頭部也陷入烏鴉沼澤的瞬間。
轟轟轟轟轟。
世界的地基發出巨響，搖晃震顫，宰煥被吞噬的位置湧現出奇異的光芒。
覺醒第四階段——假說。
巨大的烏鴉眼瞳微微動搖。
「……怎麼可能？」
宰煥並未將這個世界稱為聖域，因為他的世界一點也不神聖。
即便如此，宰煥在這個世界進行了刺擊，與人們一同經歷過歡笑、哭泣與喧鬧。
然後，失去了一切。

宰煥由創世之力所鑄造的固有世界，終於顯露於世。

聖域開顯——

滅亡後的世界。

2.

艾丹的神情，準確來說是被艾丹附身的瑞秋．玲的神情劇烈動搖。

此刻抓住宰煥不放的傀儡都不是真的，而是艾丹的聖域製造的幻象。儘管如此，要摧毀她的聖域並不容易。

聖域究竟是什麼？

這樣的世界也能被稱為聖域嗎？

「這不是安徒生的聖域，你到底是如何施展聖域開顯的？」

聖域是唯有神祇才能使用的力量，然而眼前的人類並非安徒生的代行者，同時也不像是其他神祇的代行者。

「那種事很重要嗎？」

宰煥淡漠的反駁令艾丹的目光一變。

「重要，如果你就是那個安徒生所選的世界，那就非常重要。」

所謂的聖域，即是神眼中的世界，換言之，所有的聖域皆會受到該神祇過去的生活經歷與想像力的影響。

每邁出一步，宰煥足跡四周的世界便隨之變化。

血染的水潭不斷增殖，水潭中死者的骨墳林立。血潭中升起的濃霧令人無法看清世界的全貌，但若是入口處就給人這種感覺，後面的情況也可想而知。

「真是稚嫩的想像力啊，安徒生，妳所選擇的世界竟然是這……」

下一刻，艾丹的眼中映照出一幅奇異的景象。

宰煥的固有世界裡，那片霧氣的另一端，有著某種怪異的事物。

正當艾丹欲開口之際，宰煥搶先了一步。

「妳的世界觀也不怎麼特別。」

「投降。」

宰煥的獨不劃開艾丹的世界力，朝著她撲面而去。

就在艾丹所寄身的瑞秋．玲的柔弱頸項即將與身體分離的剎那。

……嗯？

「我投降。」

突然間，艾丹舉起了雙手。

✝ ✝ ✝

宰煥與柳納德一同將艾丹綑綁住。

「宰煥先生，這樣困得住祂嗎？」

當然，僅憑簡單的綑綁無法困住艾丹這等高階神，因此他們必須仰賴特殊配件的幫助，而告訴他們該使用何種配件的正是艾丹本人。

「如果想要限制我的行動，就買這個吧。」

＋

〔世界力束縛器〕—— 500 托拉斯

＋

仔細一瞧，那與卡司皮昂收監所的囚犯佩戴的束縛器頗為相似。

「那是一種能在對方同意的情況下約束世界力的配件，不過光靠那個當然不夠，也買一下這個吧。」

＋

〔移動式束縛椅〕—— 500 托拉斯

＋

宰煥猶豫了一下，將安徒生喚了出來。

『從商品說明看來不是什麼可疑的東西，總之先買再說吧。』

由於實在沒有其他辦法，宰煥只好皺著眉頭支付了托拉斯，然後將艾丹安置在束縛椅上，戴上束縛器。

艾丹適度地扭動了一下身體，並確認束縛器與束縛椅的耐久度，隨後露出滿意的微笑。

「很不錯嘛，果然是我親手製作的配件。」

這傢伙，不能直接宰了嗎？

『忍住，反正她說了會聽從我們的話。別看她那樣，她可是元宇宙六神之一，絕對不是好惹的傢伙。』

完全無法捉摸那傢伙的想法，突然間投降是怎麼回事？要求別人綁住她之後，再賣掉自己的配件，這又是什麼奇怪的行為？這絕對不是一個精神正常的神會想到的點子。

『她本來就是個難以捉摸的傢伙，五百年前也是這樣。』

儘管如此，安徒生的聲音中仍舊透出一絲微妙的情感。

「那個，宰煥先生。」

「你該不會……打算殺了艾丹大人吧？」

不知何時走近的村民向宰煥搭話。

若說他們的靈魂不是真的，這樣的眼神卻顯得過於純淨，真是令人費解。

這些人之前是安徒生的信徒，又為什麼會偏袒艾丹呢？

「她是將你們變成傀儡的存在，為何要替她擔心？」

「因為是她讓我們成為了傀儡。」那是一句相當古怪的話。

「是我們拜託艾丹大人的。」

漢斯露出淒然的笑容。

「是我們要求她把我們變成傀儡的。」

✝ ✝ ✝

『大概是為了救我吧。』

五百年前，安徒生被元宇宙驅逐出境，遭到強制封印。

『你應該也明白，在深淵，無人記得的神都將消逝。』

神的根本基礎是「概念」，被人遺忘的概念註定會消失。

雖然不清楚傀儡的祈禱是否有效，只知道封印解除後，安徒生並未消亡。

最終，她回到了這座塔。

『很多信徒都畏懼成為那傢伙的傀儡，但她從未無視對方的意志，強制進行傀儡化。』

「妳是想說她沒有想像中那麼壞嗎？」

『我只說她是個瘋子，但我沒說她是惡人。那傢伙本來就只會詢問瀕死的信徒要不要進行傀儡化。』

令人費解的是，假如情況真是如此，為何艾丹一開始沒有解釋？

「現在要給我解釋的機會了嗎？」

「但是我看剛才妳也大喊著說要殺了她。」

『招惹我的前代行者，已經觸碰到我的底線了。』

回頭一看，艾丹聳了聳肩，望向這邊。

「來吧，我已經完全不能動了，有什麼問題就儘管問。」

當事者這麼一說，原本想問的事情反而想不太起來。

見宰煥沉默不語，艾丹便自顧自地喋喋不休。

「你剛才問了傀儡的問題吧，總之那些傀儡是我創造的——」

「我朋友被抓來這裡了，聽說是被抓來當傀儡的。」

話題突然被打斷的艾丹緊盯著宰煥回答。

「這算是家常便飯，所以呢？」

「我想找那位朋友。」

聽見宰煥的話，艾丹的神情有些複雜。

「雖然是個感人的故事，但我似乎幫不上忙，我可不會為了製作傀儡而購買靈魂。」

「我聽說你是最初的傀儡製作者，應該會跟塔內的其他製作者有所連繫吧。」

「這個嘛，雖然有打聽的方法，不過……」

艾丹靜靜盯著宰煥。

「我為什麼要幫你？」

「否則妳就會死。」

宰煥冷冷握住獨不的劍柄，然而艾丹沒有一絲動搖。

「如果你殺了我，這個傀儡也會死，你確定你的同伴安徒生會想要這樣嗎？」

『這個可惡的傢伙又來了。』

正當憤怒的安徒生準備發作之際，一位信徒的尖叫聲突然打斷了雙方的爭執。

「著火了！」

信徒所指的地方正冒著煙。

不久後，驚恐的村民高聲喊叫的聲音傳了過來。

「天啊。」

起火的地方是村裡的倉庫，倉皇失措的村民紛紛衝過去撲滅火勢，隨即露出了空蕩蕩的倉庫內部。

然而，事情有些不對勁。

「啊，他不見了！」

消失的正是昨日被關在倉庫的收割官。

他並非只是單純地消失蹤影，而是死得徹底，靈魂體完全焦黑，化為粉末。

是神罰。

安徒生低喃道。

『該死，這是……』

燒焦靈魂體的粉末中，有一枚紅色的印記。

安徒生立刻認出了那是什麼——那是聯盟的印記。

她五百年前也曾見過這個印記，當時被烙上印記的村莊，全都不著痕跡地消失了。

聯盟宣稱，要讓該村莊為「死亡」負起責任。

滾著束縛椅輪子跟過來的艾丹咕噥了一聲。

「你們到底在我的村子裡幹了些什麼？」

✝ ✝ ✝

元宇宙第七層。

華麗的壁紙、閃耀的水晶吊燈，擺放著無數奢華物品的房間中央，綁著喜鵲頭[2]的代行者一臉悠閒地躺在沙發上。

「靠，怎麼一直抽不到傳說造型，難道又偷改了保底機率？」

+

〔抽獎結果出爐。〕

〔自行車小偷韓明伍（一般造型）〕×15

〔煽動者千仁浩（一般造型）〕×10

〔土財主孔弼斗（一般造型）〕×4

〔魷魚金獨子（經驗值造型）〕×1

+

2 一種類似包包頭的髮型，與一般包包頭的差異在於髮尾拉出一點髮絲，不要全部收起，翹起的髮尾讓人聯想到喜鵲的尾巴，故稱為喜鵲頭。

「怎麼都是些一般或是成長型的犧牲品啊？韓明伍？千仁浩？這些傢伙到底是打哪來的，要是被我抓到就死定了！」

他翻閱著懸浮在空中的造型卡目錄，皺起了眉頭。

每次抽獎失敗，就有大量的托拉斯化為塵埃蒸發。

〔廉恥之神『奈德』說您今天的運勢似乎有點弱。〕

〔賭博之神『百家樂』強調要儲值更多的托拉斯。〕

「唉，諸位神祇，請適可而止吧，我也得混口飯吃啊，今天已經把五萬托拉斯丟進水裡了。」

喜鵲頭男子是當前元宇宙第七層相當著名的人物。

世界力固然重要，但實際上他在另一個領域更有名氣。

那就是抽獎。

〔疾光之神『雷伊雷伊』賭 1,000 托拉斯，認為今天抽不到傳說造型。〕

「等著瞧。我可是每個禮拜都能抽到一套傳說造型的人耶？而且是那個什麼……那個新出的叫什麼霸王還是魔王的造型。」

男人的名字是貝里斯。

深淵的神祇稱他為「抽獎之神」。

〔部分神祇嘲笑您，說您連抽到的造型名稱都不曉得。〕

〔疾光之神『雷伊雷伊』指責您的直播做得很馬虎。〕

〔癲狂之神『妄夜』認為您已經失去了初衷。〕

〔多數神祇追究道，反正您還不是用贊助的錢來抽造型。〕

「不能這麼說啊，諸位神祇，接受贊助又怎麼樣了？老實說，一般的狀況下怎麼可能抽得到傳說造型？當然是聯盟給予支援才有機會抽到。其他神祇不也是看我的直播來滿足自己的欲望，大家互相受益不是嗎？」

〔部分神祇不耐煩地說，您又開始了。〕

〔疾光之神『雷伊雷伊』說也有沒課金就能上來的人。〕

「沒課金？您吃錯藥了嗎？不可能的，沒課金怎麼登得上元宇宙？」

〔疾光之神『雷伊雷伊』問您不知道『裸體刺擊』嗎？〕

「裸體什麼？唉，您到底在說什麼鬼話？好啊，就當作有個沒課金便成功上來的神好了，但是他要拿什麼打贏我？」

男子公開了自己的收藏品。

這是他從底層開始，一直花費大量托拉斯積累的造型收藏列表。

〔您的新款造型收藏完成度已達75％！〕

＋

〔上班族『金獨子』造型（魔法）〕

〔職業玩家『劉衆赫』造型（回歸）〕

〔西班牙語專家『劉尚雅』造型（魔法）〕

〔小說家『韓秀英』造型（魔法）〕

〔武裝城主『孔弼斗』造型（回歸）〕

〔妄想惡鬼『金南雲』造型（傳說）〕

……

——造型收藏達成效果

額外攻擊力 285% / 移動速度 285% / 攻擊速度 170% / 世界力恢復速度增加 150%……

＋

可謂是一套令人驚豔的收藏。

「好了，現在同等級的神祇中，沒有人的收藏效果比我強吧？元宇宙終究是收藏品的戰爭。收藏品多的人，排行榜分數也就最高。」

〔部分神祇表示有個傢伙沒有收藏，排行榜分數也比您高。〕

〔少數神祇說第一層任務有人收集到超過一百枚哥布林徽章。〕

〔疾光之神『雷伊雷伊』說，那傢伙就是我說的無課玩家。〕

「哎呀，亂說什麼啊，雷伊雷伊這傢伙真是的。」

貝里斯悄悄地將疾光之神雷伊雷伊封鎖了一日。

〔火焰之神『伊格尼斯』說那是真的。〕

「不對啊，怎麼連伊格尼斯大人也這樣呢？真是的，別開玩笑了，在第一層獲得一百枚徽章的話就等於創下新紀錄了，這像話嗎？」

片刻之後。

「不是吧？來真的？他擊敗了貝爾卡因的中隊？他是誰？」

〔火焰之神『伊格尼斯』贊助 500 托拉斯並附上一則訊息。〕

〔『拜託你搜尋一下裸體刺擊。』〕

「好的好的，感謝您的贊助，不過那個裸男到底是什麼東西。」

隨即，貝里斯的眼前出現了那個裸男。

他像是要看穿畫面似地緊盯著螢幕。

「什麼？竟然還有裸體造型？」

畫面中的男人每施展一記刺擊，就有一名代行者倒下。怎麼回事？那分明就只是一招普通的刺擊，怎麼會死在那種招式上？這是系統錯誤嗎？還是說……

「不對，諸位神祇，他怎麼可能沒有課金？敵方的每位代行者身上都戴滿了配件，他卻可以一招斃命？那小子至少……」

越看越摸不著頭緒。

光溜溜地握著一把劍，僅憑刺擊便將所有代行者送上西天？無論貝里斯怎麼絞盡腦汁，也未曾聽說過有這樣的神。

「他到底是怎樣？為什麼要裸體？為什麼要裸體啊！」

仔細一看，近期「裸體刺擊」的人氣占據了小兄弟的熱門特輯版面，受歡迎的程度甚至令他懷疑為何自己會不曉得這個傢伙。

一個名為「勒內ＴＶ」的頻道甚至直接播出裸體刺擊的特輯。

貝里斯焦躁得開始啃起指尖。

拍攝這種傢伙的影片，觀看次數竟然比我的還高？

此時，呼叫鈴響起。

貝里斯心不在焉地接起電話。

「喂，我是貝里斯。」

〔火焰之神『伊格尼斯』表示您竟敢在直播中接電話。〕

片刻後，貝里斯瞪大了雙眼，悄悄將通話畫面轉向觀眾，展示來電者的身分。

魁首聯盟的首領。

當今元宇宙六神之一，閃耀之槍「加拉泰翁」。

神祇的訊息紛至沓來。

〔癲狂之神『妄夜』詢問加拉泰翁不是聯盟的首領之一嗎？〕

〔多數神祇對於局面的發展感到好奇。〕

「什麼？低階神普萊伊莫斯受到攻擊？那又如何，他只是個小角色啊。」

貝里斯的表情變化萬千。

最終結束通話後，他的臉上浮現了異樣的紅暈。

「諸位，現在可不是談論那個裸體傢伙的時候了，我這次要帶來一個令人震撼的天大消息。」

〔賭博之神『百家樂』詢問是不是新的抽獎。〕

〔癲狂之神『妄夜』好奇您又打算做出什麼瘋狂的行為。〕

貝里斯確認完訊息，露出了一抹饒富興味的笑容。

「我想，元宇宙六神的名單將會有所變動。」

✣ ✣ ✣

「首先，我有兩件事要告訴你們。」

艾丹仰望著虛空，進行了好長一段時間的搜索，她開口說話已是一小時後的事情了。

「最多一週後，聯盟就會降臨此地，那時這個村莊就完蛋了。」

「我聽說妳在塔內也算是個強者。」

「確實如此。」

「那只要打贏他們就行了。」

面對宰煥厚顏無恥的發言，艾丹蹙起眉頭。

「那要是行得通，我早就在聯盟占有一席之地了。總之，如果不想跟著喪命，你們最好在他們到來之前離開這座村莊。還有一件事——」

艾丹比對著空中幾個螢幕，漫不經心地拋出話語。
「你朋友的是叫金允煥，對嗎？」
「對。」
艾丹微微一笑。
「我找到你朋友的紀錄了。」

3.

艾丹開始講述。
「首先可以確定的是，你的朋友已經從收監所移送出來。當時收監所唯一一筆正式交易是元宇宙的交易，不出意外的話，你朋友應該已經被移送至這座塔。」
這一點他早有預料，重點是接下來的部分。
「他還活著嗎？」
「並不是成為傀儡就意味著死亡。上層的傀儡有時也會在製作過程中保留靈魂，畢竟上頭有許多買家熱衷於活傀儡這樣的高雅嗜好，而且同步率也更高。」
「我是問他還活著嗎？」
「就結論來說。」
艾丹關掉畫面。
「你的朋友似乎還沒變成傀儡。我查看了最近一個月內進行傀儡化的靈魂名單，裡面沒有他的名字。」
宰煥點了點頭。他鬆了一口氣，這也證實了自己還有機會。

安徒生躊躇地問道。

『不過，你沒事吧？』

「妳是指什麼？」

『那個朋友，他大概不記得你了。』

或許吧，畢竟允煥遺忘了噩夢之塔的記憶。

「無所謂。」

反正他這輩子也不是為了被他人記住而活。

或許曾經的目標是如此，但現在不是了。

突然間，有人握住了他的右手。

回頭一看，柳納德正站在那裡，用著近似憐憫的目光看向宰煥。

據說信徒能感受到神的情緒。

「看來你和信徒的關係不錯。你要馬上離開了嗎？」

「在那之前還有件事要做。」

「什麼事？」

「我要摧毀這個地方，這是第六層的任務。」

艾丹登時愣了半晌，然後呼喚著安徒生。

「安徒生。」

「……」

「快帶這傢伙離開這裡，妳也很清楚聯盟是什麼樣的地方吧。」

「……」

「安徒生？」

「那傢伙只有在我同意的時候才能說話。」

「啊，原來如此，因為你不是代行者嘛。」

苦惱的艾丹在懷中翻找片刻，接著掏出了某樣東西。

那是一隻小烏鴉的模型，背後安置了一個小發條。

「這是我前段時間為了實驗而製作的配件，但感覺沒人會購買，所以就沒上架到商店。送給你吧。」

「這是什麼？」

「把這個配件放進你的世界觀，這樣安徒生不需要借助你的身體也能講話。」

宰煥接下了艾丹遞過來的烏鴉，配件的訊息隨即浮現。

＋

〈道具資訊〉

名稱：嘎啊嘎啊烏鴉

等級：未定

說明：由無代行者之神「艾丹．卡爾特」製作的烏鴉玩偶。

附加設定：可愛

＋

「這名稱還真奇怪。」

宰煥用狐疑的目光盯著烏鴉好半晌，然後轉了轉發條。烏鴉獲得他的世界力之後，輕輕點了點頭，飛到了宰煥的頭頂上。

〔已成功連結。〕

伴隨著這條訊息，烏鴉的喙中傳來了聲音。

「哇！終於可以說話了！」

艾丹靜靜一笑，舉起了手。

「好久不見了，安徒生。」

「艾丹。」

五百年前的兩名神祇，終於正式重逢。

✝ ✝ ✝

安徒生向艾丹簡單地敘述過去這段期間的近況。

「唉，妳也知道，我差點就要消失了。我從封印中醒來時，世界力幾乎見底，所有的信徒都死在塔裡……就在即將死去的那一瞬間遇到了那個傢伙，才得以存活。」

柳納德比出了勝利手勢。

安徒生的話語還在持續。

從過去的兩年間與柳納德勉強餬口的日子，以及在新釣點發現宰煥，與他一同閒晃、四處闖禍，到最終進入元宇宙的事情為止。

絮絮叨叨地講述一陣子後，安徒生難為情地喃喃自語。

「這麼看來，遇見宰煥之後發生了很多奇怪的事情。」

「冒險故事差不多就談到這裡吧，比起那些，找來我村莊的收割官為什麼會變成那副模樣？」

「啊，那是我幹的，誰叫他動了我的信徒。」

「真是個瘋子。」

「從妳口中聽見這句話還挺新鮮的。」

「離開這個村子吧，如果繼續待在這裡，妳會死的。」

「這個嘛，就算離開也沒用吧？之前有一隻走狗活著回去了，我叫那傢伙轉達，我已經用這副身體回來了，叫他們作好心理準備。」

艾丹微微張開嘴巴。

「妳真的瘋了嗎？」

「反正事情已經變成這樣了，我只是通知妳一聲。而且我們也要完成任務，妳就幫點忙吧。這個任務還不讓人家取消。」

安徒生望著最新更新的任務畫面。

＋

〈元宇宙第六層—3.12 版本〉

任務：毀滅世界。

限時：14日

獎勵：第七層入場券、10,000 托拉斯、???

＊該任務不得取消。

＋

艾丹無奈地問道：「妳還是跟五百年前一樣不要臉，竟然要求我幫妳毀滅這個世界？妳是認真的嗎？」

面對隱約蘊含著怒意的嗓音，安徒生厚顏無恥地反問。

「妳打算被困在這個世界多久？」

「……」

「我知道妳為什麼沒辦法離開這裡，我也很感謝妳替我照顧死去的代行者和信徒，不讓他們受盡折辱。但是妳心裡也很清楚吧，不能總是停留在五百年前的時光裡。」

艾丹沒有說話。

「妳想這麼一直待下去嗎？」

「現在還不算太晚。只要妳不招惹元宇宙，聯盟也不會追究，妳就放棄任務，逃離這座塔吧，我會告訴妳下車鈴的位置。」

「我不會下車的。如果要在這裡下車，我幹嘛還來找妳？」

安徒生瞥向窩在角落的柳納德，以及正在進行刺擊訓練的宰煥。

「我會繼續向上爬。我會找到那傢伙的朋友，還有……」

「妳打算復仇嗎？」

「沒錯。」

「我們是怎麼失敗的，妳應該沒忘吧。」

「我當然記得，那天的回憶總是不斷浮現在我的腦海中，數百次、數千次……」

「那麼妳應該明白，妳無法戰勝他們。就算我們兩個聯手，以及五百年前的伙伴全都復活也不可能。這座元宇宙，沒有人能戰勝聯盟的那傢伙。」

她指的「那傢伙」是誰顯而易見。

元宇宙六神之中最強的神祇——忘卻聯盟的首領。

自從那位神出現，元宇宙最強者的位置從未有過任何改變。

「與他對抗，就等同於將七大神座之一視為敵人。」

七大神座，令深淵諸神無不聞風喪膽的名號。

「我不在乎。」

「妳是認真的嗎？」

嘎啊嘎啊烏鴉望著天空，彷彿那遙遠的天花板彼端存在著她所追尋的某種事物。

「瑞秋和我的信徒確實都死了嗎？沒有將傀儡再次轉變為生命體的方法嗎？」

「據我所知沒有。」

艾丹沉默了片刻。

「但是……」

「如果是元宇宙，說不定可以。對吧？」

艾丹的眼神有些動搖。

「如果是駕馭這座塔的駕駛員——」

元宇宙的乘客規則中，有一條眾所皆知，卻被視為不可能實現的條款。

＋

〈乘客規則〉

7. 抵達最後一層的乘客可以向元宇宙的主人「駕駛員」許願。

＋

「安徒生。」

「這裡的死亡，全都是發生在元宇宙內的事情。該死的眾神天堂，非真實也非虛構的幻想空間。若是元宇宙能插手發生在這座空間內的所有一切……」

「那或許也能救回已經死去的人。原來妳是這麼想的。」

安徒生點了個頭。

艾丹輕聲嘆息。

雖然是一個不符合現實的計畫，卻也並非荒謬的妄想。

「情況跟五百年前不同，現在妳的身邊既沒有信徒，也沒有同伴。」

「我有同伴。而且我還有妳啊，艾丹。」

「我……」

艾丹的嘴巴輕啟，卻又合攏。她艱難咽下的話語未能吐露，於口中頻頻打轉，最終消失在她的世界裡。

安徒生輕輕振動翅膀，飛起來注視著宰煥與柳納德。安徒生童話風格的世界觀在他們的腳下掀起陣陣漣漪。

縱然經歷過如此可怕的歷史，她仍舊以同樣的眼光看待世界，認同這個世間，並且依然保持的事物會有所改變的虛妄信念。

艾丹想問。

妳怎麼還能以那樣的眼光看待這個世界？怎麼還能為那種事情賦予意義，並且繼續活下去？

「不用那麼害怕，事情可能比妳想的還要簡單。」

遠處，可以看見柳納德在高聲喊著「咻咻咻咻世界刺擊」，與一旁瞇起雙眼的宰煥。

「有些人夢想的世界比我們更加荒謬。」

✝

✝

✝

隔日，艾丹召集了安徒生、宰煥與柳納德，並對他們宣布了一個決定。

「我會幫助你們。」

「這就對了。」

安徒生發出嘎啊嘎啊的聲音，高高飛向天空，心情似乎很愉快。

艾丹的神情卻沒有那麼明朗。

「這也不是我想要的，只是情勢所逼，你們別產生不必要的誤會。」

艾丹打開螢幕，向一行人展示了訊息。

〔元宇宙 3.12 版本此刻起為『聯盟』所有，建議居住的乘客在五天內撤離該地圖。〕

「搞什麼啊，那些傢伙，這不就是要拆除地圖嗎？」

「事情就是這樣。」

「聯盟那些王八蛋，還是一副流氓作風。」

「就算動了聯盟成員，他們現在採取行動前還會先通知一下，算是比以前紳士了吧。」

「妳打算怎麼辦？」

艾丹回頭輕輕望向村莊。

村民似乎已經得知通報的內容，看起來比平時更加手足無措。

「差不多是時候了。最初的打算是一旦確認妳還活著，就帶著傀儡離開這個世界。」

「那妳會跟我們一起上去吧？」

艾丹慢條斯理地點了點頭。

「但是現在還不能和聯盟對抗。此刻對上聯盟必敗無疑，我們必須在聯盟抵達之前，完成任務並前往第七層。這樣我們就有勝算。」

「看來妳想好作戰計畫了。」

「第七層還有些神記得妳，如果要與聯盟對抗，就必須借助他們的力量。」

打斷他們對話的人是宰煥。

「這些話以後再說吧，現在最重要的是前往第七層。」

艾丹點了點頭。

「我同意。」

「那現在摧毀它就行了吧？」

宰煥的劍刃瞄準村莊的方向。

第六層的任務是毀滅世界，除非這個世界滅亡，否則他們無法前往下一層。

但艾丹搖了搖頭。

「你究竟是怎麼看待『毀滅』？」

「毀滅是——」

「我不是在問字面上的意思。你是不是覺得只要摧毀村莊，就代表毀滅了這個世界？」

「那就摧毀整個世界。」

「這要弄到何年何月？」

宰煥默不作聲地疊加刺擊。

艾丹像是在勸阻他，說道：「如果你又想貫穿天花板，我勸你最好停手。能夠阻擋你刺擊的不只我一個，而且從下一層開始，樓層的結構會越來越堅固，不容易……」

宰煥的獨不朝著空中發動刺擊。

轟隆隆的雷鳴響起。

「被……」

伴隨著天空上層強烈的火花，某些東西發出滋滋滋的聲響，隨即裂了開來。

「破壞。」

緊接著下一瞬間。

〔元宇宙的修復力量正在修復受損的樓層。〕

裂開的天際瞬間回復原狀。

艾丹輕輕嘆了口氣。

「看吧，我就說了行不通。」

宰煥皺起眉頭。

艾丹補充道：「我知道你很強，但光靠刺擊很難毀滅世界。即便是更強大的攻擊也難以做到，這個地方本來就不是能以那種方式完成任務的世界。」

「那還有其他方法嗎？」

「五百年前，這個世界也曾滅亡過。」

艾丹說話的同時，指向了廢墟中心，那裡矗立著一座位於地圖中心的巨大休眠火山。

他們第一天來到第六層時，迎接眾人的正是這座火山。

「那時，隕石落在那座火山上，一切便滅亡了。」

簡而言之，只要讓那座火山爆發，就可以毀滅這個世界。

「但是那座火山已經休眠許久，要讓它重新噴發並不容易，至少需要將一股強大的世界力整個投入火山中，否則……」

也就是說，需要有足夠強大的能量才能使火山爆發。

宰煥衡量了自身的世界力。

火山的體積極其龐大，僅靠刺擊似乎難以喚醒。

如果是這樣，那就只有一種方法。

轟轟轟轟。

這時，空中恰好響起雷鳴。正當宰煥感到那道不尋常的火花似乎扭曲了天際之時，方才他施放連續刺擊的地方，出現了陌生的門。

門的數量不只一、兩扇，而是五扇、十扇、二十扇……
那一刻，通過傳送門來到此處的代行者散發出無可比擬的世界壓，俯視著大地。
儘管是第一次見到他們，但宰煥還是立刻認出了來者的身分。
「竟然那麼快——」
就連始終維持冷靜的艾丹，聲音也明顯帶著驚慌。
利用猜疑衡量敵人實力的宰煥開口了。
「五百年前是因為隕石而毀滅是吧？」
他不知何時緊握住獨不，靜靜地瞄準上空。
「看來這次可以從丟進那些傢伙開始。」

4.

魁首聯盟的第二大隊長，漩渦之神海克西的代行者「智漢」蹙起眉頭，仔細端詳著天空留下的殘痕。
「真的有人貫穿天花板上來了。」
斷斷續續落下的火花之間，仍有一道模糊可見的裂縫。
這毫無疑問是那道刺擊的痕跡。
「我不是說了嗎，他會再試一次的。你有看我上傳的影片嗎？」
「看了。」
打開畫面的貝里斯咧嘴笑得開懷。
元宇宙三點一二版本。

舊版本的天空下，荒廢的第六層正在上演一場精采的表演，依稀可見幾個傀儡與孤零零地設置在廢墟外圍的小型村莊。

也許今天的目標就在那裡。

——〔LIVE〕元宇宙三點一二版本，與傳聞中的裸體刺擊一決高下！

#五百年前_革命 #眾鴉之_王 #安徒生 #裸體刺擊 #赤裸 #刺擊 #抽獎 #救贖的魔王造型

——距離直播開始還有十分鐘。

輸入直播標題後，神祇便陸續進入頻道。

〔多數神祇正在參與直播。〕

〔疾光之神『雷伊雷伊』進入直播。〕

〔火焰之神『伊格尼斯』進入直播。〕

〔賭博之神『百家樂』詢問您不進行今天的抽獎嗎？〕

「諸位神祇，歡迎光臨！哈哈，今天並不是抽獎直播，看到標題進來的話就會知道，今天的主題正是——」

〔火焰之神『伊格尼斯』譏諷地說，反正還不是欺負弱者的主題。〕

「什麼，誰說是欺負弱者了！對手可是那個裸體刺擊！而且你以為只有他一個人嗎？」

貝里斯開始講述，彷彿已經等待了很久。

「諸位神祇，你們聽說過安徒生吧？五百年前的災難，將譽為元宇宙最強的六神之三送入約旦河的傳說之神！而裸體刺擊正是那名神祇的代行者！不僅如此！」

〔疾光之神『雷伊雷伊』詢問，不然呢？〕

〔部分神祇感到困惑。〕

「據說，當今元宇宙六神之一的烏鴉之王與那幫傢伙串通一氣。各位，你們還不明白現在是什麼情況嗎？這個邪惡至極的恐怖組織正打算策畫詭計，再度顛覆我們的元宇宙。」

貝里斯的高談闊論看似有理，但與之不同的是，聯盟並沒有如此慎重看待此事。

根據委託世界力測定機構調查的結果顯示，安徒生的神格已降至低階，因此裸體刺擊雖有些礙眼，但也不過是元宇宙初來乍到的一介代行者罷了。

唯一需要警惕的對象是烏鴉之王。

雖說她是當今元宇宙六神之一，實際上她最後一次展示武力已是五百年前。

五百年間受人孤立的神。

連信徒都不招募的神，事實上幾乎不可能保持著過去全盛時期的力量。

然而，貝里斯為何如此大張旗鼓地宣揚呢？

「聯盟可不會就這樣坐視不管。魁首聯盟的首領，閃耀之槍加拉泰翁大人早已預料到這種情況，緊急向烏鴉之王所在的地區派遣兵力，這意味著今日將會重現五百年前的革命！」

原因就是有利可圖。

〔聯盟『魁首』支付了 500,000 托拉斯給您。〕

若是這種大型活動進行得十分順利，通過小兄弟引入的新乘客將為聯盟帶來巨大的利潤。

換言之，表面上來看，這場看似大革命再現的小規模戰鬥，實際上對於聯盟而言，只是一種類似於「油炸大型哥布林」的活動而已。

而貝里斯則是幸運地成為了活動現場的主持人。

〔火焰之神『雷伊雷伊』看了看直播後問道，難道不是你們先動手的嗎？〕

「不能這麼說啊，諸位神祇，大家不也曉得嗎？是對方先殺死了我們的收割官，我們只是來進行正當的復仇。」

〔火焰之神『伊格尼斯』嘲笑說，正當的復仇？〕

〔疾光之神『雷伊雷伊』搖了搖頭說，聯盟又開始做出一些不像話的舉止了。〕

〔『匿名神58』從勒內TV上聽說那個裸體刺擊是個新手菜鳥。〕

「什麼新手啊，又在胡言亂語——」

〔『匿名神48』說聯盟又在欺負新手了。〕

由於輿論風向不佳，貝里斯撇了撇嘴，不滿地暫時關閉畫面。

「嗯，訊號好像有點問題，諸位神祇，我稍後再重新打開畫面。」

縱然螢幕另一端的神祇全都罵個不停，貝里斯卻不怎麼擔心。

那些神祇平常口口聲聲要捍衛哥布林的權利，然而一旦節目開始，馬上就會愉快地欣賞哥布林油炸秀。

這就是所謂的神。

而元宇宙，就是為了娛樂這些神祇而存在的場所。

裸體刺擊與五百年前的革命餘孽今日將會葬身此地，成為另一段紀錄。

魁首聯盟的先遣隊先後抵達了現場。從低階神的代行者，到高階神的信徒，所有小隊皆為聯盟的成員。

貝里斯看向仍舊在端詳著天空裂縫的智漢。

「閃耀之槍大人還沒到嗎？」

「他會以後續隊伍的身分參與，聽說還要和其他六神進行會談。」

「哎唷，竟然還要會談？看來安徒生的名頭不小啊。」

智漢默默地點了點頭。

赤身裸體之神，安徒生。

五百年前，安徒生可說是相當於元宇宙災難的存在。

當年被譽為六神的其中三位神祇都在喪生在安徒生的手中，聯盟所守護的第十層大門更是差點被祂攻破。

智漢同樣也不曾忘卻當年的事情。

「假如安徒生以全盛時期的狀態回歸，就算魁首全員出動也應付不了。」

「什麼？祂有那麼厲害？」

「那當然是五百年前的事了，現在的祂不過是低階神而已，不用擔心。」

「但是，作為魁首二號人物的你也加入了先遣隊。」

「畢竟這個世界裡還存在著烏鴉之王。」

烏鴉之王，是為當今元宇宙六神之一，也是五百年前的傳說。

貝里斯似乎明白了什麼，挖苦道：「你們之間的緣分還真深啊。」

「……」

「啊，我沒有惡意，大家都對你能和那個事件有所牽連感到羨慕。」

智漢周圍散發的氣息依然冷漠，貝里斯似乎想要改變氣氛，搓著雙手悄聲問道：「話說回來，我們自己先下來可以嗎？閃耀之槍大人明明叫我們等他。」

「我們幾個就夠了。」

「但我們不是已經公布預定日期了嗎？說好了五天後再來，提前來……」

「我們有正當理由。」

智漢冰冷的雙眼望著天上的那道裂縫。

聯盟傳達給這個世界的命令只有「撤離」。

「聯盟的要求是撤離這個世界，而非摧毀。」

貝里斯的臉上充滿興奮的神色。

順利的話，搞不好今天真的會出現熱門焦點！

這時，某個東西猛地籠罩整片天空。

「哇啊啊！」

身後傳來了猶如哥布林被丟入油鍋般的慘叫聲。

轉身一看，方才還在身旁的聯盟隊員正從空中墜落至地面。

「什麼？」

咻咻！

自遠處襲來的鋒銳光芒乍看像箭矢，卻並非如此，那是一道控制得極為精準且鋒利的世界力。

刺擊。

「是那傢伙！」

頃刻間，有六名代行者被擊命中，墜落至地面。

「裸體刺擊！」

前一秒還存在著村莊的位置整個消失，好似有人偷走了整座村子，將其裝進口袋一樣。提升視力後，可以看見村莊消失之處的正上方，有三道身影迅速遠去。

看來對方也察覺到了異常。

智漢說道：「我們追。後續部隊會在十分鐘內抵達。」

「等等，我們自己真的沒問題嗎？如果那邊還有烏鴉之王……」

「我早已有所準備。」

智漢從懷中掏出了一個看起來像小型方塊的東西。

「今天就是烏鴉的末日。」

† † †

「我們被發現了，他們要追過來了。」

艾丹在遠處使用烏鴉確認敵人動向。

「真是個荒謬的傢伙，竟然安排了這種作戰行動。」

「村民呢？」

「都被我收進我的世界觀了。」

艾丹俐落地拍了拍自己的口袋，他直接將整座村莊折起來收進了某個地方。

宰煥點了點頭。

如此一來，就不會有傀儡被當作人質的風險出現，如此一來，現在剩下的只有一件事。

「我們直奔火山吧。」

他們的計畫很簡單。

宰煥的任務是毀滅這個世界，而要毀滅世界，就必須引爆遠處的死火山。

從天空中滑行而來的那些傢伙，全都是為了火山爆發而準備的祭品。

「提高速度！那幫傢伙全都穿戴著武將的造型，速度非常快！」

在安徒生的信號下，宰煥轉身發動了一連串刺擊，遭刺擊命中的數名聯盟隊員在慘叫聲中跌落倒地。

艾丹警告道：「別幹得太過火，否則要丟進火山的數量會不夠。」

他們的目標是利用敵人的世界力引爆火山，需要盡可能地將敵人引至火山附近。

「不用擔心那個問題，他們的數量太多了，可惡。」

遠處的天空中，一道道傳送門像是永無止盡一般不斷開啟。

看來聯盟這回是來真的了。

「竟然派這麼多人來抓我一個？」

目前為止，過來的都還是不入流的貨色，但若是動員了這麼大規模的部隊，聯盟的最高階神祇親自降臨的可能性相當大。

艾丹正打算下意識回應那句話時，瞥了安徒生一眼。

「小心點，艾丹，事情不簡單。」

「妳也是。」

宰煥出神地望低聲嘟噥的艾丹。

艾丹皺眉道：「看什麼看？」

宰煥沒有回答，而是重複地發動刺擊。

覆蓋住天空的敵人數量急遽增多，轉眼之間，他們與敵人的距離近在咫尺。

艾丹擋下零星飛來的箭矢，高聲喊道：「在那邊！」

艾丹環抱著安徒生的烏鴉玩偶，宰煥揹起柳納德，兩人同時朝著火山急奔而去。他們以驚人的速度直衝頂峰，一座布滿凝固火山灰的噴火口映入眼簾。

一眼望去，幾乎看不到火山口的邊際，若是這麼規模這麼龐大的火山徹底爆發，要毀滅這個世界確實不無可能。

艾丹將自身的世界力注入噴火口的表面，隨著火山口的入口開裂，岩漿的熱氣裊裊升起。

「開始吧。」艾丹說道。

跟前的敵人從空中紛紛降落。

「那傢伙就是裸體刺擊！」

發現宰煥的聯盟成員同時啟動設定，著手進攻。

復仇者的一擊。

懺悔的半月斬。

招魂三劍。

各式各樣的設定同時襲向宰煥。

當然，宰煥的反擊只有一種——刺擊！

面對朝向天空亂捅一通的刺擊洗禮，聯盟的代行者發出淒厲的哀號，墜入了火山口。墜落的代行者隨即融入岩漿，與世界力一同爆炸。

轟轟轟轟轟！

「效果不錯。」

接著，艾丹也展開雙臂。

她的雙手流淌出黑暗的世界力，立即化成了一群烏鴉。烏鴉如火山灰般在風中飄揚，排成一列飛向天空。

操縱系設定，烏鴉炸彈。

「哦啊啊啊！」

黏附於身上的烏鴉炸彈令代行者受到重創，束手無策地墜入火山口。

轟轟轟轟轟！

火山再次活動起來。

一切十分順利，照這樣進展下去，引爆火山只是轉瞬之間。

就在這時，空中傳來一股強大的世界力，氣勢洶洶的紅焰刃撲面而來。

宰煥避開了飛來的刀刃，同時發動世界刺擊。

在揮舞劍刃的那瞬間，他立刻察覺到了，這次的對手無法僅靠一擊擊退。

宰煥沒有一絲猶豫。

二連發、三連發、四連發。

轟隆隆隆，撕裂天際的破空聲響響徹雲霄。

現身於那股暴風中的肉身是……

「你、你這個瘋子，我的技能啊！」

紅焰刃的貝里斯。

穿戴著新造型「職業玩家劉衆赫」的貝里斯，扔掉了破損不堪的造型，換上一身新的造型。

「區區一個無課玩家……我要殺了你！」

紅焰刃的貝里斯，當前元宇宙排名第十六位，抽獎之神。

「啟動造型。」

耀眼的光輝中，近期抽到的傳說級造型緊緊纏繞在他的身上。

「那個是！」

柳納德驚訝地張大嘴巴，高聲驚呼。

貝里斯笑了笑。

「看來這小鬼認出來了。」

怎麼可能認不出來，因為那正是柳納德最想獲得的造型。

星星直播的聯名傳說級造型——救贖的魔王金獨子。

淚眼婆娑的柳納德抬頭望著宰煥。

「那個造型被玷汙了。」

貝里斯發出一聲怒喝，釋放世界力並發動自身的設定。

強化型設定，紅焰刃。

幾乎同時，沖天而起的宰煥揮動劍刃。

世界刺擊五連發！

這座元宇宙擁有最多造型的神祇，與僅只擁有裸體造型的神祇展開了激烈對決。

5.

「喝啊啊啊啊！」

隨著貝里斯的世界力點燃，熾熱的火焰纏繞著他的刀刃。

雖然威力不及深淵經典設定——伊格尼斯的紅焰劫，他的紅焰刃在元宇宙仍是一個公認的強大設定。

飽含極致世界力的紅焰刃，足以在一擊之間將中階神的代行者斬成碎片。

十片刀刃齊刷刷地向宰煥襲來。

「去死吧，裸體的傢伙！」

鏘鏘鏘鏘！

猶如套圈圈遊戲一般，他投擲出去的短劍，全被宰煥的獨不串了起來。

「那是什麼——」

面無表情的宰煥朝著他施展刺擊。

貝里斯一時措手不及，隨即又露出得意洋洋的神情。

「沒用的！這副身體可是傳說級造型，防禦力不同凡響！」

貝里斯輕輕揮動大衣的下襬，阻擋宰煥的攻擊，然而——

「呃啊啊啊！」

貝里斯的腰側被貫穿，傷口湧出大量銀光，他踉蹌著向後退去。

這究竟是怎麼一回事？

他對此感到困惑不已。

新款傳說級造型總是在同期造型中擁有最卓越的性能，但是怎麼會這樣？

貝里斯迅速閱讀了造型說明書。

〔耐久度極低，穿戴時請注意。〕

「不是吧，該死的傢伙！」

這起碼也是一款傳說級造型，不可能沒有特殊效果。

〔該造型內建特殊設定。〕

「果然！」

+

輔助設定：救贖

說明：？？？

+

是說明書有問題嗎？

就在此時，貝里斯眼前浮現出另一則訊息。

〔該造型尚有一項隱藏設定，是否進行查看？〕

「哦，是嗎？那當然要查看！」

貝里斯一邊迅速後退，一邊飛快地查閱設定。

＋
輔助設定：越死越強
說明：穿上這款造型，每次死亡後都會變得更加強大。
＋
竟然有這種設定。
雖然這裡被稱為元宇宙，但這個道具幾乎等同於無敵。
根據描述，死亡後可以無限變強——
＋
＊該造型不負責您的復活，請自行復活。
＋
不對，等一下，這樣的話……
「暫停！等等！呃啊！」
大腿與肩膀部分被刺穿的貝里斯放聲嘶吼，銀光嘩啦嘩啦噴湧而出。
「啟動造型內建設定！」
事到如今，只能啟動另一項內建設定了。
充滿問號的謎之設定。
貝里斯伸手朝著宰煥大聲喊道：「救贖！」
宰煥頓時一愣。
見此，貝里斯又恢復紅光滿面的神情。不愧是傳說級造型，有效果了嗎？
短暫注視著貝里斯的宰煥再度向他逼近。
「救贖！救贖！」

貝里斯的全身迸出鮮血。

「啊啊啊啊！救贖！呃啊啊啊！」

遠處觀看這一幕的艾丹嘖了嘖嘴，低聲咕噥。

「聯盟的水準也大不如前了啊。」

在貝里斯與宰煥對峙的同時，其餘的聯盟成員負責圍攻艾丹。艾丹處變不驚地操縱著烏鴉群體令他們一一失去能力，轉瞬之間，受到襲擊的成員紛紛墜入了火山口。

經過幾輪的墜落後。

〔『火山』開始蠢蠢欲動。〕

終於浮現了這條訊息。

〔『火山』噴發進度已達54%。〕

此時，一名引人注目的代行者恰好現身。

當所有人都受到艾丹的烏鴉群制約時，唯有一名代行者輕巧地避開了攻擊，確切來說，鴉群的移動似乎唯獨在他的面前變得遲緩。

代行者泰然自若地向艾丹打了個招呼。

「艾丹，好久不見。」

「你也是。」

聯盟「魁首」的第二把交椅，智漢。

艾丹看清了那人的面容，說道：「沒想到聯盟會派你來，是閃耀之槍的指示嗎？」

「不，是我自行前來——為了了結過去的恩怨。」

艾丹用著飽經風霜的目光望著智漢，後者看向艾丹的瞳孔中同樣也蘊含一種微妙的情感。

「最近還在製作傀儡啊。」

烏鴉的鳴叫聲中，彷彿聽見了某種幻聽。

「神，神！這次去那邊看看吧！」

「神與信徒之間的關係，真的能實現平等嗎？」

曾經，艾丹也有一名代行者。

雖然那已經是五百年前的事情了。

艾丹努力推開這些回憶，回答道：「你在聯盟似乎得到了不錯的待遇。」

「從妳身上學到的傀儡製作還真派上用場了。」

「新的神是誰？」

「海克西是一個沒有人格的概念神，它只負責提供世界力，對我來說，是一位合適的神。」

沒有人格的概念神。

艾丹苦澀地笑了笑。

對於背叛自己並投靠聯盟的智漢而言，這樣的神確實很適合他。

「看到變弱的妳，我覺得換一個神是個正確的選擇。」

與此同時，艾丹展開了自己的世界觀。

聖域開顯——烏鴉之墓。

隨著艾丹的世界鋪展開來，周圍的景色也隨之變化。眼前是黏糊糊的沼澤，四處傳來烏鴉的叫聲。

佩戴烏鴉面具的傀儡自沼澤中走了出來，緊盯著智漢。

「妳的聖域不是很穩定，烏鴉的數量也減少了許多。」

「你還是不太了解我的世界觀。」

由於匆忙顯現聖域，導致沼澤上方飄浮著被摧毀的村莊殘骸。在那之中，還有五百年前便轟立在村莊神殿裡的英雄雕像。

智漢低頭凝視著刻在雕像碎片上的文字。

無代行者之神，艾丹・卡爾特。

智漢莞爾一笑。

「我已經充分理解了。如果妳以全力開顯聖域，我想元宇宙大概沒有任何神能與之抗衡。」

智漢輕輕踢開雕像。

「不過，怎麼可能會沒有對付妳的方法呢？」

智漢從懷中取出一個方塊，遠方傳來貝里斯響亮的怒吼聲。

「動作快！媽的！這造型看來是個不良品！」

在宰煥的綿密的刺擊攻勢下，貝里斯的外袍與衣服全都支離破碎，憤怒地發出咆哮。

宰煥的攻擊越發猛烈，匯聚於漆黑劍刃上的世界力，即便是驚鴻一瞥，也能看出那是非比尋常的世界壓。

智漢點了點頭。

方塊打開的瞬間，艾丹幾乎同時轉過身高喊。

「大家快躲開！」

當方塊迸出奪目光芒之際，宰煥的刺擊也吐出了火焰。

方塊中湧現的引力竟然吸收了宰煥的攻擊，隨即也開始將宰煥吸進內部。

為了拯救宰煥而伸出手的艾丹也被引力風暴捲入其中。

柳納德聲嘶力竭地高喊著兩人的名字。

片刻後，光芒風暴消失的位置，已不見宰煥與艾丹的身影。

智漢鬆了一口氣，同時旋轉方塊，牢牢將其固定。

這時，衣物成了一塊破布的貝里斯從他身旁降落。

「該死，一個傳說級造型的耐久度竟然跟紙娃娃差不多！哼，計畫進展得如何？」

「成功了。」

「呵呵，這個配件果然厲害，名不虛傳啊。」

智漢低頭望著緊握在手中的方塊。

這塊方塊的名為「時間方塊」，五百年前也曾用來制伏安徒生。

「居然可以封印元宇宙六神等級的存在，確實了不起……」

砰！

方塊內部發出強烈的震動。

砰砰！

彷彿有什麼沉重而遲緩的東西撞擊著內壁，猛烈的震動從方塊內部傳向外部。

砰砰砰！

或許是錯覺，但似乎能聽見某種東西裂開的聲音。

貝里斯臉色大變。

「確定能封印元宇宙六神等級的存在吧？」

「可以。」

那顆封印石竟然開始晃動？

「不過可能沒辦法撐得跟想像中一樣久，最好趕快結束任務。」

智漢望向緩緩朝火山口退去的柳納德與安徒生。

貝里斯問道：「要怎麼處理那個叫安徒生的傢伙？」

「削弱她的能力並將其回收，或許聯盟的高階神會嘗試吞噬神祇。」

吞噬神祇。

貝里斯舔了舔嘴唇。

「那個小鬼呢？」

「殺了他，製成傀儡。」

「沒問題。」

貝里斯咧嘴一笑，走了過去。

「喂，你剛才不是還嚷嚷著造型被玷汙了嗎。」

貝里斯脫下救贖的魔王造型，扔在一旁，穿戴起新的造型。

傳說級造型，妄想惡鬼金南雲。

透過造型特殊效果，一把短刀被召喚至他的手中。

〔龍神『德洛伊安』對這款新造型很感興趣。〕

〔火焰之神『伊格尼斯』指責道，你們這些卑鄙的傢伙。〕

〔疾光之神『雷伊雷伊』威脅說如果那小鬼死了，就取消訂閱。〕

空中不斷傳來神祇的訊息。

直播是從什麼時候開啟的？他剛才分明因為反應不佳，暫時關掉了吧？

算了，反正這樣也不錯。

「這種恐怖組織從一開始就應該被抓起來。請訂閱、按讚、開啟小鈴鐺。好，我要上了。」

「柳納德，快逃。」

安徒生拍打著翅膀，擋在柳納德面前。

然而，即便是像安徒生這樣的強者，單靠附身在烏鴉玩偶的形態應對敵人仍然有些勉強。

「快啊！只要再撐一下就行了，那種配件的約束力不會持續太久！」

安徒生的嘎啊嘎啊烏鴉玩偶朝著貝里斯衝去。

啪一聲，安徒生被扔了出去。

「安徒生大人！」

可是，無論柳納德望向哪裡，始終不見能夠逃脫的地方。

這裡是火山的噴發口，唯一的出口已然受到聯盟成員阻擋，他從自身腰間拔出劍刃，那是善良的村民漢斯送給他的禮物。

貝里斯笑了笑。

「你們看看他，在這種恐怖組織裡，小孩子都學了些什麼？」

柳納德了解到，這也許會是他的最後時刻。他的生命很短暫，雖然短，卻是一段不錯的人生。

他的神是否還活著？他的祈禱是否會被聽見呢？柳納德無從得知。

也許他此刻的祈禱，就如死去傀儡的禱告般毫無意義。

宰煥先生……

正因如此，柳納德並不曉得，在這個滿是敵人的火山口之前，有一名聽見他祈禱的神。

伴隨著嗡嗡聲，一臺無人機正在直播，那是勒內的無人機。

✝ ✝ ✝

——〔LIVE〕裸體刺擊的大危機！

不知不覺間，勒內的實況轉播已突破了五萬名觀眾。

透過無人機進行實況轉播的勒內激動地叫嚷著。

「那些卑鄙的傢伙！哪有人使用封印石的，對吧！」

〔火焰之神『伊格尼斯』表示同意！〕

〔疾光之神『雷伊雷伊』指責聯盟的不是。〕

〔多數神祇表示同意！〕

「不過那東西無法封印超過十分鐘，效果非常短。」

〔部分神祇對聯盟發表咒罵言論。〕

「可是諸位神祇！我們可愛的柳納德要出事了！」

〔火焰之神『伊格尼斯』說自己已經發動了車輛，但要半天的時間才能抵達現場。〕

〔疾光之神『雷伊雷伊』表示自己也想光速趕往現場，但是代行者現在正在休息。〕

至少這麼回答的神還算有些良心。

〔終結必至之神『塔納托斯』說所有存在終將死亡。〕

〔『匿名神94』想盡快擺脫無聊劇情，觀賞激烈的戰鬥。〕

〔『匿名神88』說死了一個小鬼又沒什麼大不了。〕

〔多數神祇表示贊同『匿名神88』的說法。〕

「什麼叫那種小鬼！諸位神祇，別這樣——」

〔『匿名神94』已退出直播。〕

〔『匿名神88』已退出直播。〕

……

勒內緊咬嘴唇。

「是嗎？」

這就是小兄弟的現實。

表面上說是為了挑戰老大而建造的諸神公共論壇，是足以抗衡七大神座的深淵群體知識平臺，說得這麼好聽，實際上……

——難道要我親自出面了嗎？

事情發展到這個地步，她也有了這個想法。

雖然她答應乘務員盡可能不出手干涉，但宰煥可不能在這裡失去他的同伴。

正當下定決心的勒內猛地站起身時。

〔……問那個地方是哪裡。〕

有了！願意幫助他們的神。

「願意伸出援手的人終於出現了！喔，那個，這裡是——」

正當喜出望外的勒內大聲嚷嚷的瞬間，她意識到了什麼。

等等，剛才那個神。

勒內打了個激靈，再度確認神的ＩＤ。

「咦？」

那不是神。

〔賽蓮ＴＶ詢問那個地方是哪裡。〕

6.

賽蓮ＴＶ？

勒內揉了好幾遍眼睛，確認自己沒有眼花。再看一次發現，她並沒有看錯。

據她所知，小兄弟中使用這個ＩＤ的存在只有一個。

勒內茫然地反問。

「那個……妳不會是冒牌貨吧？」

✝ ✝ ✝

第五站點，諸神黃昏。

賽蓮悠閒地將一隻腳擱在儀表板上，欣賞著映照於飛空艇另一端的深淵晚霞。

卡頓望著她那副模樣，嘴唇動了動，終究還是開口說道：「根據《飛空艇管理法》第八條第四項，啟航時將腳抬放至儀表板的行為……」

「老頭子什麼時候回來？」

「他才離開不到二十分鐘，可能還需要一些時間。」

「我們不能在這裡逗留太久，會被高階神發現，叫他趕快回來。」

賽蓮聳了聳肩，毫不客氣地將雙腳都擱在儀表板上。卡頓嘆了口氣，搖了搖頭。

賽蓮點開小兄弟查看最近的訊息。

他們已經在深淵度過了兩年的時間。

時光過得飛快，他們被七大神座的屬下追趕，也發現了隱藏於深淵的寶藏，其間還建造了這座飛空艇「滅亡號」，而現在……

通緝中「滅亡號」海盜名單公布。

據聞，飛空艇「滅亡號」船長為小兄弟著名網紅賽蓮……

他們成為了海盜。

賽蓮嘟囔著，一邊向下滑動小兄弟的網頁卷軸。這段時間忙得不可開交，許久未能查看訊息，結果未讀訊息堆積如山。

卡頓問道：「妳最近似乎不做直播了。」

「都在忙著逃亡要怎麼上傳影片啊？再說，要是被追蹤了怎麼辦？」

「但妳也不怎麼看其他人的影片。」

「老實說我有點膩了，那些影片都大同小異。」

賽蓮開始整理這段期間累積的訊息，從向她問好的訊息，到威脅訊息、獵頭訊息等等。賽蓮咧嘴一笑，一邊擺出一副不可一世的樣子，逐一刪除訊息。

我這個魅力無法擋的人氣，真是令人厭煩啊。

心情好轉的賽蓮久違地按下熱門特輯的版面，她正打算了解一下最近什麼影片比較受歡迎，然而……

「這傢伙在模仿我吧？」

「嗯，是嗎？」

「你看，這也太像了吧，連髮型跟穿著都很相似。」

「我不太清楚……但這種人應該不少吧？」

「算了，我不要看直播了。」

「別這麼說，像『秀秀的法律研究室』或是『替你賺進托拉斯的男人』……」

賽蓮無視卡頓的話語，逕自對不甚滿意的影片逐一按下「不喜歡」。她的手指在發現某個影片後停了下來。

——如果一個人兩千年來都堅持每日刺擊，會發生什麼事情？〔熱門〕

賽蓮嗤笑一聲。

一個人怎麼可能持續刺擊兩千年？

然而當她不經意點進影片的瞬間，臉色突然驟變。

影片中不斷進行刺擊的男人，儘管臉部經過馬賽克的處理難以辨識，但身體的輪廓和姿勢實在過於熟悉。

「咦？」

調整好坐姿的賽蓮進入了發布該影片的頻道。

勒內ＴＶ。

不可能吧，賽蓮內心這麼想著，卻無法停止想像。

碰巧這個頻道正在進行直播。

——〔LIVE〕裸體刺擊的大危機！

賽蓮點擊了影片。

轟隆隆隆隆！

「去死吧，裸體的傢伙！」

轟砰砰砰砰！

「呃啊啊啊！」

頻道的訊號似乎受到了干擾，男人的臉龐有些模糊不清。

但那個人……毫無疑問。

「賽蓮。」

「卡頓。」

即便目光沒有相對，他們也心知肚明。

兩人現在有著相同的想法。

「沒錯吧？」

「確實如此。」

「所以，那個現在是——」

「呃啊啊啊！是宰煥！宰煥這小子！」

他是什麼時候回來的？光著腳丫出現的清虛大力搖晃賽蓮的肩膀，不停指向螢幕。

「那是哪裡？說啊，臭丫頭！」

「哎呀，好了，去一旁等著，我正在確認直播地區。」

「話說回來，城主還真是一如既往呢。」

畫面傳來的慘叫聲此起彼伏，遭受宰煥刺擊攻擊的高階神信徒全都成了孤魂。

雖然不曉得這段期間發生了什麼事，不過看上去他才登上深淵不久，此刻卻已經在與龐大的聯盟進行戰爭。

果然像是登上混沌沒幾天便成為戈爾貢城主的人會做的事情。

「這就對了，幹得好！宰煥這小子，從我這學會的砍擊進步了很多啊！」

「你在說什麼啊，他明明只使出了刺擊。」

「那是蘊含砍擊奧妙的刺擊！」

就在此時，彼此鬥嘴爭執的賽蓮與清虛的神情瞬間凝固。

「那、那是什麼？」

「該死，他們怎麼會拿著那個？」

伴隨著奪目的光芒，宰煥持續施展刺擊的身體被吸入一個小小的方塊，戰勢瞬間逆轉。

勒內大喊的聲音在空間中迴盪。

「諸位神祇！這樣下去我們可愛的柳納德就要完蛋了，沒有人要出手幫忙嗎？」

清虛說道：「臭丫頭，快點，我們快點去那邊！我們必須要去啊！」

「好啦，我早就在打聽位置了。」通過導航確認目標地區的賽蓮說道：「卡斯皮昂元宇宙第六層？」

「離這裡太遠了。」

「就算冒著被高階神發現的風險行動，最少也要耗上十五天。」

「可惡，沒有更快抵達的方法嗎？」

「是可以縮短一兩天的時間，但再多就不行了。」

換言之，以目前的情況，他們沒辦法為宰煥做任何事情。

「媽的，好不容易找到了。」

兩年，為了尋找找那個男人，他們耗費了整整兩年的時間。

無論是偷走七大神座的寶物，還是製造飛空艇，最終都是出自於這個原因。隨著他們在深淵的名氣越大，找到他的機率也就越高。

但現在是怎麼一回事？

費盡心思找到的宰煥陷入了一場危機，而他們卻無能為力。

清虛一臉嚴肅地凝視螢幕。

「妳剛才說那裡是元宇宙？」

「嗯，怎麼了？」

猶豫好半晌的清虛謹慎地開口。

「是有一個組織可以幫助那傢伙。」

「什麼？誰？」

他們是偷取七大神座寶物的海盜，殺害君主離開混沌的深淵遠征隊，在這座幻想樹中，不可能會有組織願意對他們伸出援手。

「等等，難道……」

賽蓮的神情一變。

清虛從懷中掏出了一樣東西。那是一枚硬幣，上面刻有一座有裂痕的天秤。

「雖然不太情願，但也沒辦法了。」

✝ ✝ ✝

伴隨著噠的一聲，柳納德的腳步停了下來。

他現在已經沒有退路了。背後是一道無路可退的牆，旁邊是熔岩沸騰的火山口，而前方，身穿可怕造型的貝里斯正步步逼近。

「嘿，諸位神祇，我這才不是在欺負小朋友。再說了，就算他長得很年輕，我們也不曉得他的實際年齡是幾歲啊。」

必須戰鬥。

柳納德握住武器，衝上前去。

敵人正因為他是個小孩而放鬆警惕，這也許是他唯一的機會。

啪！

攻擊輕而易舉被擋下。

貝里斯用戴著半截手套的手牢牢抓住兵刃。

「你們看看。」

他逕直將手舉起，柳納德的小小身軀也跟著被抬了起來。

判若雲泥的實力差距。

看著掛在空中搖搖欲墜的柳納德，貝里斯笑了。

「現在連小鬼也敢瞧不起我了。」

砰。

輕輕揮來的拳頭令柳納德喘不過氣，渾身頻頻發顫。此時，他才真正感受到對方釋放出的世界力。

龐大的聖域影子在貝里斯身後蔓延開來。

迄今為止，宰煥都在與這樣的存在戰鬥。

「你不曉得我是誰嗎？」

曉得，即便他不想知道，現在也知道了。

耳邊，神祇的訊息不停傳來。

〔『匿名神94』說很無聊，叫您趕快結束。〕

〔『匿名神88』呼籲對恐怖組織進行打擊。〕

〔『匿名神414』大喊著貝里斯的姓名。〕

當今元宇宙排名第十六位，在這座元宇宙中擁有最多新款造型之人，紅焰刃的貝里斯。

柳納德拚命掙脫貝里斯的手掌。他擦去滴落的銀白血跡，重新調整姿勢。

假如之前更努力訓練，更認真學習的話，也許就不會陷入這般境地。但後悔已經來不及了，他所能做的就是在這個當下竭盡所能，不替他的神增添麻煩。

「所以說當初就該好好選擇神啊，小鬼。」

貝里斯彷彿帶著憐憫語氣的話語，令柳納德的瞳孔中燃起了火焰。

他的全身湧起一股澎湃的世界力。

他知道自己很弱，無論是在自己的故鄉，甚至在噩夢之塔內都是如此。

不過，這並不意味著他的神祇也很弱。

望著貝里斯的紅焰刃落下，柳納德想起了自己的神。

那個只懂得刺擊的男人。

那個無論清醒還是入眠，總是在練習刺擊的人；那個一旦不練習刺擊時，就抬頭仰望天空的男人。

柳納德也想成為那樣的人。

因此他練習了刺擊。

那段雖然短暫，卻按照神的訓練方式練習的日子相當美好。當神進行刺擊時，他便跟著刺擊；當他仰望天空時，他也一同抬頭。

他的神說過，他有天分。

他再度回想起他的神揮出的刺擊。毫無破綻的虔誠刺擊，就如一條永不退縮的直線。

那是一遍又一遍地經歷無人察覺的歲月，最終琢磨而成的唯一招式。

輕刺擊。

柳納德的劍如魔法般劃出了一道直線。

一抹輕盈的銀光噴出。

「呃啊，這臭小子——」

柳納德呆呆地看著自己的手。

他看見貝里斯盯著他，一手遮擋手背上的傷口。

刺擊奏效了。

柳納德上氣不接下氣，視野變得模糊不清，僅僅是成功施展一記刺擊，他卻感覺到自身的世界力消失了一大半。

憤怒的貝里斯衝向腳步不穩的柳納德，這回，他有種無法閃避攻擊的預感。

「我要把你撕成兩半，造反的小鬼。」

此時，火山口的天空降下了一道雷。

伴隨著鈍重的金屬交集聲，貝里斯揮出的紅焰刃脫手飛了出去。

「怎麼會——」

在空中旋轉的眾多五彩積木吐出世界力，擋住了所有兵刃。

貝里斯迅速後退以保持距離，接著抬頭看向空中。

有一扇並非他們開啟的傳送門。

從門的形狀和懲罰性火花來看，對方肯定是來自上層的高級玩家。

難道是聯盟成員？

但是他從來沒聽說過有這樣的聯盟成員。

「什麼造反的小鬼？」

迸發燦爛黃色光輝的世界力，其中央站著一名與柳納德相似的同齡孩童。

壓得深深的帽子，掛在脖子上的耳罩式耳機，隨意穿上的棒球外套。

貝里斯臉色突變。

「是聯盟成員嗎？」

「是誰！」

尚未掌握情勢的聯盟成員們高聲吆喝。

然而，貝里斯知道眼前的頂級玩家是誰。

眼前這名頂級玩家，是與裸體刺擊一同並列為當今元宇宙最為著名的人物之一。

「天啊，是陳恩璽！」

「妳、妳為什麼會出現在這？」

認出頂級玩家身分的聯盟成員一陣驚慌。

陳恩璽不耐煩地將帽子壓得更低。

「幹嘛，我不能來嗎？你們不也在這？」

在元宇宙中被譽為最強大的乘客雖然很多，像陳恩璽那樣擁有絢爛排名紀錄的人卻很少見。

陳恩璽，當今元宇宙排名第九。

第一層歷史得分紀錄排名第四。

第五層歷史傷害排名第一。

第六層歷史得分紀錄排名第一。

以史上最短時間抵達第七層。

……

陳恩璽轉過頭看向柳納德。

「是你吧？那個大叔的信徒。」

陳恩璽坐擁多項華麗數字裝飾而成的紀錄，然而，此處的乘客之所以畏懼他，並不是因為那些紀錄。

因為，若只能用一句話來概括陳恩璽的紀錄，她便是幻想樹最龐大且最惡劣的恐怖組織。

「我是來救你的。」

陳恩璽，即是龜裂。

7.

柳納德注視著自身陳恩璽站在前方巍然不動的背影。

矮小的身軀，怎麼看都不像是年紀比自己大的人，但凡是與那個孩子的對上眼的乘客，全都狠狠抽一口冷氣。

「怎麼沒看到那個裸體大叔？」

陳恩璽的目光最終轉向了貝里斯與智漢，他們是當前聯盟先遣隊實力最強的兩人。

智漢迅速將方塊藏至懷中，卻逃不過陳恩璽的視線。

「啊哈，原來在那裡。聯盟挺了不起的嘛，居然能開發出困住覺醒者的裝置。多虧了你們，事情變得更輕鬆了。」

猶如啟動了開關，陳恩璽的後踢腿開始進行攻擊。

「來了！」

聯盟成員高聲吆喝的同時，陳恩璽的身形也隨之消失在視線中。

「她不是團長階級的，只是個普通團員而已！抓住她！」

「連這個也知道啊？真厲害。」

陳恩璽莞爾一笑。

「可是呢，我們龜裂……」

方才大喊的乘客的手臂飛向空中，代行者的頸項隨著駭人的哀號被砍了下來。

在那片眾人動彈不得的場景中，陳恩璽輕輕地繼續說了下去。

「全部都是覺醒者。」

柳納德愣愣地望著那一幕。

他相當熟悉龜裂的傳聞，那是由幻想樹中極其稀少的覺醒者組成的恐怖組織。

宰煥同樣是一名覺醒者，然而早已傾心於宰煥世界觀的柳納德，並無法客觀地衡量宰煥的力量。

覺醒者究竟有多強大呢？

「哇啊啊啊啊！」

覺醒者是君主的敵人，也是深受神祇厭惡的幻想樹異端分子。

「抓住她，抓住她！」

「退後！啊啊啊啊！」

直至此刻，柳納德才藉由觀看一名同齡人的戰鬥，真切地感受到覺醒者的力量。

很強。

柳納德在一旁觀看陳恩璽戰鬥同時，全身的寒毛都豎了起來。

攻擊的力道與速度和其他人截然不同。相對於其他信徒，基本能力值較高本是當然，最令人驚訝的是那場戰鬥有如行雲流水，一氣呵成。

「我的手臂！我的手臂！」

她的動作不受任何世界的規範限制，可謂是超現實的流暢動作。

剎那間，聯盟的半數成員已然喪命，而始終在一旁觀望局勢的貝里斯終於挺身而出。先前面對柳納德為止尚保有餘裕的神情，如今變得滿臉悲壯。

〔疾光之神『雷伊雷伊』感到困惑。〕

〔火焰之神『伊格尼斯』表示從未想過自己會支持龜裂。〕

〔『匿名神88』對陳恩璽怒目而視。〕

〔『怒目之神94』指責龜裂。〕

〔多數神祇表達了對龜裂的憎恨。〕

「諸位神祇！我今天就來替各位報仇雪恨！」

對龜裂懷恨在心的神祇不在少數。

貝里斯掌握好節目的節奏，調動全身的世界力衝鋒而上。當數十柄紅焰刃襲向陳恩璽全身的瞬間，環繞著她的積木塊突然改變了形狀。

「恩璽積木第一式，點頭不倒翁。」

兩隻頻頻點頭打著瞌睡的不倒翁，一左一右地成功將鋪天蓋地的刀刃悉數彈回。

「竟然用這種小丑的把戲。」

貝里斯出聲咒罵，收回了刀刃。即使他的紅焰刃以更猛烈的攻勢襲去，陳恩璽的防禦依舊堅不可摧。

貝里斯與陳恩璽在元宇宙中相差七個排名，打從一開始，這就不是一場勢均力敵的戰鬥。

「恩璽積木第二式，玩具槌。」

環繞著她的積木突然聚集於一處，瞬間變成了一支巨大玩具槌的形狀。

當貝里斯瞪大雙眼的瞬間，隨著砰一聲巨響，槌子猛地擊出。冷不防被槌子狠狠擊中的貝里斯飛向了火山口的岩壁，嘴裡吐出銀光。

「咳呃咳呃！智漢！你在幹嘛！」

一旁作壁上觀的智漢這才出手干涉。

隨著一陣輕巧的漩渦，智漢的銀杖擋下了陳恩璽的積木。

「到此為止吧，龜裂，這不是你們該插手的事。」

陳恩璽的眼中閃過一絲異彩。

魁首的第二把交椅，漩渦之神的代行者智漢。

陳恩璽同樣聽聞過他的事蹟。

「抱歉，但我們也是受人之託。」

「難道你們打算與聯盟為敵？」

隨著鏘啷的一聲，陳恩璽的世界力將智漢彈了開來，受到輕微衝擊的智漢皺著眉頭向後退去，陳恩璽的攻勢則是變得更加凶猛。

「區區一個元宇宙的聯盟，也敢威脅龜裂？」

智漢保持沉默，提升自身的世界力迎頭抗衡。

即便已經將神祇的同步率提高至極限，對方的攻勢仍舊令人難以抵擋。

「連十二君主和七大神座都聞風喪膽的龜裂？」

聯盟這個組織再怎麼強大，那也不過僅止於元宇宙之內。

「或許無法對抗整個龜裂，但如果只有妳一人，情況就不同了。」

智漢手中的魔杖湧出了世界力漩渦，並且瞄準了陳恩璽的腹部。

他發出一記簡單卻又強大的攻擊。

被漩渦彈開的陳恩璽神情驟變。

對手的世界力固然平凡，卻是唯有經歷純粹磨練的信徒方能獲得的力量。

「聽說你是背叛神的信徒，實力確實不差。」

「……」

「不過就算經過鍛鍊，信徒也還是無法成為神。」

對於某些人而言，這些話根本算不上挑釁，但也有人會因此被激怒。

那可以說是某個人的痛處。

「作為覺醒者的妳懂什麼——」

面色凝重的智漢啟動「多重漩渦」設定，對陳恩璽進行壓制。

「恩璽積木第三式，飄浮陀螺。」

陳恩璽周邊的積木紛紛開始旋轉，隨即便與智漢的多重漩渦相互融合，改變了對方的攻擊方向。

「呃啊啊啊啊！」

智漢的攻擊偏離了原定的路徑，被捲入漩渦的聯盟成員慘叫連連，墜入了火山口。

貝里斯趕來出手援助，但陳恩璽輕鬆地透過移動積木，完美抵禦了他們的攻勢。

「恩璽積木第四式，不求人竊盜。」

防禦尚未結束。

陳恩璽的積木瞬間分散開來，轉為鐮刀狀，隨即向智漢的懷中揮去。

「啊——」

大吃一驚的智漢連忙伸出了手，但方塊此刻已在陳恩璽的手中。

陳恩璽低頭看著手中發出咚咚聲響的方塊，上面出現了半條裂縫。

「這位大叔個性還真急啊。」

智漢漠然的表情中，浮現了一絲焦躁。

「全部給我上啊！」

命令一下，聯盟成員的攻勢發生了變化。

各式各樣的設定如同導彈般朝著陳恩璽猛轟而來，火山口附近的地面化為一片焦土，然而在那之中，陳恩璽仍舊獨自一人承受著這場炮擊。

這就是覺醒者，她擁有的武力足以隻身對抗聯盟一支大隊。

在這座元宇宙，除了六神之外，還有其他存在擁有這樣的戰鬥力嗎？

柳納德咬著發白的嘴唇。

與宰煥相比呢？

他無法想像。這種層次的戰鬥，已超越了柳納德的想像力所能觸及的範疇。

〔『火山』噴發進度已達89％。〕

得益於激烈的戰鬥，縱然是在宰煥與艾丹雙雙缺席的情況下，火山噴發進度仍舊穩定上升。

砲火紛飛之間，陳恩璽再度試圖改變積木型態。這時，一道小而敏捷的身影，從陳恩璽的手中奪走了方塊。

「嗯？」

那道身影即是安徒生附身的嘎啊嘎啊烏鴉玩偶。

安徒生迅速飛向柳納德，將方塊給了他。

遠處的陳恩璽暴跳如雷。

「喂！還不給我還回來——」

局勢在那一刻發生了變化。

陳恩璽抬頭望向天空，急忙伸手向上，重新排列方塊積木。

「恩璽積木第五式，雨傘風火輪。」

她的積木瞬間形成了一把巨大雨傘，朝著天際不停旋轉。

偌大傳送門打開的同時，金黃色的槍矛從天而降，猛地襲向陳恩璽的頭頂，一道近乎令人失明的雷霆之槍刺進了雨傘。

儘管陳恩璽擋下了攻擊，她的雙腳卻也陷入了地面至少一公尺。

那是一招蘊含著恢弘世界力的攻擊。

整座元宇宙，唯有一個存在能施展出如此水準的雷電系設定。

聯盟成員的臉色紛紛轉為明朗。

「加拉泰翁大人！」

當今元宇宙排名第五。

長槍之神，魁首聯盟的首領。

元宇宙的乘客尊稱祂為元宇宙六神——閃耀之槍加拉泰翁。

身穿燦爛黃金鎧甲的加拉泰翁緩緩從空中降落，深埋在地面的陳恩璽轉頭看向柳納德。

快逃。

她的嘴型分明是這麼說的。

快點！

柳納德的雙腳輕輕騰起，安徒生緊緊叼著他的後領，竭盡渾身力量揮動翅膀。

「柳納德，打起精神！元宇宙的六神親自現身了！」

元宇宙的六神。

感覺有些不真實。

艾丹也是六神，安徒生過去也是六神之一……但那是什麼東西？

加拉泰翁緩緩轉過頭注視著柳納德。沐浴在那毫不掩飾肅殺之氣的目光之下，柳納德的心臟彷彿凍結成冰。

真的有辦法與那種怪物抗衡嗎？

隨著加拉泰翁揚了揚下巴，聯盟成員一躍而起，動身追捕柳納德。陳恩璽見狀，用積木牢牢抓住他們的腳踝。

陳恩璽一邊彈著褲子上的灰塵，一邊從坑洞中爬了出來，擋在了加拉泰翁的面前。

加拉泰翁的金色眼眸盯著陳恩璽。

『讓開，這不是你能插手的事情。』

蘊含神格的真言令陳恩璽歪著腦袋。

「六神？以前只有聽說過，這還是第一次實際見到，不過……」

陳恩璽的積木在空中不停旋轉。

「看起來好像沒那麼強啊？」

陳恩璽的玩具槌與加拉泰翁的長槍相互碰撞，隨著一陣爆裂的聲響，她的玩具槌也爆炸了。

陳恩璽凌空做了一個後空翻，向後退去。

她的右肩留下了一道傷口。

輸了對方一截。

獨自承受聯盟先遣隊合力攻擊的陳恩璽，第一次在世界力的較量輸給了對方。

但是，她笑了。

「比我想像中更弱啊，還以為實力大概跟我們團長差不多。」

『就算是龜裂，也絕不容許你繼續阻撓。』

「你為什麼要用傀儡戰鬥，沒有代行者嗎？用傀儡戰鬥很弱喔——」

一道毀滅性的衝擊襲來，陳恩璽的身影撞上了火山口另一端的內壁。

加拉泰翁稍微調整了自身的長槍。

『六神都是用傀儡來戰鬥，畢竟我們也沒有對手。』

抖著火山灰起身的陳恩璽莞爾一笑。

「終於有點意思了。」

『我知道妳的目的為何，但在這裡拖住我毫無意義，來到此處的六神不只我一個。』

神祇嘈雜的訊息敲擊著耳畔。

〔『匿名神88』對於六神的降臨感到吃驚。〕

〔『匿名神94』說終於有趣起來了。〕

〔疾光之神『雷伊雷伊』指著火山口的外圍。〕

下一瞬間。

〔火焰之神『伊格尼斯』眼中閃耀著饒富興味的光芒。〕

柳納德逃離的方向，一道撕裂世界的光芒升騰而起。

8.

逃得出去嗎？

相比之下，這個世界滅亡的速度應該更快吧？

柳納德沒有時間回頭照顧陳恩璽的處境，只能拚命朝著火山底部的小路奔去。

—快走！無論如何都要爬上第七層。

從陳恩璽傳來的密語。

—去找黑月旅館。

黑月旅館，這個四個字的詞語成了柳納德此刻能記住的最大資訊量。他的前臂無法停止顫抖，即便試圖遺忘，卻始終無法擺脫方才的記憶。

加拉泰翁鋪天蓋地的冷冽殺氣，還有與之戰鬥必死無疑的預感……

可怕、恐懼，要面對那樣的存在簡直是不可能的任務。

「該死，如果宰煥那小子在就好了。」

聽見安徒生低喃的瞬間，柳納德停下了腳步。

逃跑真的是正確的選擇嗎？

懷中的方塊時而發出砰砰的聲響，仍在顫動不已。

那股震動聽起來像是神的斥責。

「到此為止了。」

一道嗓音制止了柳納德前進的步伐。

鋒銳的法杖端落在了他的腳邊，柳納德一屁股跌坐在地。

先前追捕他們的其中一位聯盟成員正站在那裡。

安徒生認出了對方身分，向前邁出一步。

「智漢？是智漢吧。」

他方才似乎在與艾丹交談，找不到插話的機會，但安徒生與智漢也有些交情。

這也在所難免，因為他們是五百年前，一同發起革命的伙伴。

至少曾經是如此。

「安徒生。」

「讓我走吧，拜託了。我不曉得你為什麼會在聯盟，但你本來不是這種人不是嗎！」

智漢微微一笑。

「我不再是妳認識的那個智漢了，妳應該清楚我都做了些什麼。」

他曾是無代行者之神，艾丹．卡爾特最為疼惜的化身。

以及，五百年前那個背叛他們的代行者。

智漢威脅地將長杖尖端瞄準安徒生。

「該死，你、你怎麼能……」

「你們若是帶走方塊，便是自找死路。交出配件，離開這裡吧。」

離開？

「那麼，我就留妳和妳的信徒一條命，並且保障烏鴉之王的安全。」

安徒生頓時一愣。

「我要怎麼相信你？」

「我向漩渦之神……不，我向烏鴉之王發誓。」

安徒生低頭瞥了柳納德手上緊握的方塊一眼。

與先前相比，方塊外部的裂痕更深了。

嘎啊嘎啊烏鴉玩偶的發條嘎吱作響。

安徒生拿定了主意。

「智漢，這真的是你選擇的道路嗎？五百年前的誓言你都忘了嗎？難道你那渴望建造人神平等世界的大義之道，全都消失無蹤了嗎？」

「老鼠與貓永遠無法成為朋友。」

「什麼……」

「老鼠要和貓成為朋友，只有一種方法，那就是變成與貓一樣強大的老鼠。」

柳納德望著安徒生。

智漢的話語，和她曾講述的「強大的老鼠」故事頗為相似。

「來到這裡之前，我在對付一名龜裂的成員，戰鬥中，我深刻體會到了他們的強大。」

「等等，你……」

智漢的眼神閃爍著森冷的光芒，注視著那個方塊。

「我絕對需要那個方塊。」

「你要用這個做什麼？難道你還對艾丹心懷怨恨嗎？」

「我想要的不是烏鴉之王。安徒生，藏起來也沒用，我已經知道他是誰了。」
智漢露出純真的笑容。
「我要吞噬他，成為覺醒者。」
已是其他神祇信徒的智漢無法成為覺醒者，然而，或許有一種方法能掠奪覺醒者的力量。
那是安徒生曾嘗試過的事情。
「吞噬神祇。」
「你只是一介代行者，沒辦法像神一樣吞噬神祇。」
「妳好像忘了我是誰。」
智漢從懷裡取出一雙黑漆漆的手套，安徒生一眼就能看出，那是相當危險的配件。
智漢是艾丹的前代行者，也許他繼承了艾丹製作配件的技術，創造出一種人類也能進行吞噬神祇的配件。
安徒生發出咆哮，振動翅膀。
「我不能放任你這麼做。」
智漢瞇起了雙眼。
「妳要是不讓開，哪怕是強行——」
「智漢，你在幹嘛？」
千瘡百孔的貝里斯咬牙切齒地走了過來。
智漢警告道：「你別插手。」
「你還在拖什麼？現在立刻——」
噗嗤一聲，貝里斯的胸膛遭到貫穿。
貝里斯滿臉驚愕地轉過頭，他的瞳孔瞬間變得混濁。

心臟毀壞，傀儡已然停止作用。

「早說了叫你別插手。」

〔抽獎之神『貝里斯』對傀儡的死亡感到極度憤怒！〕

〔『匿名神94』對智漢的行為大為震驚。〕

〔火焰之神『伊格尼斯』興致勃勃地觀望局勢。〕

〔抽獎之神『貝里斯』的直播頻道強制中止。〕

柳納德嚥了口唾沫，向後倒退幾步。

那個叫智漢的傢伙是來真的，他面不改色地殺死同為聯盟成員的伙伴，甚至為了獲得這個方塊，背叛長久效忠的聯盟。

就在此時，天際降下一道電光，大為震驚的智漢仰望著天空。

又有另一道傳送門敞開。

「怎麼可能——」

智漢的嘴唇頻頻顫抖。

按照約定，聯盟的後續部隊只有加拉泰翁領導的魁首。他聽見的內容分明是如此。

然而，那個東西究竟是什麼？

彷彿被人抓住了他的心臟，胸口一陣窒息，背脊冷汗直流。

就像加拉泰翁就站在面前一般的強大威壓。

這座元宇宙中，擁有如此地位的神祇屈指可數。

『智漢，你為何盜走聯盟的方塊？』

通過傀儡傳來了神的怒吼。

智漢竭力平復顫抖不已的雙腿，他立刻認出了吼聲的主人是誰。

當今元宇宙排名第四，飛火聯盟的首領——暗殺之神，雷克斯。

『回答我，智漢。』

智漢下意識地向後退去。過去五百年來，他一直忠誠於聯盟，因此他明白，不論他在這裡說什麼，採取什麼行動，都將葬身此地。

如此一來，剩下的方法只有一個。

「安徒生！快給我方塊！否則大家都會死！」

安徒生的表情凝固起來。

若是加上在火山口展開激戰的加拉泰翁，這個戰場上總共來了兩名六神，而列隊於他們身後的，是高達數百人的魁首與飛火聯盟成員。

縱使宰煥與艾丹回來，也難以同時應付這些敵人。

柳納德的聲音帶著明顯的顫抖。

「安徒生大人。」

終究到了必須作出選擇的時刻。

✝

✝

✝

寬敞的空地。

宰煥正朝著上方發動刺擊。

儘管嘗試了多次世界刺擊，仍無法輕易貫穿方塊的牆壁，反而讓富含高反彈力的牆壁將刺擊反彈了回來。

宰煥準備發動更強大的攻擊。

「我明明建議你停手了。如果用更猛烈的力量攻擊，反彈回來的力量會讓我們都受傷的。」

面對艾丹的警告，宰煥終於停止了刺擊，直勾勾地盯著牆壁。

他發動了猜疑。

整整一日，宰煥不是持續對牆面進行刺擊，便是直盯著壁面。不曉得方塊究竟是以何種材料製成，即便是他的猜疑也無法掌握其真諦，就好像那是不屬於這世界的物質一樣，只能捕捉到奇異粒子的移動。

艾丹仔細端詳著牆面。

「那上面有嵌入操縱系設定的痕跡，看來製作者是一位非常厲害的工匠。」

「是夢魔的作品？」

「很有可能。對方似乎是利用『時間瀑布的眼淚』將這個空間變成聖域，但我也不太確定。」

宰煥再度嘗試朝牆壁發動刺擊。

「有沒有出去的方法？」

「暫時沒有。就算照我的方式拆解方塊，至少也需要十天。」

假如困在這裡十天，柳納德與安徒生的靈魂肯定早已消失得不留一點痕跡，同時也拯救不了允煥。

他可沒時間坐以待斃。

「別擔心，這裡的時間倍率和外面不同，外面的時間現在還過不到一分鐘。」

「所以妳才會悠閒地坐在那裡作生意嗎？」

正如宰煥所述，艾丹甚至放了一張奢華的沙發躺椅，悠然地躺著檢查交易所的商品銷售情況。

在這期間，結算金額仍舊源源不絕地滾進她的口袋。

「這是一種生存活動。我跟你不同，為了存活，我必須吃掉托拉斯。想要有東西吃，就必須賺錢。」

「其他的神好像沒這麼做。」

雖然安徒生也曾吃過托拉斯，但那是為了迅速添補世界力。

艾丹回答道：「有信徒的神就不必講究這種繁文縟節，就算什麼都不做，世界力也會逐漸增長恢復，但我不同。」

宰煥憶起了艾丹的稱號——無代行者之神。

她不僅沒有代行者，甚至是一個沒有信徒的神。

艾丹再次補充。

「沒有信徒的神，世界力不會自行增長恢復，反而會隨著時間的推移而減少。因此，如果不單獨補充世界力就會滅亡。」

「所以妳才避免戰鬥。」

他曾對艾丹在對決中突然投降的原因感到疑惑，原來是因為世界力太過寶貴。

艾丹撇了撇嘴。

「你的運氣很好。」

「是嗎？運氣好的是妳吧。」

宰煥暫時停止刺擊，調整呼吸。

「妳為什麼沒有代行者？」

艾丹翻閱著商品目錄，以一種雲淡風輕的口吻回答。

「就是個老掉牙的原因，我被背叛了。」

「是因為無法忘懷被背叛的傷痛，所以才不再找代行者？」

「你這麼說來相當浪漫呢。」

宰煥重新朝著牆壁發動刺擊。

艾丹補充了一句。

「雖然你可能不感興趣，不過簡單來說，我被出賣是五百年前的事了。當時我的代行者，就是那個叫做智漢的傢伙。」

「妳可以不必告訴我。」

「他不僅竊取我製作傀儡的方法，還是最早投靠聯盟背叛我們的傢伙。」

「我沒有問。」

「雖然本性不怎麼好，但也不算是壞人。他有自己獨特的判斷力，只是他把它用在錯誤的地方了。」

宰煥改變了揮劍的方向。

一股巨大的刺擊之風颳過艾丹耳畔。儘管頭髮隨風飄揚，她仍舊毫無表情，彷彿確信宰煥不會攻擊她。

就連這點也令人心生不悅，宰煥蹙起雙眉。

「深淵的神都像妳一樣話這麼多嗎？」

「有些像我一樣，有的則不是，畢竟聯盟那些傢伙大部分都沒有代行者。」

「……」

「這座塔的神不喜歡信徒，他們認為信徒是吞噬自身存在的螻蟻。」

這番話令宰煥的動作停了下來。

艾丹繼續說道：「他們想要成為完美的『神』，不受信徒或代行者的契約限制，因此他們製作傀儡，以此作為自身的代行者，畢竟被自己附身的螻蟻不必擁有意志。」

無視人類的神。

不用認真聽也能猜到的老套劇本。

「要是沒有那些螻蟻，那些自命不凡的神也無法存在。」

「是啊，所以神不得不飼養螻蟻，以維持自己的世界。」

「真是可悲。信徒明知神是這樣的存在，卻還是願意一起共事嗎？」

真是一件令人費解的事，竟然有人為了那種將自己視為螻蟻及消耗品的絕對優勢者祈禱。

艾丹搖了搖頭。

「每個信徒都需要神。要在深淵生存下去，世界觀必不可少。」

「我知道，我的意思是，為什麼不去信奉其他更好的神？」

剛開始宰煥並不承認，但如今他也明白了。

這座深淵，明明存在著像安徒生一樣的神。

雖然只是低階神，但就愛惜自身信徒的層面來說，可以說是善良的神。

「你說的對。深淵中確實存在善良的神，但並非所有信徒都想要安徒生那樣的神。因為信徒為了證明自己，會需要更強大的神。」

「那是什麼意思？」

「你真的認為信徒是代替神祇行使力量的存在嗎？你有沒有想過一種可能——其實神祇才代表著信徒？」

宰煥回想起迄今為止遇到的信徒。

「我曾經是安徒生大人的信徒。」

「我是貝爾卡因的信徒……」

他微微起了一身雞皮疙瘩。

仔細想想，確實如此。

「從你的表情，可以看出你明白了。」

「信徒擁有的神，即代表他們自身的價值。」

「沒錯。」

就如同神需要信徒，信徒也需要神。他們行使誰的力量，便決定了他們的價值。

在深淵，人們無法替自己行使力量，而是必須相互依賴以彰顯自身存在。

宰煥似乎對此感到頭疼，輕輕搓著額頭。

「總結來說，妳使用傀儡是因為妳討厭信徒？」

「我用傀儡是因為受到了被背叛的傷害，就像你所說的那樣。」

「真是個懦弱的神。」

艾丹出神地望著宰煥。

「你會因為你的冷漠而被討厭吧。」

「看來我的話傷到妳了。」

「神、信徒、君主，都會因為同樣的原因憎恨你。」

「無所謂，反正無論我到哪裡，大家都——」

「因為你是能代理自己的存在。」

宰煥一時說不出話來。

剎那間，腦海中浮現出曾對他發洩仇恨的敵人面孔。

君主是系統的代行者，神沒有代行者則無法存在，信徒則需要神才能證明自己。

那麼，宰煥自己又是什麼呢？

他既不是君主，不是神，也不是信徒。

「可是當我看見你的聖域時，突然感到十分好奇……你真的是在代表著你自己嗎？」

我所代表的事物……

那瞬間，宰煥感到自己的內在世界頓時變得陌生起來。

「你也只是代理你『世界觀』的信徒而已，不是嗎？」

薩明伽藍曾經說過，適應者與覺醒者之間只有一紙之隔，他們只是信仰著不同的「世界」罷了。

如果是這樣，正如薩明伽藍身為系統的奴隸，他是否也只是自己所信仰的世界的奴隸呢？

思及此，宰煥意識到自己正臨近一種新的感受。

宛如初次接觸「忘我」及「假說」時的那種感受。

宰煥緩緩開口。

「我是——」

「你能說你的世界完全屬於你嗎？」

我的世界完全屬於我嗎？

宰煥思考片刻，接著徐徐眨了眨眼睛。

事實上，問題的答案十分簡單。

「親眼看了就會知道。」

聖域開顯——滅亡後的世界！

宰煥透過「假說」所構建的世界正在顯現。

鋪滿遍地的血潭，其中堆滿了屍身，由於濃重的霧氣，除此之外的景色都無法清晰看見。

像是在欣賞宰煥的世界般，艾丹緩緩自座位上起身，環視四周。

不可能有無緣無故創建而出的世界觀。

即便微不足道，存在於深淵之中的每個世界觀都有其寓意。

艾丹抬頭看向宰煥的天空。

「你每天都看著那種東西嗎？」

霧氣瞬間消散，天空中浮現出一顆巨大的紅色眼珠凝視著艾丹，縱然是活了幾千年歲月的她，也難免在這幅景象面前感到顫慄。

艾丹說道：「我知道那顆眼睛的含意。」

「看過的人都說過差不多的話。」

「這是無可避免的，深淵中的每個人都知道那是什麼，卻不願正視，只不過——」

艾丹用一種無法理解的眼神仰望著天空，躊躇不決地繼續說了下去。

「在很久以前，我見過一個像你一樣，把這種東西掛在天上的人。」

9.

這回，就連宰煥也不得不凝神傾聽。

竟有一位神祇和他擁有相同的世界觀？

「七百年前，完成元宇宙最終層任務的人也和你一樣，在天空中掛了某個東西。雖然他掛的不是眼睛，而是其他不同形狀的東西。」

「是誰？」

宰煥內心有些期待，或許那人會是妙拉克。

然而，艾丹口中傳來始料未及的話語。

「幻想樹最龐大且最惡劣的恐怖組織，龜裂的裂主。」

龜裂？又是他們？

「他的世界觀也像你一樣極度黑暗，不同之處在於……你的世界觀相較於單純的黑暗，某種程度上還帶著一絲孤獨。」

艾丹抬頭凝視著蒼穹上的眼珠，好一陣子才再度開口。

「你是不是想與那個東西為敵？」

「……」

「所以才打算毀滅幻想樹？」

宰煥沒有回應。

「既然是終究會滅亡的世界，為什麼還要去救你的朋友？」

這是一件十分矛盾的事情，一名試圖毀滅世界的人，竟然去救人。

宰煥回答。

「因為那傢伙有資格見證這個世界的終結。」

就在宰煥說出這句話的瞬間，籠罩於聖域的濃霧霎時消散，遠處的景色逐漸顯露其貌。

難道方才那不是這個世界觀的全貌？

艾丹不自覺地朝著霧氣散開的方向走去，一路上，她的腳下發出嘩啦嘩啦的水聲。

她猛地低頭看向地面。

這裡是深淵，這個世界由流淌著銀血而非鮮血的靈魂組成，在這個世界裡，血潭意味著什麼呢？流下這些血的人究竟又是誰？

當艾丹再度抬起頭時，前方有一座具大的高塔。

那並非元宇宙。

艾丹本能地意識到，那座塔是宰煥經歷栽培的塔。

高塔聳立雲霄，像是要觸及天上那顆眼珠一般，宰煥登著這座塔一路來到了這裡。

就在此時，聖域發生了變化。

轟轟轟轟轟！

彷彿不願被困在這樣狹小的地方，噩夢之塔帶有攻擊性地膨脹自身，像一把朝著天際刺擊的劍刃，很快便碰到了天空的透明牆面。

啪滋滋滋！

與宰煥聖域相觸的方塊頂部像是很痛苦似地劇烈晃動，天花板的粒子結構正逐漸瓦解。

「似乎找到了出去的方法。」

艾丹與宰煥相互對視，同時齊身躍上高塔。

一樓、二樓、三樓……

然而登塔的過程中，艾丹經歷了一種奇怪的現象。

她的腦海中湧入了一些聲音。

「宰煥啊！」

「宰煥先生。」

「宰煥君。」

是那些與宰煥共同生活於塔內的同伴的記憶。

他們是在塔中死去，或者選擇回歸的伙伴。

韓瑞律、金允煥、傑伊、海倫……採擷今日的伙伴。

如今已是歷時久遠的名字。

〈第十一層〉

「今天大家的氣勢很不錯嘛，應該會有很棒的材料。」
〈第二十二層〉
「馬上就要去挑戰了嗎？這次的魔王有什麼招式？」
〈第三十四層〉
「進來店裡坐坐吧，我給你留了好東西。」
他沒有遺忘任何一句話。
艾丹能理解，這些記憶不僅僅是每個瞬間的碎片，記憶就像生物，宛如相互交織生存的靈魂一般活動著。
正如艾丹製作了傀儡，宰煥也在內心世界建造了一座塔。
然而，這兩者之間存在著巨大的差異。
艾丹無法承受記憶的負擔，將其分享給了傀儡，而這座塔則是宰煥的記憶本身。
他依然獨自承受著所有記憶。
因為這個世界的任何事物，都無法替他分擔記憶。
〈第四十六層〉
「宰煥啊，對不起了。」
如果連他都放下這些記憶。
〈第五十八層〉
「拜託了。」
〈第六十三層〉
「你一定要登上更高的地方——」
他們所經歷的苦痛，將成為從未發生過的事情。

「別擔心。」

因此，宰煥沒有忘記他們。

至少在這個「世界」裡，所有一切，都是真真切切「發生過的事情」。

在系統將人類抹去的世界中，宰煥仍然記得他們，記得那些憤怒、悲傷、絕望，以及他們度過的每一刻。

「我一定會親眼見證這世界的終結。」

於是，此刻的宰煥正在狂奔。

〈第七十八層〉

「我不太清楚我的世界觀是否完全屬於我。」

他接受了這個人生。

〈第八十五層〉

「我能確定的只有一件事。」

他決意成為這個世界的罪囚。

「那就是我將親眼見證這個世界的終結。」

你是怎麼能擔負如此沉重的包袱，繼續向上攀登的呢？

艾丹很想這麼問，但同時她似乎也明白那個答案。

區區人類，究竟是如何變得如此強大？不單單是信徒，甚至成了一名神祇，具備如此雄偉的世界力。

這座塔，即是宰煥擁有的設定與配件。

設定，噩夢之塔。

塔中流出的記憶，正化為宰煥的世界力。

〈第九十九層〉

這些記憶猶如信徒般向宰煥進行祈禱，而他選擇了接受。

「這個世界有你在實在太好了，宰煥啊。」

在成為神之前，宰煥早已是神了。

作為不曾忘記可怕夢魘的代價，他獲取了力量。

〈第一百層〉

終於，他們抵達了塔的頂端，通向外界的出口就在眼前。

然而外面的景象有些奇怪。

艾丹先行透過裂縫窺視了外界景象，她的表情逐漸僵硬。

「外面……好像發生了什麼事情。」

✝

✝

✝

雷克斯惡作劇般扔出的暗器令智漢遍體鱗傷，他捂著傷口，直勾勾地盯著正前方。

當今元宇宙排名第四，暗殺之神雷克斯。毫無疑問，他是一名實力超群的強者，以智漢此刻的世界力，即便死而復生也無法戰勝對方。

然而，就像面對龜裂成員陳恩璽一樣，他並沒有感受到對方是超越常規的存在。

這意味著仍然存在希望。

「安徒生，快把東西給我！」

安徒生依舊躊躇不決。假如在這裡交出方塊，她就無法確保宰煥與艾丹的安全。

雷克斯跨過廢墟，一步一步走了過來。

『智漢，從你加入聯盟開始，我就不喜歡你。就算其他六神同意，我也堅持反對。』

「呃啊啊！」

智漢揮動的攻擊被雷克斯輕易擋下。他扔開銀杖，手指直接插入智漢的心臟周圍。

『背叛一次的人，也會背叛第二次。』

「啊啊啊啊啊！」

非常緩慢地，心臟部位的靈魂被緩緩挖出。

『我把你這個人類留得太久了，做成新傀儡可能會更好。』

安徒生看著垂死的智漢。

搞不好現在就是最後的機會了。

無論對方是再怎麼了不起的元宇宙六神，只要現在釋放出所有世界力，或許能夠帶著柳納德逃脫。

這時，天空中再度開啟了傳送門。

伴隨著轟隆聲，一道華麗的門在天上灑下光芒。

安徒生十分熟悉那扇門。

五百年前，她經常見到那扇門。

隨著耀眼的光芒，響起了某人的聲音。

『雷克斯。』

雷克斯停下手中的動作，抬頭看向空中。

『我分明說過，有我和加拉泰翁就夠了。』

『確保萬無一失不是很好嗎？』

神祇真言接續而至。

安徒生嚇得目瞪口呆，她太了解那聲音的主人了。

「你……」

安徒生最為珍惜的伙伴。

他是曾一同投身於革命，五百年前的「你的英雄」之一。

「你、你還有什麼臉出現在這——」

同時也是「第一位背叛者」。

『好久不見了，安徒生。』

那是一名帶著令人愉快的笑容的褐髮美男子。

望著那令人不由自主產生好感的微笑，安徒生近乎悲號地釋放出她的世界力。

「啊啊啊啊啊！」

安徒生的世界力發動了嘎啊嘎啊烏鴉的隱藏設定「烏鴉砲」。然而，那個男人輕鬆地擋下烏鴉砲，並一把抓住了烏鴉的脖子。

『可憐的安徒生，竟然變得如此脆弱。』

智漢顫抖著看著這一幕。他同樣十分熟悉那個使用褐髮俊俏男子傀儡的神祇，正是因為對方，他才得以加入聯盟。

「一切都結束了。」

無法停止的顫慄證明了他的威壓凌駕於加拉泰翁與雷克斯之上。

這座元宇宙中，沒有神不認識他。

五百年前的傳說，元宇宙的六神，火焰聯盟的首領。

世人稱他為當今元宇宙排名第三，正義之神賈斯蒂斯。

「柳納德！」

安徒生尖銳的叫聲在四周迴盪。

然後，柳納德動了。

儘管現在已不是神與信徒的關係，但兩人之間曾有過深厚的紐帶，正因如此，柳納德無須解釋也清楚自己該做些什麼。

「我相信你，宰煥先生。」

瞠大雙眼的智漢拚命掙脫了雷克斯的手掌，接著——

「咳咳，哈哈哈哈。」

如離弦之箭般飛來的方塊落在智漢手中。他有些踉蹌地抓住方塊，發出了刺耳的笑聲。

「現在你們都完蛋了。」

『雷克斯。』

隨著賈斯蒂斯的話語，雷克斯朝智漢衝去。

但智漢的動作更快。

他戴著黑色半截手套的手掌與方塊接觸的瞬間，方塊整個被吸入了他的身體。

轟隆隆隆隆！

一陣強勁的世界力風暴以智漢為中心展開，那股力量幾乎能撼動整個第六層。隨著劇烈的地震，遠處的火山也跟著爆發。

雷克斯的神情一冷。

智漢用扭曲的眼神望著這一切景象。

這就是覺醒者所看到的世界——滅亡後的世界。

他感受到全身充滿了世界力，仰天長笑。

「哈哈，哈哈哈哈哈！」

他的契約神海克西高聲慘叫，這股力量便是如此強大。

方才還如一座高山般難以逾越的雷克斯，如今在他眼中卻不同了。

真可笑，就只有這點程度而已嗎？有了這股新獲得的覺醒之力，他就能獲勝！

「喝啊啊啊！」

智漢的指尖湧現出強烈的漩渦。這次的漩渦比他過往所製造的任何一個，都擁有更強大且縝密的設定。

此處的所有人都無法抵擋。

「去死吧。」

這陣彷彿要將神祇碎屍萬段的漩渦所經之處，萬籟俱寂。

『原來如此。』

未受任何影響的雷克斯好端端地站在原地。

『就這點程度？』

智漢以空洞的目光凝視著自身世界力空虛地消散而去。

「怎、怎麼會？」

他分明已經覺醒了，分明已經抵達全新的層次。

『那就是蟲子的極限。』

隨興揮出的拳頭擊中了智漢的腹部，砰的一聲，智漢的身體炸裂開來。

一道衝擊便令整個靈魂破碎不堪。

智漢痛苦哀號著跪倒在地，一片銀光自他的身體內部汩汩湧出，隨後吐出了他吞下的一切事物。

宛如短暫的幻覺般，翻轉的世界恢復了正常。

待智漢回過神來，遍地銀血之中，有一顆他以為已然被自身吸收的方塊體正在滾動。

智漢看著方塊上的大洞。

那是一個被某種尖銳事物刺穿的洞。

『受死吧。』

雷克斯的手如斷頭臺的刀刃，朝著智漢的脖頸落下。

接著……

『怎、怎麼會。』

搖搖晃晃的雷克斯低頭盯著刺穿他腹部的烏黑劍刃。

那不是智漢的武器。

流淌著黑色氣息的劍刃，正奪目地燃燒著孤傲的世界力。

〔『匿名神94』嚇得張大了嘴巴。〕

〔『匿名神88』尖叫喊著這太荒謬了。〕

小兄弟的訊息不停敲擊著耳畔。

〔疾光之神『雷伊雷伊』尖叫說著她早就知道會這樣！〕

〔終結必至之神『塔納托斯』瞪大了眼睛！〕

〔多數神祇無法掩飾祂們的驚愕！〕

聽見廣播消息而湧入深淵的神祇，正透過勒內的直播觀看這一幕。

〔火焰之神『伊格尼斯』注視著劍的主人。〕

急忙向後退去的雷克斯，緊緊抱著被貫穿的腹部，向對方逼問道。

『你是誰？』

眼前的男人擁有許多稱號，君主屠殺者、混沌之王、波濤之路的開拓者、裸體刺擊……但這些都不是他的名字。

他只有一個名字。

是那些深愛著他、在他記憶裡的人們唯一呼喊的名字。

「我是宰煥。」

Episode 19. 六神之戰

1.

君主屠殺者宰煥？他的事蹟當然很了不起，像是單刷九十九層、混沌大一統，或是人人皆知的君主大屠殺等等。不過，那傢伙的名字真正揚名天下是後來的事情。就是令深淵諸神眾所矚目的那個事件。

——摘自火焰之神伊格尼斯的訪談

✝

✝

✝

今年已經是暗殺之神雷克斯成為元宇宙玩家的第五百四十二年了，他就是所謂的元老玩家。

「神！這次請開放新的配件吧！好嗎？」

「到底要讓我用這種煩悶的設定到什麼時候？」

「每次都這樣的話，我就要轉去其他世界了。」

因為不想再面對那些意見一堆卻一點屁用都沒有的信徒，他逃到了元宇宙。

為了在這裡生存，雷克斯出賣了追隨自己的信徒，出賣了信念，也出賣了那些信任他，與他共同投資的神祇。

成為了聯盟的一員。

就這樣過了五百四十二年，他成了元宇宙六神之一。

他見證過五百年前大革命的風景，也成功擊敗約莫數十年便會出現一次的六神候選人，守護了自身的地位。

每當有新款造型上市，他都會定期進行抽獎直播以獲得贊助，並將從聯盟賺取的托拉斯拿去再投資，穩定地增長世界力。

這樣以最強六神的身分縱橫天下，已過了百餘年之久。

如今，他開始對元宇宙感到厭倦了。

『你就是那個裸體刺擊吧。』

因此，現在這樣的活動令他心情十分愉悅。

現今，聰明的神祇已不再挑戰元宇宙，因為他們很清楚，就算進行挑戰，也只會為聯盟帶來更多好處。

偶爾出現的挑戰者，也只是那些托拉斯多得花不完的公子哥，而其中大多數人都因為厭倦了元宇宙的課金政策而一走了之。

在這樣的情況下，出現了這種傢伙。

滋滋滋滋。

雷克斯利用「超人再生力」的設定修復了傀儡的傷口，笑了笑。

傳聞中的裸體刺擊就在他的眼前。

他本以為六層的樂趣最多只有烏鴉之王的程度。

『一定會很美味。』

宰煥身上散發著前所未有的強大氣息，讓他感到興奮。

這名挑戰者有多強？在退場之前又能為他帶來多少樂趣？

〔多數神祇對這場對決表現出濃厚的興趣！〕

這場對決將能賺進多少托拉斯？

〔『匿名神94』祝福您的勝利。〕

〔『匿名神88』期待看您品嘗奇異美食。〕

那傢伙的靈魂又有多美味呢？

『就讓我來認真會會你，你應該有這個資格吧。』

雷克斯張開雙臂之際，自他全身射出的武器齊齊騰空而起。刀刃、匕首、長鞭、手裏劍、飛鏢……十件、百件、千件、萬件……

他的武器遮蔽天空的瞬間，周圍一帶的光線也隨之消失。

聖域開顯——萬兵之影。

時隔數十年，雷克斯終於再度展開了聖域。

瀰漫著黏稠黑暗的世界淹沒了宰煥的感官，他緩緩眨了眨眼睛，發動猜疑端詳世界的景象。

四周盡是相同的漆黑光景，彷彿被濃密的陰影困住一般。

咻咻咻！

伴隨著鋒利的觸感，不知從何處飛來的長槍擦過了他的腰部，宰煥的腰側留下了一道狹長的傷口。

噗咻！噗咻咻！

接踵而至的匕首與飛鏢劃過了宰煥的手肘與小腿。

憑著本能，宰煥扭動身體避開了攻擊，但那都是在千鈞一髮之際躲過的攻擊，直到武器即將觸碰到他身體時，他才得以勉強察覺。

他完全無法感知埋伏於黑暗中的雷克斯動靜，攻擊毫無預警地不斷襲來。

『你這傢伙反應神經不錯啊。』

宰煥也曾數次見過使用這類招式的敵人，這卻是首次見到將如此廣闊的區域作為隱身地帶使用的人。

猜疑。

這種程度的神，縱然使用第一階段的覺醒能力「猜疑」也難以探究其本質。

朝著隱約能感受到世界力波動的地方，宰煥刺出了手中的劍。

噗滋！

隨著這道聲響，籠罩著獨不的漆黑空間無止境地蔓延開來。

十七把兵器像是等待已久似地從各個角度襲來。

『沒用的，你找不到我。』

宰煥輕吸一口氣，瞬間施展了十七次刺擊，將眾多兵器彈開，但其中幾把仍舊劃過了他的前臂和腰腹。被暗器劃傷之處染上了一片漆黑，那些武器上頭帶有毒液。

他將手輕放在傷口上方。

理解。

覺醒第二階段的能力迅速解讀了毒的原理，將毒素排出體外。

見到這一幕，雷克斯驚呼了一聲。

『百毒不侵？難道是武林中人？』

宰煥沒有回答，而是將劍瞄準天際。

面對這種敵人，他的戰術很簡單。

若是看不見敵人，就將可見的所有方向全都刺穿。

世界刺擊九連發！

肆無忌憚橫掃而出的世界刺擊，將聖域變得一片狼藉。

被刺擊擊中的聖域各處像是感受得到痛苦似地劇烈波動。

啪滋滋滋滋。

部分區域甚至在與刺擊相觸的瞬間便瞬間瓦解。多虧世界力的作用，雷克斯的傷口很快就恢復原狀，但他還是受到了一些衝擊。

他從未在深淵任何一處聽過這般愚蠢的攻擊方式。

然而，宰煥臉上露出不甚滿意的神情。

憑藉著那一道攻擊，他彷彿洞悉了整個世界，並將目光投向聖域的某處。不曉得是否為巧合，宰煥目光停留之處，正是雷克斯的藏身處。

『傲慢的傢伙。』

隨著雷克斯的手勢，黑影世界中散發著不祥氣息的兵器齊刷刷地立了起來，每一把都是曾在元宇宙風靡一時的神兵。

凶神的神槍、天穹戰斧、萬年掌、神之鐐銬、聖劍瑪爾芬……

這些都是以極低中獎率推出的抽獎配件，或是征服傳說級魔王後獲得的配件，是在這座元宇宙中千金難求的珍貴收藏品。

那些兵器猶如發射前的子彈一般紛紛瞄準宰煥。

見到這樣的場景，宰煥依舊不驚不慌。

反之，他靜靜地低語道：「大概是君將左右的程度吧。」

『好大的膽子。』

兵器以遠超以往的速度與破壞力同時齊射而出，若是被那種東西貫穿，即使是宰煥也無法平安無事。

忘我。

覺醒第三階段，忘我的能力顯現而出。

抵抗著對方聖域的同時，宰煥的靈魂加快了移動速度。在藉此賺取而來的空檔間，他的左手刺進了虛空中的裂縫，宰煥從中抽出了一柄漆黑的劍。

滅亡。

由假說之力鑄造而成的法規系設定，滅亡。

這是他在混沌與君將激戰之後，首次取出的劍。

嘶嘶嘶嘶嘶！

在輕巧揮舞滅亡的動作下，迎面飛來的三把名劍遭到腐蝕，化為烏有。

驚愕的雷克斯瞪大了雙眼。

宰煥的反擊此刻才剛要開始。

左手的滅亡與右手的獨不交疊，滅亡的氣息隨即覆蓋了獨不的刀刃。

滅亡劍。

這是獨不與滅亡的自訂模式，他曾在與薩明世家交戰時使用過這種獨特戰術，但這回又添加了一項新的技能。

通過以往的訓練，宰煥重新領悟了自身獨特的設定。

「滅亡劍，第二式。」

剎那間，宰煥倏然變換姿勢，揮劍向前。與此同時，獨不的刀刃一分為二，開始盡數吞噬迎面襲來的眾多兵器。

喀滋、喀滋喀滋！

滅亡是摧毀世界的設定，而獨不的刃齒上蘊含著該設定，一旦觸碰到劍身，世間萬物將會被撕得四分五裂。

獨不無情地將飛來的兵器撕裂吞噬，吐出了滿足的劍鳴。

『臭小子！我的兵器啊！』

數百年歲月收集的裝備，就像一座由兵器堆砌而成的堡壘，讓他面對元宇宙的任何人都穩如泰山。

這座堡壘卻在一柄劍面前崩潰瓦解。

『我要把你碎屍萬段！』

憤怒的雷克斯甚至不惜顯露本體，開始操縱世界力。

某處傳來雷聲，一個由眾多兵器形成的巨大雲團出現在宰煥頭頂上方。

這是造就雷克斯成為元宇宙六神的主要設定——萬兵烏雲。

元宇宙的神祇對這項招式的評價為：在他的烏雲之下，任何人都無法活命。

『上吧。』

隨著雷克斯的信號，烏雲閃現出光芒。

萬兵雷霆！

雷克斯十分確信，除了聯盟的總司令，縱然是現役六大神祇也無法擋下這道攻擊。

『去吧！』

隨著信號，天空中降下了雷電。

確切來說，是刻有雷電設定的兵器，以雷霆的型態劈了下來。

『上吧！都給我上！幹掉他！』

萬兵雷霆以每秒數百、數千次的攻勢毫不停息地落下，這是一陣能讓任何靈魂化為塵埃的電擊。

聽著震耳欲聾的轟鳴聲響徹雲霄，雷克斯笑了。

然而——

咻咻咻。

那到底是什麼鬼東西？

咻咻咻咻咻咻。

怪異的聲音響起，雷電擊向的位置升起了一個像是避雷針的東西，不斷地上下挪動。

定睛一瞧，宰煥的劍正隨著雷霆的節奏移動。

一遍又一遍，不斷刺了又刺。

男人正以肉眼看不見的速度「刺」向閃電。

每當閃電落下時，男人的身體便會顯現，隨即再度消失。

在閃電下閃爍發光的宰煥，臉上掛著冷酷的笑容，迎接從天而降的雷電。

『不……怎麼會。』

不停猛烈襲來的雷霆勢頭稍微減緩之際，宰煥的獨不散發出不尋常的光芒。他蓄勢待發的臂膀瞄準雷電降下的時機，朝著天空施展刺擊。

注滿滅亡之力的刺擊，承載著迄今所吸收的雷擊，將聖域撕個粉碎。

天空的烏雲一分為二，宰煥的聖域圍繞著裂縫中心蔓延開來。

『咳啊啊！』

聖域崩潰的同時，遭受衝擊而導致世界力逆流的雷克斯屈膝跪地，噴出銀色的光芒。

〔『匿名神94』懷疑自己的眼睛。〕

這壓根是不可能發生的事情。

那並非聖域之間的戰鬥——區區設定，竟能使聖域瓦解。

〔疾光之神『雷伊雷伊』目瞪口呆。〕

〔部分神祇驚愕地詢問究竟是怎麼一回事。〕

元宇宙六神潰敗的直播畫面，在小兄弟網路掀起一片譁然。

〔該節目已被小兄弟選定為『人氣直播 LIVE』！〕

〔多數神祇正透過『勒內TV』觀賞影像。〕

〔『匿名神99』詢問，今後元宇宙六神將會如何？〕

混亂之中，逐漸流露出一股不尋常的氣氛。

神祇高喊著元宇宙六神也不過如此，長久以來堆砌而成的聯盟堡壘逐漸出現裂痕。

〔『匿名神 158』說聯盟也不過如此。〕

〔『匿名神32』認為暗殺之神令人失望。〕

〔『裸體刺擊』的聲望響徹元宇宙的每個樓層。〕

〔元宇宙的『駕駛員』關注著這場戰鬥的結果。〕

雷克斯緊咬嘴唇站起來身來，運起世界力。

勝負尚未結束，他所積累的歲月不可能只有這麼一點。

雷克斯再度敞開雙臂啟動聖域，隨即驚愕失色。

聖域沒有顯現。

彷彿畏懼眼前的存在一般，他的聖域拒絕顯現。

而後，緩緩地，一股陌生的感覺自雷克斯腳底湧上。

『你、你到底是……』

那是恐懼。

直至此刻，雷克斯才意識到眼前的對手是誰。

男人並非數十年出現一次的六神候選人。

雷克斯步履蹣跚地向後退去。

從前自先代六神那裡聽見的故事掠過他的腦海。

『每過幾百年，就會出現能撼動整座元宇宙，超越常規的怪物。』

九百年前，傳說中目睹元宇宙最終層的夢魔。

七百年前，摧毀元宇宙第九層，滅盡六神的龜裂怪物。

六百年前，在七大神座的庇護下現身，整合元宇宙的現役聯盟總司令。

千年來，已有三次超乎常規的怪物出現，因此他以為不會出現在自己的時代。

然而，此刻——

「沒有可以刺的東西了嗎？」

他的眼前，站著一名赤裸的怪物。

2.

〔您的『小兄弟』權限等級已提升！〕

〔即時觀看人數已更新！〕

〔您的直播已被推薦至『小兄弟』主頁！〕

直播排名持續上升。

勒內一時間目瞪口呆，她急忙操控直播螢幕，不自覺地嘀咕。

「什麼啊，這是……」

心情有些古怪。

除了上升的排名外，螢幕中的景象更是令人難以移開目光。

過去數百年間注視著元宇宙的她，可曾見過這般景象？

〔龍神『德洛伊安』以饒有興致的目光觀望著戰況。〕

〔疾光之神『雷伊雷伊』呼喊著裸體刺擊，宰煥！〕

〔終結必至之神『塔納托斯』對宰煥的勇氣讚嘆不已。〕

〔賭博之神『百家樂』難得再度感受到戰鬥的氣氛。〕

〔火焰之神『伊格尼斯』為宰煥加油打氣。〕

「七大神座裡竟然來了兩位……」

火焰之神伊格尼斯本就是勒內的老觀眾，而龍神德洛伊安則是首次進入頻道觀看。

龍神德洛伊安，是著名黑焰龍設定的擁有者，同時也是深淵第二站點「地獄」的主宰者。

這樣的巨擘，此刻正在觀看她的直播。

〔『匿名神 654』怯生生地替宰煥加油打氣。〕

〔『匿名神 535』記住了宰煥的名字。〕

〔『匿名神 752』盼望著一場新的革命。〕

除此之外，還有一些被稱為「害羞神祇」的匿名神。

憑藉急速攀升的觀看次數，她的直播一股作氣取得了元宇宙節目排行第一的成績。

〔多數神祇沉浸在戰鬥中！〕

發送訊息的不僅是神祇。

〔『匿名代行者 313』支持宰煥。〕

〔『匿名代行者 915』支持宰煥。〕

〔『匿名代行者 756』支持宰煥。〕

儘管因為小兄弟等級過低無法進入主房間，也有些人透過轉播房間發送支持訊息。

他們皆是眾神的代行者或信徒。

就連這座元宇宙中僅存的代行者與信徒，也在觀看宰煥的影像。

——〔LIVE〕震撼！元宇宙六神敗北？

——〔轉播間〕緊急報導！暗殺之神雷克斯大敗！

——〔轉播間2〕雷克斯慘敗，六神之戰一觸即發！

就連轉播她節目的頻道也層出不窮。

勒內望著螢幕上震驚失色的雷克斯。

『怎、怎麼會有這種——』

元宇宙六神之一，雷克斯的慘敗，單憑這一點，就足以稱之為元宇宙數年難得一件的重大事件。

但更大的問題在於，六神之位的更迭並非這起事件的終點。

「親愛的觀眾，好像發生了一件超級大事。」

當今的六大神祇，有五位皆屬於聯盟成員，而這樣的六神竟然敗給了一名新手？

〔『匿名神752』盼望著一場新革命。〕

〔『匿名神583』盼望著一場新革命。〕

或許這不單單意味著六神的失敗，更可能是聯盟的失敗。

統治這座塔近六百年的聯盟，正在動搖。

長久以來的歷史終於有機會改變，這股微妙的期待也自然而然地在低階神之間散布開來。

〔第六層開始『滅亡』。〕

就在此時，火山開始噴發。

〔20分鐘後，該世界觀將完全消亡。〕

仔細想想，不知何時，火山口那處的的兵器碰撞聲已然消失。

方才龜裂的陳恩璽與聯盟六神加拉泰翁分明正在搏鬥。

「可惡，這可不代表我輸了。」

當畫面轉換成火山口的那一刻，某人隨著滋滋聲響化為一道光柱，消失在天上的傳送門之中。

「啊？」

過了一會兒，便見一道金黃色身影自火山口處飛躍而上，那是一柄纏繞著耀眼光芒的雷電之矛。

勒內的表情頓時凝固。

「諸位神祇，大事不妙了。」

縱然不曉得具體的戰鬥細節，但陳恩璽與加拉泰翁之間的對決，似乎以元宇宙六神加拉泰翁的勝利畫下句點。

畫面上，可以看見離開火山口的加拉泰翁，與雷克斯、賈斯蒂斯會合的模樣。

元宇宙六大神祇之三。

就表面上來看，三名堪稱聯盟半壁江山的超級勢力齊聚一堂。

排名第三的賈斯蒂斯，第四的雷克斯，以及第五的加拉泰翁。

縱使有宰煥和烏鴉之王，他們真的能戰勝這三人嗎？

儘管心存疑慮，勒內仍沒有失去希望。

畫面中，宰煥正以冷漠的目光望著眾神，他的武力足以愚弄排名第四的雷克斯。

若宰煥的實力不僅僅是運氣，要扭轉此刻的局勢應該……

就在這時，天空傳來一聲巨響。

轟轟轟轟轟！

天空中打開了一道巨大的門。

「巨型門？」

只有一名乘客進入時會使用小型門，多名乘客同時進入則使用中型門。然而，那並非是單純高於中型門一個等級的大型門，而是整整一道巨型門。

綜觀元宇宙歷史，這道門只有開啟過一次。

即是五百年前的大革命。

「我的天啊。」

透過天上的巨型門，某個巨大配件受召喚而出。

聯盟即將發動一場真正的戰爭。

✢　✢　✢

宰煥感到有些厭煩，冷漠地瞥了喘著氣的雷克斯一眼。

「結束了嗎？」

雷克斯後退了幾步，眼神充滿恐懼，似乎沒有餘力召喚出雷電。

勝負已定。

「宰煥先生！」

位於數十公尺外的柳納德跑向了宰煥與艾丹。

宰煥檢查了柳納德的傷口，問道：「你受傷了？」

「我沒事！」

他那副模樣，一眼就能看出絕非無事，身上到處都是挫傷及深深的傷痕。

不必問也能得知，他在方才經歷了多麼險惡的戰鬥。

「神呢？」

「沒事。」

宰煥輕輕將手擱在柳納德的肩膀上，柳納德淚眼婆娑。

坐在柳納德頭上的安徒生說道：「現在還不是感人重逢的時候，明白嗎？」

事實上，一股不尋常的氣流正從面前的雷克斯全身流淌而出。

『我，這是我……』

未能擺脫失敗打擊的雷克斯再次怒火中燒。

這是他與生俱來的直覺，如果在這裡認輸，他就必須放棄迄今為止享受的一切榮耀。

出乎意料的是，阻止他的人是始終冷眼旁觀的正義之神賈斯蒂斯。

『退下吧，雷克斯。』

憑著這一句話，雷克斯再度湧現的世界力如魔法般消失無蹤。

當今元宇宙位居第三，賈斯蒂斯。

雷克斯茫然地看著他向前走去。

『十分精采的戰鬥，無須開顯聖域便能摧毀雷克斯的聖域……』

無論過去使用了多麼特殊的設定，宰煥的戰鬥確實令人震驚。

或許是這個原因，賈斯蒂斯的語氣變得比先前更加恭順。

『最後，我想提出一個建議，你不考慮加入我們聯盟嗎？』

招攬提議。

從某種程度上來說，這是意料之中的反應。

『我們火焰聯盟將會提供你最豐厚的條件。』

火焰聯盟，宰煥曾聽聞過這組織，那是當初在公車站，透過乘務員向他提出贊助方案的聯盟，看來對方就是火焰的首領。

安徒生卻給他潑了一盆冷水。

「加入聯盟後，連講的屁話都差不多了。」

『……』

「誰會相信你這個五百年前出賣伙伴的傢伙？」

『我們也會保證安徒生和信徒的安全。』

「開什麼玩笑，他肯定是想把我們抓去當人質，就像當初封印我一樣。」

『我不會做出那種事情。如果妳希望，我也能以神的名義立下誓言。』

對這個詞作出反應的是始終關注著對話進展的艾丹。

「以正義之名立下的誓言嗎？」

『艾丹，好久不見。』

對於賈斯蒂斯的問候，艾丹沒有回應，相反地，她只是用冰冷的眼神注視著對方。

「我一直覺得你的綽號很搞笑，什麼正義之神賈斯蒂斯。」

『……嗯？』

「當初聽到這個稱號，我就應該好好打聽你這傢伙，是我太愚蠢了。無論是火焰之神伊格尼斯還是黑暗之神凱吉，都沒有像你這麼誇張。」

『妳所謂的誇張是什麼意思？』

「你不用知道，如果我解釋給你聽，你的靈魂可能會崩潰。」

面對艾丹的挑釁，賈斯蒂斯的眉毛抽動了一下。

『現在不是你該這麼悠哉的時候吧。』

「你見證了這裸體傢伙的實力之後，還能說出這種話啊。」

『他的力量固然強大，但妳這麼快就忘記了嗎？』

轟隆隆，天空傳來了聲響。

『我們曾對抗過的聯盟是何等地方，以及過去的五百年間，這個聯盟又成了什麼樣的組織？』

一道蒼穹之門在天空中開啟，一艘巨大的戰艦正從一扇空前絕後的巨大傳送門中駛來。

聯盟的巨型配件——大戰武器，涅布拉。

長達五百多公尺的甲板，在地面上投下一道濃厚的黑影。

外觀上來看，這艘戰艦無疑是出自工匠的精心打磨，單是一眼望去，就能感受到一股令人望而生畏的世界力。

看著這艘光是現身便足以重挫士氣的配件，艾丹嘟囔道：「竟然為了我們派出大型戰艦，你真的打算開戰嗎？」

『如果妳希望的話。』

戰艦的砲管整齊地向著地面，只等待一聲令下，就能隨時開火。

賈斯蒂斯說道。

『我想知道，你們現在有意願進行協商了嗎？』

「這不該是協商的態度吧。」

打斷賈斯蒂斯話語的是宰煥。

「如果真的想進行談判，你的首領就該親自出面。」

『我也是聯盟的首領。』

「就憑你？」

聞言，賈斯蒂斯神色一僵。

『我不懂你的意思。』

「你能作出什麼承諾？」

『正如我方才所說——』

「我聽說我的朋友被帶去作為第七層的傀儡。把那傢伙帶來，這是最基本的條件。」

面對宰煥提出的條件，賈斯蒂斯的嘴角微微抽動。

『傳言果真屬實，看來你確實是為了解救朋友而來。你朋友叫什麼名字？』

「金允煥，我只給你五分鐘。」

聽到宰煥的話，艾丹與安徒生感到一陣驚慌。

假如宰煥在這裡找到了朋友，事態接下來會如何發展？

眾人竭盡全力走到了這裡，萬一尋獲朋友的宰煥轉身一走了之呢？

正在搜索資訊的賈斯蒂斯困惑地歪了歪頭。

『可以再說一次你朋友的名字嗎？』

3.

「金允煥，你還剩四分鐘。」

『抱歉，我沒有搜尋到你朋友的名字，可能是已登錄為傀儡，或是在待登錄名單——』

「看來你壓根沒有協商的打算。」

『我不是說這裡沒有他的名字嗎？』

「我親自上去確認一下就知道了。」

宰煥再度緊握獨不，強烈的氣勢從他的全身釋放而出。

賈斯蒂斯緩緩舉起了一隻手，瞇起眼睛。

『你是認真的嗎？』

「反正，我在這座塔的最終層還有事情要辦。」

塔的最終層。

元宇宙真正的盡頭，唯有通過聯盟主宰的第九層才能抵達。

賈斯蒂斯警戒地開口。

『你為什麼要去那裡？』

「我說了，有事要辦。」

『無論是財富、榮譽，還是力量，只要是最終層能獲得的東西，我們都可以給你。』

「不，你們給不了。」

『這場對話打從一開始就毫無意義。』

宰煥的獨不逐漸凝聚起滅亡之力。

遠處，火山爆發的規模越來越大。

〔您已完成任務的通關條件。〕

〔請在世界徹底毀滅前維持生存。〕

〔剩餘時間：15分鐘。〕

賈斯蒂斯望著飄舞的火山灰。

『傲慢的覺醒者啊，你以為這是我們第一次對付覺醒者嗎？』

在意料之外的話語下，宰煥的眉毛微微抽動。

『當人類成為神之後，你知道他最脆弱的是什麼嗎？』

賈斯蒂斯高高舉起的左手，落了下來。

察覺到危機的安徒生大喊道：「快躲開！」

下一刻，戰艦的砲管發射出某種物體，那並非普通的炮彈。

整個世界天翻地覆，讓宰煥瞬間有種視野崩塌的感覺。

「#$%宰&%^宰&%煥&^煥%^&宰%&%!@#%$%&」

「#$啊%$^#^$錀#%#$%柳@%#@#$%痲巴%^&吧%$^#^」

巨大的噪音侵蝕耳畔。

接下來，未知的信息傳入宰煥耳中。

「去死吧。■■去死。■■去死。■■去死。■■去死。■■去死。」

「裸體刺擊。裸體刺擊。裸體刺擊。裸體刺擊。裸體刺擊。裸體刺擊。裸體刺擊。裸體刺擊。裸體刺擊。裸體刺擊。」

「星星直播崩潰星星直播崩潰星星直播崩潰星星直播崩潰星星直播崩潰星星直播崩潰！」

「正義秩序正義秩序正義秩序正義秩序正義秩序正義秩序正義秩序正義秩序正義秩序正義秩序正義秩序正義秩序！」

無數訊息一齊湧入，對他的心靈造成毀滅性的攻擊，一股頭痛欲裂的感受像要撐爆他的腦袋。

世界的聲音逐漸消失，只見賈斯蒂斯的嘴裡正在喃喃自語。

『如何？神的世界。』

過多的資訊模糊了判斷力，世上各式各樣的話題湧入他的腦海。

有些訊息很簡單。

「救我救我救我救我救我救我救我救我救我救我救我！」

「殺了他殺了他殺了他殺了他殺了他殺了他！」

「別救了別救了別救了別救了別救了別救了別救了別救了別救了別救了別救了別救了別救了別救了！」

有些訊息十分複雜。

「你一定做得到，你有聽見我說的嗎？替我殺光那些傢伙，因為他們是——」

「別這樣，我很害怕。拜託了，維持現狀就好，你知道戰爭是什麼嗎？死亡，這裡的所有人都會因你而死。」

「怎麼樣都無所謂，就讓我自生自滅吧，別妨礙我。」

悲傷、歡喜、怨恨、憤怒，種種情感在言語中交織，如大雨般自空中傾瀉而下。

賈斯蒂斯望著這些言語所構築的景象。

『每個神從誕生的那一刻起，便定下了自身的故事主題。』

有的神只能聽見正義的聲音，而有的神只能聽到垂死者的聲音，有些神只聽得見關於暗殺的聲音，而有些神除了裸體之外一概不感興趣。

沒有神祇能聽見所有祈禱。

唯有透過選擇自己的主題，並對其餘祈禱充耳不聞，神才得以在這個世界生存下去。

『你呢？』

宰煥腳步踉蹌。

他也曾經歷過類似的情況。

由於無法控制猜疑和理解的感知而發生的現象，就是清虛曾提過的覺醒者病症，疏外。

『看見了神眼中的世界，並不代表真的成為了神，年輕人。』

賈斯蒂斯微笑著走向宰煥。

龜裂第二團長推翻元宇宙後，為了對付覺醒者，聯盟特地開發了一種武器。

覺醒者專用設定武器，祈禱洪波。

在這資訊的波濤中，任何覺醒者都無法聚精會神。這是因為那些讀取、拆解、組織幻想樹並與之抗衡的人，必然會聽見「這些話語」。

然而，若閉上感官不去傾聽，覺醒者將無法正常使用覺醒的力量。

『我們聯盟終於也獲得了覺醒者傀儡。』

賈斯蒂斯緩緩伸出手的那一刻，宰煥僵硬的身體開始動了起來。

雖然極度緩慢，但他的身體確實在移動。

原本垂下的腦袋向上抬起，那雙充血的眼睛死死地盯著賈斯蒂斯。

『什麼？』

賈斯蒂斯大吃一驚，再度向戰艦發出了信號。

隨後，兩道洪水向宰煥撲面而去。

「別這麼做。你不應該這樣做。你算什麼，竟然做出這樣的事？」

「別反抗，沒關係的，世界沒有那麼糟，這裡仍然是一個值得居住的地方。」

……

永無止境的祈禱聲中，宰煥的手臂移動得非常緩慢。他的動作顯然是為了刺向眼前的敵人。

不可能有這種事，除非是已經選擇話題的神，否則覺醒者根本沒有能力抵擋這種攻擊。

暴露於祈禱洪流的覺醒者，不是在禱告的洪流中失去自我，精神崩潰，就是關閉感官，成為一名普通人，必然會陷入兩種狀態之一。

宰煥並沒有關閉他的感官，耳鼻中流淌而出的銀光就是證明。

他在忍耐。

他正在傾聽那些連眾神都無法聽見的聲音。

『怎麼會？』

賈斯蒂斯難掩震驚，後退了一步。

縱然是身為活了兩千多年的高階神的他，也沒有信心全盤接受這等祈禱的洗禮。

能夠傾聽不屬於自身話題的「神」。

在那幾近滅頂的祈禱中，仍然維持著堅定的精神。

迄今為止，整個元宇宙，或者說整個深淵，是否有過這樣的存在？

〔火焰之神『伊格尼斯』為宰煥加油打氣！〕

〔疾光之神『雷伊雷伊』大喊，不准使用卑鄙手段！〕

〔大多數匿名神支持宰煥！〕

賈斯蒂斯表情扭曲，再度舉起左手。

繼續拖延時間，反而會導致聯盟處於下風。

『就到此為止吧。』

真是個令人惋惜的素材，這肯定是一個能成為優秀傀儡的靈魂。

既然無法得手，不如在這裡徹底將其摧毀。

『在你無法忽視的祈禱中死去吧。』

賈斯蒂斯留下最後一句話，與聯盟成員同時躍入天空。

天空中的巨大戰艦正匯聚著一股雄偉的世界力，足以一舉將大地夷為平地的砲火，逐漸凝聚成形。

宰煥用布滿血絲的雙眼抬頭望向戰艦的砲管，視野不斷在模糊與清晰中轉換。

「救救我。」

就像其他神祇一樣，他也無法承受所有的祈禱。

若是平時，他可以透過關閉部分感官來克服危機，然而，這回他有種不該這麼做的感覺。

為什麼呢？

宰煥聽見了所有祈禱。

「像你這樣的傢伙最好不要存在。去死，給我去死。」

「為什麼要做這種事？到底為什麼？你算哪根蔥？」

「別這麼做，你是個好人啊，你是——」

「我……」

宰煥的手握住獨不。剎那間，他在如潮水般湧來的祈禱中看見了一條道路。

宰煥朝著那條道路邁進。

「我不是什麼好人。」

與其他神祇不同，宰煥不曉得他的主題是什麼。

他既不是赤身神，也不是刺擊之神。

他只是——

「你，究竟是誰？」

走在滅亡世界裡的人類。

聖域開顯——滅亡後的世界。

世界彷彿回應了宰煥的召喚，滅亡後的世界景象自他腳下顯現而出。

一座高塔在他身後拔地而起，裡面住著他記憶中的人們。他緊握在手的劍，飽含了這座塔的回憶。

「宰煥啊。」

無數個祈禱之間傳來了這樣的話語。

「那你真正想做的事情是什麼？」

他望著天空，一顆巨大的眼珠正俯視著他。

世界刺擊。

宰煥的獨不迸出一聲嘶吼，瞬間升騰而起的世界力射向空中。

與此同時，聖域另一端的戰艦砲管吐出熊熊火焰。

轟隆隆隆隆！

兩道震撼的世界力相互衝突。

然而，宰煥是獨自一人，而另一方則聚集了元宇宙六神中的三名神祇。

『雷克斯，加拉泰翁。』

隨著賈斯蒂斯的信號，戰艦砲火的輸出威力增強了數倍。

原本衝向摧毀敵方設定的刺擊攻勢，現在卻微微受阻，逐漸被推擠開來。

宰煥的嘴角流露出銀光。

世界力不足。

他在逃離方塊，以及與雷克斯對戰時浪費了許多世界力，又在祈禱的洪流中，精神變得嚴重渙散。

這樣下去會被擊退。

宰煥鎮定地掌控著世界力。

還有機會，絕對應付得了。

只要再一下下，再稍微堅持一下。

不知何時，世界力的風暴已逼至他的眼前。

他不自覺地回頭一望。

空洞的世界觀內，可以見到他獨自堅守著滅亡大地的身影。

如果他身邊有同伴，情況會有所不同嗎？

如果有允煥，如果有瑞律在……如果傑伊和海倫還活著，如果清虛、卡頓、賽蓮、凱門，還有……

幾道身影走進了他模糊的視野。

「宰煥先生！」

柳納德反覆朝著前方進行刺擊。

世界力雖然微弱，卻是一記貨真價實的刺擊。

那刺擊與宰煥的世界力交織，將砲火擊退。

「嘎啊啊啊啊啊！就算死，也要一起死！」

只有一丁點世界力的安徒生也全力發射嘎啊嘎啊烏鴉砲，還有……

「的確很難說你是一個好人。」站在宰煥身旁的艾丹說道：「說話難聽，也不懂得尊敬長輩，還裸體到處跑。」

空中的烏鴉匯聚而至，艾丹全身散發而出的世界力逐漸變強。

「但我並不討厭你那一面。」

宰煥知道艾丹十分強大，至少是君將等級，或許和薩明伽藍……不對，眼前的艾丹．卡爾特肯定是凌駕於他們之上的存在。

這是不可能的事，因為她是沒有代行者的神。一個沒有信徒的神，永遠不可能擁有如此強大的世界力。

宰煥問道：「妳不是世界力不足嗎？」

「我確實說過我沒信徒，但從來沒說過缺乏世界力。」

仔細一看，只見艾丹全身流淌而出的托拉斯，正在流向她的口中。

她擁有的托拉斯正慢慢轉化為世界力。

「本來不打算今天用的。」

彷彿感知到了龐大的世界力增幅，戰艦上傳來了賈斯蒂斯的聲音。

『艾丹，沒用的，五百年前就已經戰敗的妳，還能對抗聯盟嗎？』

「賈斯蒂斯。」

烏鴉之王艾丹微笑著看向天空。

「你知道我這五百年來都做了什麼嗎？」

艾丹在聯盟的掌控下孤立無援，度過了漫長歲月。她收集無數配件，出售產品，度過了五百年沒有信徒的時光。

艾丹看了宰煥一眼。

「我明白，你看到六大神祇時一定很失望吧。現在起，看好了。」

聖域開啟，某處傳來了鴉群的叫聲。

烏鴉遮天蔽日，撕咬著戰艦。

就在戰艦砲火威力暫時下降的同時，艾丹再度開口。

「這才是元宇宙真正的六神。」

聖域開顯——烏鴉之墓。

宰煥先前所見的聖域並非如此。眼前的聖域太過龐大，其寬廣程度無法估量，彷彿整個第六層都變成了她的聖域。

隨著艾丹的手勢，整個六層都掀起了地震，地面下似乎有某種東西在蠕動，然後傀儡接二連三地破土而出，數量多得驚人。

十、百、千、萬……數不盡的烏鴉面具傀儡拔地而起。

『妳究竟在搞什麼……艾丹，這到底是什麼！』

認出傀儡相貌的賈斯蒂斯，不禁大為震驚。

這也在所難免，因為這裡的傀儡全都是他記憶中的人物。

漢斯、克里斯蒂安、瑪麗安娜……

那些曾經與神同在的信徒。

伴隨著可怕的慘叫聲，埋葬在這片土地上的信徒於歷史中重生。

「你似乎忘了，賈斯蒂斯。」

她是當今元宇宙六神之一，前元宇宙排名第三的烏鴉之王。

「這個地方，是我們五百年前進行抗爭的世界。」

只要這是一場戰爭，烏鴉便永不敗北。

4.

天空中的鴉群朝著戰艦疾飛而去，大型戰艦的砲口齊齊瞄準烏鴉開火。

賈斯蒂斯的話音在四散的黑色羽毛之間迴盪開來。

『繼續射擊！』

他語氣中蘊含的焦慮隨即化為了現實，因為烏鴉鑽入戰艦的引擎縫隙，引發重重爆炸。

戰艦失去火力，不得不降低高度，此時地面上的傀儡迫不及待地拉起了弓弦。

「瞄準。」

傀儡正在艾丹的指揮下準備自身設定。儘管力量不如在世之時，但那仍舊是一股不容忽視的破壞力。

而這樣的傀儡至少有數千個。

「發射。」

箭矢劃出高遠的拋物線，其中約有半數未能按照正常軌道射擊而墜毀，剩下的一半卻精準命中了戰艦的艦首。

縱然是再堅固的戰艦，接連受到數十次的轟擊，都必然會崩潰。

最終，賈斯蒂斯作出了決定。

『出擊。』

彷彿等待已久，大量信徒從大型戰艦的艦尾處縱身躍下，那些乘客宛如空降部隊開始降落。

他們皆是五大聯盟火焰、魁首，以及飛火的成員，包含低階神至中階神，以及少許高階神的代行者和傀儡。

地面上的傀儡也正面迎戰，每個人各自持著一把刀槍。

「這一天終於來了。」

「讓我們一同奮戰吧。」

「上啊！」

縱使艾丹沒有特別發號施令，那些傀儡卻按照自己的意志動了起來。

為了今日，他們等待了整整五百年。

「喝啊啊啊！」

「只是些傀儡罷了，殺光他們！」

隨著高聲吶喊，傀儡與信徒相互糾纏。

傀儡的氣勢毫不遜於聯盟成員，他們之所以能安心戰鬥，是因為有艾丹在後方源源不斷地提供世界力。

眼見烏鴉大軍不停湧出，賈斯蒂斯也抽出了劍。

『這樣下去不是辦法，我來親自對付艾丹。』

『賈斯蒂斯，但——』

『雷克斯、加拉泰翁，用戰艦牽制那個覺醒者。』

賈斯蒂斯的劍所指的地面上，可以見到宰煥的身影。

轟隆隆隆。

宰煥明顯受到祈禱洪波的打擊，仍處於無法控制自己的狀態，儘管如此，他仍在行動。他的行為舉止顯然受到了限制，但每當他展開刺擊時，聯盟成員依然切實地倒下。

即使在那種狀態下，他的武力也足以壓制高階神信徒。

他是個怪物。

如果是多對一，或許還說得過去，但在一對一的情況下，能對付那個怪物的存在就只有聯盟的總司令了。

——絕對不能讓事情走到那一步。

總司令。

憑藉著排名第一的特權，他是元宇宙唯一一位能夠自由上下車的乘客。

雖然目前因故暫時離開崗位，但若是他回到了巴士，賈斯蒂斯將不得不對這段期間發生的騷亂作出解釋。

不能再造成更多傷害了，賈斯蒂斯朝著戰艦下方降落。

〔疾光之神『雷伊雷伊』指責賈斯蒂斯的不是。〕
〔火焰之神『伊格尼斯』對賈斯蒂斯感到失望。〕
〔『匿名神583』感嘆現在的賈斯蒂斯與五百年前沒兩樣。〕
〔少數神祇對賈斯蒂斯的行為感到不滿。〕

賈斯蒂斯緊抿著唇，內心不滿地抱怨著。

這群無知的傢伙。

當他擊落數枝飛來的鋒利箭矢降落至地面時，傀儡的相貌清晰可見。

五百年前對抗聯盟的革命軍信徒，他們都是熟悉的面孔。安徒生與阿爾戴那的信徒，還有曾與他們懷有相同信念，一齊奮戰的神祇信徒。

而在這些傀儡中——

「賈斯蒂斯大人。」

也包含著賈斯蒂斯本人的信徒。

「我堅信，您會成為元宇宙最強的神。」

正義之神，賈斯蒂斯。

也是五百年前，四英雄中首名進入元宇宙的神。

『班森，好久不見了。』

賈斯蒂斯記得信徒的名字。曾經，他站在一個比任何人都更近的位置輔佐自己。

『你現在可以休息了。』

賈斯蒂斯將劍刃刺向了那名信徒。

當劍刃剜去傀儡心臟的那一刻，傀儡所持有的記憶湧入了賈斯蒂斯的腦海。

這是艾丹的聖域「烏鴉之墓」的特性。

「在聖戰中失敗並不意味著結束，我們可以在這裡培養實力。只要我們攜手合作，開創世界觀，提升設定水準，在外面也能大有所為。只要和您在一起，我就有信心！」

那是距今非常久遠的記憶。

五百年前，賈斯蒂斯是一名在深淵聖戰中失勢，被驅逐至元宇宙的失敗者。當時的他夢想著能和這裡剩下的信徒一起東山再起，是一位年輕又充滿熱情與野心的低階神祇。

然而，迎接他的是元宇宙殘酷的現實。

「你不是正義之神嗎！為什麼不救我！為什麼要逃跑！」

他失去了無數珍愛的信徒，甚至遭到他們背叛。

「你那微不足道的正義遊戲，我已經受夠了。」

當時，是他過往的伙伴拯救了逐漸淪為廢神的他。

『賈斯蒂斯，你在這裡做什麼？還在三樓徘徊嗎？看來完全迷失正義之路了啊。』

『就跟總是遲來的正義一樣。』

賈斯蒂斯經常思考，如果當時沒有安徒生和阿爾戴那跳進元宇宙來救他，現在的他會是什麼樣子？

「賈斯蒂斯！」

要是那裡沒有那該死的艾丹．卡爾特……

唰唰。

『艾丹。』

艾丹的黑色刀刃從空中飛出，擦過賈斯蒂斯的臉頰。

賈斯蒂斯將愛劍「審判」揮向迎面衝來的艾丹。

『妳不知道我是怎麼走到這一步的。』

過去的五百年對他是一段漫長的歲月。

如果在這裡失敗，被逐出塔外，那麼他數百年來建立的根基將會全數崩塌。

他在元宇宙使用的大多數設定將在塔外失效，而由元宇宙專用配件製成的造型和武器也將失去作用。

『妳不會曉得，我為了守護這個位置能做到哪種地步。』

而艾丹同樣也揮動著鍾愛的武器，與賈斯蒂斯正面交鋒，那把與她一同經歷過數千次戰鬥的愛劍「烏鴉之爪」，擋住了審判的劍刃。

「也就這點程度嗎？」

兩道世界力的碰撞令大地劇烈晃動，如同遭受轟炸一般。

這是一場世界力的激烈衝突。

「背叛同伴，成為聯盟的走狗，結果只有這點程度。」

艾丹從口袋取出配件放入嘴中，這是她為了在戰鬥中大量吸收托拉斯而製作的特殊面具。

深吸一口氣的同時，龐大的托拉斯轉化為她的世界力，烏鴉羽毛般的烏黑世界力縈繞在烏鴉之爪的刀刃上，瞬間將賈斯蒂斯擊飛。

轟轟轟轟。

滿身塵土的賈斯蒂斯搖搖晃晃地站了起來。

「五百年前你沒能戰勝我，現在也是一樣，『正義之神』賈斯蒂斯。」

『妳總是取笑我的神祇稱號。』

賈斯蒂斯將劍插在地上，調整呼吸。

他一邊說道，一邊看著愛劍在地板上劃出的線條。

『但是艾丹，妳當時不是這麼說的嗎？我不是正義之神。』

艾丹臉色驟變。

不知從何開始，賈斯蒂斯的劍在地板上畫出了奇異的圖案。

『妳明明了解我的聖域，卻還試圖與我拚鬥，看來妳也變老頑固了。』

那道圖紋令人聯想到法庭的法槌。

隨即，圖紋升起一道璀璨的光芒。

聖域開顯——正義聖地。

艾丹熟悉那座聖域，那是她在五百年前也曾見過的世界觀。

「依然只有在另一個神的聖域上才能開顯嗎？」

『……』

「你還是一樣沒禮貌，賈斯蒂斯，以後還是把名字改成寄生蟲之神比較好。」

與此同時，艾丹與賈斯蒂斯的身影雙雙消失。不過轉瞬之間，雙方的兵刃在空中交鋒，發出激烈的金屬碰撞聲。

『我是定義之神。』

「你剛才說自己不是正義之神，原來是變成定義之神了啊。」

『我不是維護正確秩序的正義，而是準確規範世間眾生的定義。』

隨著兩人之間的戰鬥越發激烈，艾丹以法槌圖紋形成的聖域也散發出更加耀眼的光芒。

『這個稱號，是用來定義像妳這樣充滿偏見的神。』

「是嗎？五百年來第一次聽到這樣的說法。那你最好將名字改為德皮尼森[3]，賈斯蒂斯。」

最終，當法槌的光芒達至巔峰，賈斯蒂斯啟動了設定。

法規系設定，人身束縛。

3 德皮尼森取自「定義」的英文(Definition)諧音；賈斯蒂斯亦是取自「正義」的英文(Justice)諧音。

法規系設定，定義。

剎那間，法槌上方升起的世界力束縛了艾丹的身體。

賈斯蒂斯將手按在艾丹的肩膀上。

〔第 1542 期，定義結果公布。〕

隨後，一條訊息浮現在空中。

〔已滿足『定義』的所有條件。〕

〔法規系設定，『定義』功能顯現。〕

直逼艾丹使用量的巨額托拉斯，流入了賈斯蒂斯口中。

〔該世界觀將啟動新的『定義』10分鐘。〕

—烏鴉之王艾丹．卡爾特弱於正義之神賈斯蒂斯。

艾丹切斷束縛的力量，迅速退至後方。

表面上似乎沒什麼變化，但艾丹知道這項設定的真正價值。

定義。這是即便只是短暫的片刻，只要符合特定條件便足以顛覆力量屬性的駭人設定。

雖然具有消耗大量世界力與托拉斯的缺點，但正是因為擁有這項設定，賈斯蒂斯才能登上元宇宙六神的地位。

作用時間太短是定義唯一的弱點。

然而，對艾丹而言，就連那短暫的片刻都是奢侈。

從剛才開始，火山噴發就越來越頻繁。

十分鐘，恰好等於這個世界滅亡的時間。

周圍的傀儡像是等待已久似地，擋住了賈斯蒂斯的去路。

必須想盡辦法爭取時間。

砰轟！

一聲巨響，原本擋住去路的十餘個傀儡飛向半空，這一切發生的如此之快，盡在眨眼之間。

『妳就只有這點程度嗎？艾丹。』

不知不覺間，賈斯蒂斯已經出現在她的面前。

『繼續自以為是吧。』

雙方在空中進行了數十回攻守交戰，不，那應該無法稱之為攻守交戰，而是單方面的毆打。

當淪為守勢的艾丹失去對烏鴉之爪的掌控時，賈斯蒂斯的拳頭重擊了她的腹部。

咳！

那便是一切的開端。

臉、腹部、肩膀，像是要敲碎骨頭一般，賈斯蒂斯的猛烈打擊接連不斷，艾丹甚至沒有機會慘叫，便用身體承受了所有的攻擊。

最終，艾丹的傀儡承受不住衝擊，跌坐在地上。

賈斯蒂斯掐著艾丹低垂的頸項，強行將她提了起來。

賈斯蒂斯暫時停下攻擊，凝視著艾丹，內心不曉得在想些什麼。準確來說，是盯著艾丹使用的傀儡。

『瑞秋．玲，曾經是安徒生的代行者。』

「……」

『妳知道嗎？安徒生是為了救我才會來到這裡。』

賈斯蒂斯的拳頭狠狠砸在傀儡的腹部，那是一記足以令傀儡內部劇烈震盪的毀滅性攻擊。

『她一直是我的同伴，直到後來加入的妳出現。』

當這一擊落下的瞬間，瑞秋．玲的記憶湧了出來。

眼前是艾丹的代行者智漢與安徒生的代行者瑞秋．玲，兩人爭執不休的背影，以及面帶微笑地凝視著代行者的艾丹與安徒生。

賈斯蒂斯像是注視著遠方的風景一般，靜靜等待著記憶影像結束投射。

最終，記憶消失之處，滿身瘀傷的瑞秋．玲面帶微笑。

「看來困在五百年前的人不是我，而是你這傢伙。」

『和妳所愛的世界一起死去吧，艾丹。』

賈斯蒂斯稍微後退，他的拳頭上凝聚著世界力。

這一擊比迄今為止的任何攻擊都更強大。

彷彿要在記憶上刻下最後的標誌一般，賈斯蒂斯揮出了拳頭，事情卻在那瞬間發生了變化。

『……』

賈斯蒂斯側頭看著自身手臂。

『你是來送死的嗎？』

宰煥牢牢抓住了他。

賈斯蒂斯仔細端詳著宰煥的模樣。他的衣物因大型戰艦的攻擊而破碎不堪，全身都沾滿了銀色的血跡，受祈禱洪波侵襲的靈魂也早已千瘡百孔。

儘管如此狼狽，宰煥依舊沒有鬆開賈斯蒂斯的手臂，即便他再怎麼掙扎也無濟於事。

這傢伙還留有這麼多力氣？

稍顯驚慌的賈斯蒂斯忽然一個轉念。

這樣也好。

賈斯蒂斯將艾丹扔在地上，像是要禁錮宰煥一樣，奮力抓住他的手腕。

〔第 1543 期，定義結果公布。〕

不一會兒，賈斯蒂斯腳下的六芒星綻放出耀眼的光芒。

〔已滿足『定義』的所有條件。〕

〔法規系設定，『定義』功能顯現。〕

——宰煥弱於正義之神賈斯蒂斯。

〔該世界觀將啟動新的『定義』10分鐘。〕

這還是賈斯蒂斯首次在同一天內發動兩次定義。由於太過勉強，他感到自己的世界力受到了嚴重損傷。

即便如此，為了在這裡彰顯出聯盟明確的勝利，這是必要之舉。

砰轟！

賈斯蒂斯的拳頭猛地擊中了宰煥的臉。

砰轟！砰轟！砰轟！

如同大砲發射般的巨響接連不斷，一拳、兩拳，連綿不絕的攻擊足以令宰煥頭破血流，幾乎讓其化為灰燼。

砰轟！砰轟！砰轟！砰轟！砰轟！

就這樣攻擊了許久，賈斯蒂斯感受到一股奇怪的感覺。

他的拳頭一陣疼痛。

為什麼？

仔細一看，原來宰煥用額頭擋住了他的拳頭。

難道他有「鐵頭功」的設定？不，就算有那樣的設定，也不可能發生這種事情。

定義分明已經啟動了！

賈斯蒂斯迅速查看設定狀態。

——宰煥弱於正義之神賈斯蒂斯。

毫無疑問，設定已經正常啟動，但怎麼會這樣？

〔無法確認『定義目標』。〕

什麼？

〔『定義』發生錯誤！〕

〔『定義』發生錯誤！〕

……

視野被一連串設定訊息淹沒，面色蒼白的賈斯蒂斯嘴唇頻頻顫抖。

不可能有這種事！

即便是覺醒者，也不可能對神的設定免疫！

〔目標為您無法『定義』的個體。〕

賈斯蒂斯急忙退後，試圖遠離宰煥，但他無法逃脫。

宰煥的手緊緊握住賈斯蒂斯的手腕。

「現在輪到我了嗎。」

5.

砰轟！砰轟！砰轟！

整座空間迴盪著規律的敲擊聲，視野劇烈晃動，賈斯蒂斯已經記不得上次被打得這麼狼狽是什麼時候了。

是向安徒生借托拉斯結果被一腳踹開的時候嗎？

還是打算將艾丹的傀儡納為代行者，被逮個正著的時候？

『賈斯蒂斯！你在幹什麼！』

當他聽見戰艦那端響起一道洪亮的聲音時，才終於回過神來。

現在是什麼情況？

他無法確切掌握此刻的局勢，甚至不明白自己為什麼會挨打。

混亂的視野中，賈斯蒂斯聽見了聖域的聲音。

—定義定義定義定義定義定義定義定義！

聖域正指著不斷對自身放拳的宰煥，向他發號施令。

—定義那個傢伙。

賈斯蒂斯大喝一聲，抓住了宰煥的臂膀。

〔已滿足『定義』的所有條件。〕

〔法規系設定，『正義』功能顯現。〕

賈斯蒂斯的設定「定義」，只有在自身聖域直接接觸目標靈魂時，才得以啟動。

無庸置疑，本該是如此。

〔目標為您無法『定義』的個體。〕

『為什麼，為什麼不行！』

宰煥冷冷地注視著賈斯蒂斯。

「看來那隻烏鴉說的沒錯。」

賈斯蒂斯的額頭上冷汗滲出，因為他似乎明白宰煥正注視什麼東西。

「所謂的神，不過是世界觀的代行者罷了。」

賈斯蒂斯憤怒地反駁。

『你在胡說些什麼！』

賈斯蒂斯勉強掙脫宰煥的掌控，粗暴地揮舞著他的愛劍。

『雷克斯！加拉泰翁！』

隨著指示，滿天的砲火襲向宰煥。

即便定義對宰煥起不了作用，他也無法阻擋來自戰艦的砲擊，在砲火之中，宰煥陷入了相當艱辛的苦戰。

然而，整體局勢終究對賈斯蒂斯不利。

「消滅聯盟那些混蛋！」

在艾丹的指揮下，不斷湧現的傀儡與聯盟軍正面交戰。戰場的中心，可以看見艾丹·卡爾特在為傀儡提供世界力。

不斷轉換為世界力的托拉斯使周圍的空氣染成一片銀色。

賈斯蒂斯在聯盟享樂的五百年間，艾丹始終在為這場戰爭作準備。

面對艾丹得意的笑容，賈斯蒂斯惡狠狠地說道。

『難道妳覺得你們已經贏了嗎？』

「賈斯蒂斯，夠了，拜託你清醒過來。」

轉身向一旁看去，只見一隻嘎啊嘎啊烏鴉在空中振翅。

「已經夠了，你這個該死的混蛋。」

是安徒生在對他說話。

「你真的認為艾丹是認真和你對打嗎？」

賈斯蒂斯的眉毛抽動了一下。

「艾丹明明知道你的能力，難道會這麼輕易落入你的圈套？」

烏鴉之王艾丹・卡爾特。

革命軍的軍師，極端完美主義者。

事實上，賈斯蒂斯也心知肚明，那個艾丹不可能如此輕易地為他的設定所困。

「真是一個可悲的神。懶惰、無能、充滿自卑感，唯一的優點就是熱情吧。」

取笑著正義之神的艾丹總是對他不屑一顧。

「但是世界上大概也需要這樣的神吧。」

儘管現在使用的傀儡與五百年前不同，但艾丹討人厭的微笑仍如當年。

賈斯蒂斯咬牙切齒。

『妳還以為你們是五百年前的英雄嗎？』

「無論是五百年前還是現在，你覺得我們現在關心的是那種事嗎？賈斯蒂斯，你真的不曉得嗎？」

『……』

「你大老遠跑來，就是為了跟我們打架？」

『我。』

「剛才你說了吧，你會保障我和信徒的安危。事實上，你不是為了戰鬥而來的吧？」

賈斯蒂斯闔上嘴巴的同時，安徒生繼續說了下去。

「你知道我回到了塔內，你是為了保護我免受聯盟的傷害才來的，不是嗎？我知道你雖然是個可惡的膽小鬼，但也很重情義。」

『……』

「不過很抱歉，我們不能接受你的提議。我們將與聯盟對抗。」

『你們會輸的，安徒生。』

「或許如此，所以我才對你說這番話。」

賈斯蒂斯凝視著安徒生的烏鴉傀儡。無論她寄身於哪個傀儡，或是與哪位代行者同行，她的神情始終如一。

五百歲月對她毫無影響，她依舊光彩奪目。

「賈斯蒂斯，幫幫我。」

『這個世界觀的毀滅已經迫在眉睫了！』

遠處，沸騰的熔岩向四處漫溢。

『這個世界觀很快就會完全消失。』

賈斯蒂斯看著洶湧而至的熔岩大浪。

安徒生繼續說道：「我不知道你為什麼背叛我們……不，我不會再過問，所以，現在還不晚。」

『我背叛你們的原因是……』

賈斯蒂斯背叛過去伙伴的理由，這個疑問曾被許多人提及，他卻突然憶不起自己之前的回答。

不曉得是真的想不起來，還是刻意選擇不去記起。

只見被聯盟軍襲擊的傀儡發出痛苦的哀號，倒地不起。

『我忘記了。』

「喂！」

他顯然有自己的顧慮。儘管這些原因或許並不是多麼偉大或出眾，但被批評為懦夫的他，肯定懷抱著想要在這座塔中實現的目標。

賈斯蒂斯緩緩彎下腰，確認著方才倒下的傀儡相貌。果不其然，那是一張熟悉的面孔。

「無論別人怎麼說，我都喜歡您的世界觀。總有一天，這座塔的每一個人都會知道您的世界觀。」

也許他過去曾有一些盼望聽見的話語、渴望看見的風景。

在漫長的歲月裡，肯定存在過某個讓他試圖定義的事物。

然後五百年的時間過去了，如今，他內心留存的定義也只剩一個——

正義之神賈斯蒂斯，是元宇宙六神。

賈斯蒂斯抬起頭，望著安徒生。

『你們上樓的話，就會死。』

賈斯蒂斯身後的燦光之翼大展，他的身形飛向天空。

『所以，就在這裡下車吧。』

賈斯蒂斯瞬間消失在戰艦的出入口。

片刻後，另一扇巨型門逐漸在空中開啟。

艾丹皺起了眉頭。

「那個膽小鬼就是要惹事。」

另外一艘聯盟巨型戰艦正被召喚至第六層。

眼下，空中總計有三艘涅布拉戰艦正在待命。

以這樣龐大的兵力規模而言，這已經不僅僅局限於元宇宙的範圍，甚至足以在深淵引發一場聖戰。

不一會兒，三艘戰艦的艦炮同時動作，主砲開始蓄力，龐大的世界力匯聚至炮身。

艾丹輕聲喃道：「是世界轟炸。」

「妳知道這個設定？」

「五百年前，革命軍的半數成員都在那次轟炸中消亡。主砲從蓄力到發射頂多需要三分鐘，我們時間不多了。」

「宰煥先生！艾丹大人！」

砲擊平息後，方才還在與聯盟成員戰鬥的柳納德向這裡跑來。

「您還好嗎？」

走近的柳納德攙扶著宰煥的身體。儘管宰煥表現得很輕鬆，但柳納德還是隱約察覺到他的狀態不佳。

「是時候作出選擇了。」

艾丹認真地看著宰煥、安徒生以及柳納德。

「我從結論說起，以我現在的能力根本承受不了那場轟炸，無論怎麼做，都只會與這個世界一同消亡。」

「真的沒有其他辦法了嗎？」

艾丹點點頭。

「安徒生，妳已經夠努力了，我告訴妳附近的下車鈴在哪。」

距離砲擊還剩三分鐘。

這三分鐘，就是賈斯蒂斯給他們的時間。

正如艾丹給了賈斯蒂斯一個機會，賈斯蒂斯也給了他們一個機會。

「妳說得好像可以戰勝一切困難，結果卻要在這裡放棄？」

「現實和理想不同，之後再繼續挑戰就好了，總比所有人死在這裡好。」

「那妳們就退出吧，我得上去。」

「你不知道那件武器的可怕。」

艾丹知道覺醒者的力量十分強大，但此刻他們的對手是三艘大型戰爭兵器，雙方之間的戰力差距並非單憑神祇的世界力就能克服。

宰煥沒有妥協。

「方法我有，只是我的世界力不足。」

宰煥緊握著拳頭，交替地捏緊和鬆開，檢視著自己剩下的世界力量。雖然還有一些剩餘的世界力，但仍不足夠。

這也情有可原，畢竟在不停攀升元宇宙的過程中，幾乎沒有讓他恢復世界力的時間。

宰煥握緊獨不的劍柄。

這是他從未實戰使用的招式，但只要成功，就能產生比世界刺擊連發還要強大的力量。

宰煥伸出手。

「交出妳的托拉斯。」

艾丹不滿地看著理直氣壯的宰煥。

「抱歉，我剛才已經用掉全部了。」

「妳把五百年來存的錢全都花光了？」

「我發動了足以覆蓋整個第六層的聖域，這是理所當然的事情。」

宰煥皺起眉頭。

在缺乏世界力的情況下，他還能使用那項招式嗎？

無奈之餘，也只好嘗試看看了。

凝聚於戰艦砲管的世界力越發深厚，他們只剩下不到三十秒的時間。

聖域開顯——滅亡後的世界。

宰煥周圍湧現出滅亡之力，遍地皆是屍體與血潭，天空中的巨眼抬起了眼皮。

安徒生一副她也不能輸的樣子，放聲高喊。

「柳納德，把你所有的托拉斯都拿出來！剛才不是從聯盟那些傢伙身上偷了不少嗎！」

「啊，妳看到了嗎？」

柳納德和安徒生將托拉斯交給了宰煥，托拉斯隨即化為世界力，流入宰煥的口中。雖然十分微小，但總比沒有好。

艾丹喃喃自語。

「看來是真的要打一場了。」

「當然了，妳也趕緊把托拉斯拿出來吧。妳肯定有留下一點備用金對不對，不然在這裡輸了就全都完了！」

艾丹露出一抹苦笑。

其實，她覺得也許做到這裡就足夠了。

〔疾光之神『雷伊雷伊』擔心革命軍的安危！〕

〔命運之神『密涅瓦』表示那是無法對抗的存在！〕

元宇宙六神的自尊心已經受損。儘管他們未能報復五百年前的仇恨，但是對於小兄弟的諸神來說，已是一場全新的震撼。

安徒生和艾丹也得以藉此證實她們仍舊健在。

因此，就算在此刻停手，也不會受到任何責難。

〔火焰之神『伊格尼斯』叫宰煥趕緊逃走。〕

然而，宰煥仍然沒有離開。

這也合乎情理，畢竟他的目的地並不在這裡。

宰煥的目光詢問著艾丹。

「妳真的要在這裡停下嗎？」

不知何處傳來烏鴉的叫聲。

伊森漫不經心地仰頭望向天空。
一顆巨大的眼珠占據了天空，周圍還有幾隻烏鴉在飛舞。
那不是她的烏鴉。
「這個世界也有烏鴉嗎？」
轟轟轟轟轟。
遠遠望去，可以見到艦炮鎖定了目標。
艾丹說：「我把我的世界借給你吧。」
當宰煥詫異地轉過頭時，艾丹再度補充。
「雖然我和我的同伴從未取得成功，但如果是你，或許有機會。」
此話一出，天上的艦艇開始發射砲火。
世界轟炸。
一場足以炸毀一整層元宇宙的轟炸攻擊正式展開，而幾乎是同一時間，艾丹的世界力量動了起來。
聖域開顯——烏鴉之墓。
艾丹的聖域和宰煥的聖域於交界處相遇。
接著下一刻，艾丹解除了她的邊界。
滋滋滋滋滋！
耀眼的火花吞噬了宰煥與艾丹的周圍。
艾丹咳嗽出聲，嘴裡吐出銀光。
「艾丹！」
安徒生的聲音充滿擔憂，但艾丹並未放棄。

也許這是一個魯莽的挑戰。

這個招式在五百年前也未能成功。

聖域是神祇以其獨特眼光注視世界而形成的結果，由積年累月的偏見與執著塑造而出的世界。

要將由此產生的兩個不同聖域連接起來，本身就是一個不切實際的想法。

縱然如此，艾丹仍舊沒有停手。

「艾丹！停下來！」

艾丹的身體被黑色火焰覆蓋。

宰煥的世界觀是一個為了消滅所有世界而誕生的世界，艾丹的世界也不例外。

天空上，一顆巨大的眼珠俯視著艾丹，她的雙腿無法停止顫抖。

艾丹用發抖的手伸向天空。

如果再給她一次飛向那片天空的機會……

下一刻，艾丹身上噴發出耀眼的光芒。

安徒生和柳納德都因為猛然綻放的白光閉上了眼睛，當他們重新睜開眼睛時——

「啊，不行……」

艾丹融入了光芒之中，消失得無影無蹤。

隨即，無情的轟炸從天空籠罩而下。

「神！」

柳納德抱著安徒生的烏鴉玩偶撲倒在地，一陣震耳欲聾的爆炸聲席捲整個戰場，周圍的傀儡盡數爆裂。

結束了……一切竟然如此空虛地結束了。

然而，轟炸仍在繼續的同時，柳納德纖瘦的背脊安然無恙。

不知從何開始，巨大的陰影籠罩在男孩上方。
那是一座塔。
高塔正在保護他們免受轟炸。
烏鴉的聲音從某處傳來，抬頭一看，只見數千隻烏鴉如漩渦般繞著高塔飛翔。
「啊……」
就連活了幾千年歲月的安徒生，也只是將其視為傳說。
聖域結合，是指兩種具有不同價值觀和信念的世界觀連結在一起的景象。
那個奇蹟，現在正發生在她眼前。
在塔的最頂端，宰煥騎著一隻巨大烏鴉。
「走吧。」
滅亡後的世界裡，烏鴉展翅飛向天際。

6.

「怎麼還是光著身子啊！給我穿上衣服啊！」
看著螢幕的賽蓮鬱悶地尖叫起來。
畫面上的宰煥仍然赤裸著身體在對抗敵人，聯盟軍一波又一波地湧上，看不見盡頭。
一旁盯著螢幕的清虛也說一句。
「還沒到卡司皮昂嗎？」
「你忘了我剛才說要花十五天以上嗎？為何拿餅乾出來，你真的有在擔心那傢伙嗎？」
清虛大口咀嚼著餅乾。

「擔心是擔心，但是這兩件事又不相干。」

「你不是說龜裂的小鬼頭去幫忙了嗎，她怎麼突然不見了？」

「因為是緊急拜託她的，那邊可能也有些情況……」

「賽蓮，敵人的動向不太尋常。」

隨著卡頓的話，螢幕上出現了一艘巨大的戰艦——聯盟的大型戰爭兵器，戰艦涅布拉。其惡名不僅流傳於元宇宙，甚至在整座深淵也聲名狼藉，同時也是賽蓮相當熟習的配件。

「可惡，我們的滅亡號應該要在那裡的！」

不巧的是，他們所乘坐的滅亡號，正是為了擊退涅布拉而設計的武器。

過了一會兒，蓄力完畢的戰艦同時開始射擊。

轟砰砰砰砰！

螢幕上所顯示的戰艦並非涅布拉的最新型號，但即便是一艘舊型的涅布拉，也足以將一座小型站點夷為平地。

對於不具有完善配件的宰煥來說，他根本無法應付那種武器。

「之前宰煥那小子的固有世界裡有那種配件嗎？」

清虛看著螢幕，口中的餅乾碎屑嘩啦啦地掉了下來，賽蓮也以茫然的眼神盯著螢幕。

畫面上是一座承受著聯盟砲擊轟炸的巨大高塔。

「那是……」

賽蓮的聲音帶著顫抖，神情大為動搖。

那座塔，她很熟悉。

那是她的教父，大師妙拉克的二號作品——噩夢之塔「後悔的城堡」。

宰煥將整個人生都奉獻給了這座塔。而這座曾經令他的人生成為一場噩夢的塔，此刻卻高高地矗立於他的世界，守護著其他人。

賽蓮緊咬著顫抖的嘴唇。

內心湧動的愧疚和喜悅難以言喻。

——教父，你也在看著嗎？

一個人類摧毀了自己所建造的塔，最終蔑視神域的這幅光景，他或許也正在幻想樹的某處觀看著這景象。

〔疾光之神『雷伊雷伊』表示好像在哪見過那座塔。〕

〔龍神『德洛伊安』詢問，不就是那座有名的塔？〕

大吃一驚的賽蓮查看著這些訊息。

她並不是唯一記得那座塔的人。

也許此時，宰煥的消息甚至傳遍了整片偉大之土。

〔『匿名君主54』已進入直播頻道！〕

〔『匿名君主21』已進入直播頻道！〕

不知從何時開始，君主的入場訊息開始浮現。

說不定十二地區的君主也正在觀看宰煥的影片。

幾年前，宰煥逃離混沌時，給了偉大之土的君主致命的打擊，自此刻開始，與君主有所聯繫的神祇也許會有所行動。

賽蓮焦躁不安，咬著指甲提升機身的輸出功率。

「到底要把事情鬧到多大啊，那個蠢貨！」

畫面中，宰煥騎著一隻巨大的烏鴉飛向戰艦。

✝ ✝ ✝

與此同時，勒內也在同一個畫面上看著宰煥。

「喝啊啊啊！裸體刺擊加油！」

〔收視排行榜已更新！〕

〔目前有178,234人正在觀看您的直播。〕

這座元宇宙近數百年來發生的事件裡，從未有任何直播創下這麼高的在線觀看人數紀錄。

〔元宇宙正在進行六神之戰活動。〕

〔元宇宙正在進行新乘客的專屬簽到活動。〕

元宇宙似乎也瞄準了商機，趁此機會舉辦各種活動吸引新乘客。

聯盟也是如此。

〔聯盟『飛火』推出全新的『配件抽獎』。〕

〔聯盟『火焰』推出全新的『造型抽獎』。〕

儘管他們的首領正在進行一場攸關生死的戰鬥，但聯盟仍在不斷推出新的產品，大概是因為對首領的勝利充滿信心吧。

然而，他們還不曉得——

〔疾光之神『雷伊雷伊』說，是長是短要量了才知道。〕

這已經不再是聯盟的「遊戲」了。

縱然是觀察著元宇宙千餘年間的勒內，也難以預料此次戰鬥的結果。

她能確定的事情只有一件。

〔多數神祇都在關注著六神之戰的結果。〕

明日，整座深淵都將會得知這起事件。

✝ ✝ ✝

宰煥低頭看著覆蓋全身的漆黑鎧甲，艾丹的專屬設定「烏鴉鎧甲」正保護著他。每當他揮舞獨不，砲火的軌跡便會扭曲變形，艾丹的鎧甲則擋住了他未能阻擋的砲彈。

『還很遠嗎？』

化身為一隻巨大烏鴉的艾丹載著宰煥在空中滑翔，憑藉非凡的飛行技巧甩開砲火的攻擊。

「現在就差一點了。」

蘊含在獨不身上的世界力越發狂猛，甚至已經到了危險的地步。

得益於聖域結合，宰煥獲得了艾丹分享的世界力，招式的準備速度比先前快上許多。就連堅實的獨不也發出嗡嗡的呻吟聲，彷彿難以承受龐大的世界力。

『我沒辦法堅持太久，盡快分出勝負吧。』

載著宰煥的展開特技飛行表演的艾丹艱難地說道。

烏鴉的翅膀不安地顫抖著。

宰煥也能感受到，單是維持聖域的結合，艾丹就必須承受彷彿火焰焚身的痛楚。

『轟炸！』

世界轟炸從巨艦的砲管噴湧而出，第六層的天空耀眼的光芒。強大威力落至地面便能徹底粉碎世界。

艾丹憑藉著精妙的飛行技巧躲過了砲火追擊，這回金色長槍瞄準死角飛了過來。

『愚蠢。你以為你運氣好擊敗了雷克斯，就能和六神平起平坐嗎？』

閃耀之槍加拉泰翁揮舞著聖槍，大幅催動他的世界力，接著毫不猶豫刺出一擊。透過與覺醒者陳恩璽交鋒獲得信心的他，面對宰煥絲毫不見畏懼之色。

空中，閃耀之槍與獨不相擊，發出巨大的轟鳴聲。

轟隆隆！

僅僅一次碰撞，加拉泰翁被擊飛數十公尺，他不敢置信地盯著自己的手臂。

他的愛槍斷成了兩截。

要不是宰煥在最後一瞬間保留了些世界力，他甚至會失去整隻手臂。

在加拉泰翁倉促退去之際，宰煥沒有奮起直追，而是再次蓄勁。

艾丹說道。

『宰煥。』

「現在三十秒。」

凝聚於獨不劍身的世界力，此時閃耀著完美無瑕的漆黑光芒，彷彿要吞噬世間萬物。

戰艦上傳來雷克斯的最後掙扎。

『集中所有火力！那傢伙的目的是撐到這世界滅亡為止！』

宰煥已經完成了第六層的任務，如果這個世界消失，他自然會被移至下一層。

火山猛烈噴發，一半以上的地面已被熔岩覆蓋，內心焦急萬分的聯盟軍也開始動搖起來。

「我再也受不了了！」

「就算是命令，也不能這樣吧！」

與宰煥不同的是，聯盟軍並非是接受任務而參與第六層的戰鬥。若是世界滅亡，他們也有可能會隨之消滅，部分就害怕滅亡的聯盟成員打開傳送門逃向上層。

如果捲入了毀滅的餘波，縱使是大型戰艦或元宇宙六神，也無法保證能倖免於難。

迅速退向戰艦的加拉泰翁也發出沉吟。

『這次就退出如何？反正我們不是只有這次機會。』

『加拉泰翁，如果那種怪物登上第七層，你覺得你應付得來嗎？』

雷克斯凶狠地咆哮著。

撇除加拉泰恩或賈斯蒂斯不說，他有一個不容妥協的理由。

他在開啟聖域的情況下慘敗於宰煥之手，如果又輸掉這一戰，那麼身為元宇宙六神的地位很可能就不保了。

賈斯蒂斯的聲音從位在正中央的戰艦傳來。

『到此為止吧。』

三艘戰艦開始齊射。這一擊，幾乎傾注了他們剩餘的所有世界力。

〔『匿名神94』陶醉於戰鬥的快感。〕

〔終結必至之神『塔納托斯』對於殊死搏鬥的戰場感到欣喜！〕

天空的色彩詭異地閃爍著，戰艦附近的空域隨即便被耀眼的光芒籠罩。

閃耀之槍，加拉泰翁。

聖域開顯——勝利之聖槍。

暗殺之神，雷克斯。

聖域開顯——萬兵之影。

正義之神，賈斯蒂斯。

聖域開顯——正義聖地。

加拉泰翁擁有異常巨大的聖槍，雷克斯將萬種兵器懸掛在漆黑雲層之間，法槌的圖樣點綴著天空。

這正是三位元宇宙六神同時開啟聖域的景象。

這瞬間，一個時代難得一見的壯觀景象展現在眾人眼前。

〔多數神祇對元宇宙六神的武威心生敬仰！〕

加拉泰翁的長槍射出，雷克斯的萬兵也隨後而至，受到「定義」效果強化的戰艦砲管整齊劃地一噴出火焰。

縱然是重回巔峰狀態的艾丹．卡爾特或安徒生，也無法擋下此次攻擊。

任何神祇或君主，都無法在這場轟炸中倖免。

就在三神發動全方位的合體攻勢，封鎖所有退路的同時，宰煥的獨不終於開始行動。

「開始了。」

烏鴉展開雙翼，點了點頭。

就像隻飛向太陽的鳥兒一般，艾丹帶著宰煥縱身躍入轟炸的中心。

眼前視野染上一片灰白，皮膚因高溫而灼痛。

戰艦的炮擊使世界褪色成一幅白色的畫布。

宰煥的獨不開始出現黑色火花，此次的動作完全不同於之前。

宰煥流第一式——

這項招式是過去他與強者交鋒時積累的經驗總和。

面對黑暗的軍師薩明動，與那些最高位階的君將交戰時，或是一睹卡塔斯勒羅皮這個超然存在的武力時，以及衡量著尚未交手的十二君主和七大星座的武力時，宰煥都曾這麼想——

如果無法超越他們，自己將永遠無法到達世界的盡頭。

這是他縱然絕望、沮喪，卻堅持不放棄的結果。

宰煥最終創造出的這項招式既不能說是刺擊，也不能說是砍擊，它與宰煥迄今使用的任何招式都截然不同。

若是非得取名不可，這應該叫作——

星座撕裂。

如同連接著畫布的兩端，一條漆黑而不祥的直線劃破蒼穹。

而下一刻。

就像紙張在不可抗拒的力量下被撕碎一般，眼前的一切景象盡數裂成兩半。

7.

首當其衝的是在最前線狂轟猛炸的加拉泰翁。

能一擊摧毀半片大陸的設定——最後之槍，加拉泰翁堅信著這股使自身成為元宇宙六神的設定之力。

附近甚至展開著可以將聖槍的能力發揮至極致的聖域「勝利之聖槍」。

然而，從槍尖至槍柄，只花了不到一秒的時間，他所擲出的金色長槍便消失得毫無痕跡。眼前的空間變得殘破不堪，萬物以一條漆黑線條為中心被撕裂成兩半。

『什麼？』

這是緩慢卻如實來臨的滅亡。

加拉泰翁嚇得目瞪口呆，連忙低頭看向自己的身體。不知何時，他的胸前也被劃下了一道黑線。

『啊。』

於是，這就成為了加拉泰翁最後的遺言。

沿著黑線裂開的傀儡瞬間消失得無影無蹤，破損的世界觀化為金色碎片，如同破碎的玻璃般散落在空中。

雷克斯也清楚目睹了那不可思議的一幕。

在元宇宙，信徒的死亡或傀儡的毀壞雖然痛不欲生，卻並非致命傷，因為即便失去了代行者或傀儡，神也不會死。

但不知為何，雷克斯有一種奇怪的不祥預感。

『加拉泰翁？』

加拉泰翁沒有回答。

雷克斯透過聯盟頻道及小兄弟網路發送了訊息，但仍然沒有得到答覆。

更令人震驚的是，他感覺不到加拉泰翁的任何氣息。無論是他的聖域，或者是世界力，都完全察覺不到任何象徵著「閃耀之槍加拉泰翁」的痕跡。

眼見加拉泰翁指揮的涅布拉戰艦一分為二，雷克斯幾乎是反射性地退了一步。

『這、這到底是怎麼回事？』

能夠同時毀滅神和世界觀的力量。

在深淵之中，只有極少數神祇擁有這樣的設定，比如七大神座伊格尼斯著名的紅焰劫，以及德洛伊安的黑焰龍。

聽說龜裂的團長也有類似的力量。

目前尚不清楚方才的攻擊是否屬於同一類型，唯一能肯定的只有展現於眼前的駭人景象。

雷克斯命令自己率領的戰艦急速後退，高聲大吼。

『撤退！立即撤退！』

雷克斯啟動聯盟的權限，開啟巨型門。

現在不是計較六神頭銜的時候。還不算太遲，趕緊離開就行了，只要脫離這個世界，總會有一條活路。

轟轟轟轟轟。

然而，半敞的巨型門又闔上了。

『搞什麼，開門！給我打開！』

隊伍後方傳來了賈斯蒂斯的聲音。

『不行。』

『賈斯蒂斯，你在幹什麼？看到那個東西後你還沒醒悟嗎？再把門打開！快啊！』

『在這裡逃走的話，你會死的。你忘了總司令是什麼人嗎？』

總司令。將當今聯盟推上現在這個位置的存在，元宇宙中最強的神。

一時之間，雷克斯的目光有些遲疑，但比起那件事，現在的情況更為緊迫。

『晚死總比現在死好！立刻開門！』

雷克斯選擇了逃跑，但賈斯蒂斯仍舊不允許他這麼做。

最終，雷克斯的戰艦瞄準了賈斯蒂斯。

『馬上把門給——』

雷克斯後續的話語消散在空氣中。

雷克斯的嘴唇不停抽動，他低頭看著自己的傀儡，眼神充滿了不敢置信。一條黑色實線貫穿了他的身軀。

不久後，雷克斯和他的戰艦便被撕成碎片。

賈斯蒂斯看到了滅亡步步逼近的景象。

滅亡的地平線臨近，兩艘涅布拉戰艦如同玩具般被撕個粉碎，奇怪的是，那一刻賈斯蒂斯憶起了許久以前見過的某種設定。

那是他剛成為神祇的時候，在七大神座的對決示範中看見的設定。

當時賈斯蒂斯想著，他也想擁有那樣的「世界」。

在負責孵化他的引導者引領之下，充滿熱情和野心的新手神祇賈斯蒂斯作了一個神祇的夢。

『找到一個能讓你永遠保持思考的事情，那將成為你的世界。』

他遇見了安徒生和阿爾戴那。

低階神之間會聯手占領站點，也會一起招募信徒，並且對於每一位新信徒的到來感到由衷的歡喜。

他們取笑著對方製作的拙劣設定，同時炫耀各自的代行者，談笑風生，直至深夜。

在明知不可能交心的情況下，仍然冀求交流。

不必畏懼被背叛，願意向任何人伸出手。

下意識伸出的指尖，被劃下了一道黑線。

賈斯蒂斯低頭茫然地看著自己的手指。

世界像是被按下了靜音鍵，一道漆黑的浪潮隨即覆蓋了視野。聲音、氣味，連接著這個世界的感官一個接一個地中斷連結。

在最後的瞬間，浮現在腦海中的是艾丹那句曾令他如此厭惡的戲弄話語。

「喂，正義之神賈斯蒂斯。」

賈斯蒂斯輕笑了一聲。

再度睜開眼睛時，艾丹意識到自己還活著，只不過身體無法自如地移動，彷彿每一根骨頭都斷了。

她緩緩深吸了一口氣，睜開了眼睛。

昏迷了多久呢？

當模糊的視線恢復清晰時，她看見了被撕成兩半的天空。

這時她才真正清醒過來。

啊，沒錯。

她想起了載著宰煥衝向戰艦的記憶，還有在世界轟炸下翅膀被撕裂的記憶，以及宰煥的獨不劃破天空的記憶。

然後，她看到了令人難以置信的景象。

他們贏了。

她從沒流過眼淚，因此流不出淚水，取而代之的是，五百年來積累的壓力終於獲得解脫，整個人充滿了如釋重負的解脫感。

為了這一刻，她忍受漫長的屈辱，累積托拉斯，與傀儡一起熬過那段日子。

天空被剜去了一塊，如同一張裂開的畫布。用盡最後一顆托拉斯的此刻，她終於獲得了那片天空的風景。

艾丹忍不住嘀咕。

「入場費真是貴得離譜。」

✝ ✝ ✝

所知。

「醒了嗎？」

費力轉過頭，打造這片風景的男人正在那裡。

艾丹意識到，此刻起，這個男人將成為元宇宙的英雄，他打造的這片景象，將為深淵每個人所知。

一個新的傳說即將誕生。

然而傳說的主角神色淡然，彷彿擊敗三名六神對他而言不算什麼。

宰煥輕輕擦拭著自己的劍刃，低頭注視艾丹。

「站得起來嗎？」

「感覺有點困難。」

傀儡早已遍體鱗傷，不僅是關節，甚至用來驅動世界力的核心也不聽使喚。

艾丹露出一抹苦笑。

「我真對不起瑞秋。」

「喂，艾丹！」

安徒生振翅飛來，柳納德則搖搖晃晃地懸掛在她的下方。他們跑過來的道路逐漸破碎崩解。

正當皮膚感受到一股熱氣時，定睛一瞧，附近的地面已漂浮在岩漿之上。

〔該世界的毀滅正在進行中。〕

〔請完成任務的乘客盡速逃離。〕

面臨毀滅的世界正從遠處的邊際開始消亡，不一會兒，這個世界將會徹底消失，並以幾行簡單的字句留存於元宇宙的歷史之中吧。

艾丹看著滅亡的世界，說道：「你想將所有的世界都變成這幅景象嗎？」

艾丹清楚記得在聖域結合的那瞬間所目睹的宰煥世界。

一個真實得令人畏懼，且極其孤獨的世界。
不會有任何信徒願意生活在那樣的世界。
「我希望這個世界的人們不會知道你的世界。」
「……」
「希望你夢想中的結局最好失敗。」
「妳要是還有力氣廢話——」
艾丹忍住不適的咳嗽，喘了口氣。
「我希望你能不再那麼孤獨。」
目睹宰煥的世界的艾丹能夠了解，寧死不屈的宰煥永遠不會放棄他的道路。
艾丹瞥了身旁的安徒生一眼。
「但無論我說什麼，你最終還是會去實現你的目標，所以在世界滅亡之前，保護好那傢伙吧，這就是我的請求。」
艾丹向宰煥伸出左手。宰煥握住那隻手的瞬間，艾丹的力量便透過手傳了過去。
「這應該會很有幫助，畢竟是元宇宙六神的設定。」
「好了，現在起身吧。」
「我在這還有事情要辦，你們先走吧。」
「妳在胡說些什麼？」
艾丹的目光一一掃過倒下的傀儡。
「我會和這些傢伙一起離開，所以你們先走吧。」
「什麼？喂！妳現在是——」
「安徒生。」

當兩人目光相接的那一刻，安徒生明白了艾丹的決心。

固執的烏鴉。

艾丹總是不願意妥協，也許正因如此，她們才能成為朋友。

「我有東西要給妳。」

下一刻，原先在瑞秋．玲身上的艾丹氣息消失無蹤。

瑞秋．玲的雙眼瞬間變得空洞，光芒緩緩回復。

安徒生驚訝地低喃。

「瑞秋？」

瑞秋．玲的傀儡抬頭看著安徒生，她的嘴唇顫抖著，彷彿還記得她的神。

但傀儡還來不及說些什麼，便又閉上了眼睛。

下一瞬間，附近某個倒下的老舊傀儡步履蹣跚地向這邊靠近，那是艾丹操縱的傀儡之一。仔細一看，艾丹的氣息已經轉移到那個傀儡身上。

「艾丹，妳……」

「瑞秋還沒有完全成為傀儡。以我的能力無法讓她起死回生，但至少我成功讓她的部分靈魂進入冬眠狀態。」

安徒生這才明白，為何這段期間艾丹要親自操縱瑞秋．玲的傀儡。

「啊……」

安徒生能感覺得到，儘管十分微弱，但瑞秋的靈魂確實存在於那個傀儡體內。

「把她帶走吧。雖然我沒辦法救她，但這座塔的盡頭或許有人能做到。」

塔的最頂層有著元宇宙的駕駛員，他是調動這座塔所有規則的存在。如果是他，也許能修復破碎的靈魂。

宰煥接受了安徒生的請求，輕啟自己的聖域，將瑞秋．玲的傀儡當作配件一樣存放起來。望著這幕景象，艾丹說道：「現在走吧，時間不多了。」

「艾丹，妳真的會跟上來吧？」

「當然，就像五百年前一樣。」

艾丹微笑著，安徒生點了點頭。

〔通往第七層的門即將開啟。〕

很快地，門打開了，柳納德和安徒生率先推門而入。

宰煥沒有立即進去，而是看了艾丹一會兒。

艾丹先開口了，彷彿知道他想說些什麼。

「不用擔心，我還有一些托拉斯。」

艾丹動了動傀儡那幾乎不會動的嘴唇，低聲笑著。

宰煥看了艾丹良久，最終才開口。

「我知道了。」

宰煥轉身消失在門內。艾丹獨自留在原地，傀儡的呼吸逐漸變得緩慢。

〔剩餘的托拉斯已耗盡。〕

或許宰煥早已知曉一切。

她是無代行者之神，托拉斯一旦耗盡，便無法維持自身的存在。

她操縱的傀儡一個個地像斷了線一般跌坐在地。

「艾丹大人。」

她的最後幾個傀儡步履蹣跚地聚集在周圍。

「妳還活著嗎？」

徒。

「當然了，也不看看我們是誰？」

「其實您可以跟著安徒生一起離開。」

他們是和艾丹一起保護村莊的人們。漢斯、克里斯蒂安、瑪麗安娜，還有那些五百年前的信徒。

「我們曾經是安徒生大人的信徒。」

傀儡聚集在垂死的艾丹身邊，握住她的雙手。

「但我們現在是您的信徒了。」

他們雙手合十祈禱。

「最後，我們將為您祈禱。」

傀儡的祈禱不會化為世界力，因為他們不具有靈魂，儘管如此，艾丹還是靜靜地聽著一遍又一遍傳來的祈禱。

隨著她的世界力減弱，傀儡的祈禱也一一消失。

五百年來精心守護的歷史正逐漸消逝。

這是一場漫長的戰鬥。

最終，所有的祈禱都消失了，所有傀儡都停止了動作。

遠處，熔岩正滾滾襲來。

艾丹緩緩閉上了眼睛。

8.

就在這時，艾丹聽見了微弱的聲響。

熔岩駭浪吞噬著地面萬物的此刻，有人正在呼喚她。

那是祈禱聲，聲音十分細微，卻毋庸置疑。

有人在向她祈禱。

「這裡作為烏鴉之墓也太丟臉了吧。」

這是不可能的事情。

她既沒有代行者，也沒有信徒，世界力已削弱殆盡，更沒有剩下的傀儡了。

然而，究竟是誰在向她祈禱呢？

難不成……

在祈禱的力量下，艾丹稍微恢復了世界力，睜開雙眼。

「你為何這麼做？」

她的前代行者，同時也是背叛她的信徒。

智漢站在那裡，渾身流淌著銀光，看樣子在這場激烈的戰鬥中勉強保住了性命。

艾丹朝智漢笑了笑。

「原來如此，你在等著吞噬我嗎？隨你便吧。」

她早已明白智漢打造了一種能吞噬神祇的配件。

智漢卻搖了搖頭。

「即使吞噬了妳，我也活不了。」

智漢低頭看著自己的傷口。使用吞噬神祇的雙手已然徹底受損，存放著五臟六腑的身軀空空如也，就連下顎也碎裂崩潰，呈現無法說話的狀態，能夠堅持下來已經是一種奇蹟了。

「這具身體已經遭受了絕神。該死的雷克斯還帶走了我的概念神，就算我有幸活下來，也只會變成喪失者罷了。」

智漢猛地癱坐在地。

「幸好祈禱不需要用到雙手，畢竟妳本來就不在意這種虛偽的禮節。」

他們一起仰望世界毀滅的夜空，熾熱的熔岩像泡沫般打在他們腳邊。

這就是過去五百年換來的結果。

真是可笑。

除了祈禱之外別無他法的前任信徒，以及只能無助地默默聆聽祈禱的艾丹。

艾丹抬頭望向天空。

宰煥在天空留下的巨大傷痕，同時也是她以生命為代價創造的一幅小小滅亡圖，這絕對是一幅壯麗的景觀。

然而她也冒出了這個想法——

看見這個我就心滿意足了嗎？我可以說，這一生都是為了看見那幅景象而活到現在的嗎？我不好奇滅亡後的世界是如何嗎？

「艾丹，妳祈禱過嗎？」

智漢雖然不再是她的信徒，但他終究曾以代行者的身分與她度過了無盡的歲月。縱使兩人之間沒有連結，他也能清楚了解艾丹的心境。

帶著想抽根菸的心情，艾丹回應道：「唉，或許現在正是時候吧。」

誰能聽見神的禱告呢？

隨後，她的前代行者作出了回應。

「烏鴉，妳想再次翱翔嗎？」

代行者，是按照神的旨意行事，實現神祇想法的存在。

剎那間，一股冰冷的預感掠過艾丹腦海。

「智漢。」

智漢的瞳孔逐漸失去光芒。

口中說著有自己的志向，因而離開她的代行者，由於無法在艾丹的世界觀烏鴉之墓實現自身抱負，堂而皇之地預告自己的背叛，然後加入了聯盟。

而那樣的傢伙——

「把我做成妳的傀儡吧。」

正請求自己再度接納他。

「我還有一些世界力和托拉斯，把我變成妳的傀儡，妳就可以活下去了。」

「不要。」

他是一個為了追求夢想而離開的傢伙，要是如今再次接納他，尤其是接納傀儡形式的他，無疑是承認了他的失敗。

「別廢話了，用門上樓吧。妳的傷勢雖重，但運氣好的話或許還能活下去。」

「我自己知道我的身體狀況。」

智漢的祈禱漸漸變得微弱。

「聽說無代行者之神只接受垂死的信徒作為她的傀儡，難道傳聞有誤嗎？」

「……」

「妳還想飛得更高更遠吧？」

就在艾丹猶豫之際，不知何時熔岩的浪濤已然近在咫尺。

「沒有時間了，我也撐不了多久。」

智漢的呼吸聲越來越粗重。

艾丹說道：「你別後悔。」

「後悔的人是妳吧。」

艾丹困惑地凝視著智漢。

她不明白為何曾經背叛自己的他會作出這樣的選擇。

然而，此刻的智漢無比真誠。

艾丹緩緩將手放在智漢的頭上，智漢的靈魂體與她的指尖相互交纏。

剩下的時間所剩無幾，她不確定自己能否及時將他變成傀儡，或是能否將其調整到可以附身的狀態。

智漢逐漸熄滅的禱告傳進耳裡，有如不受約束的誑言。

「其實人神平等之類的宏圖偉業，我早在很久以前就忘了。」

智漢說著，就像在念一封很久以前便寫好的信。

「那有什麼重要的?我們所處的時代已經結束，當時懷有的熱情早已消失無蹤。一同生活的人們都死了，什麼珍貴的東西都沒有留下。」

「別說話了，智漢。」

智漢的禱告聲逐漸消散，他的生命力正在迅速泯滅。

「長期以來，我一直在尋找一位能實現我所嚮往的世界的神，但兜兜轉轉，最後回到的世界還是這裡。」

智漢的眼皮漸漸垂了下來。

「重新看了看，發現其實也沒那麼差。妳眼中的世界也是。」

「我叫你別說話了。」

艾丹強忍住一陣湧上心頭的哽咽。

所謂的世界是什麼，神和信徒又是什麼?

為什麼這個世界要存在著神和信徒，讓他們活在這樣的痛苦之中？既然無法給予彼此什麼，那麼是否只能不斷製造悲劇來維持生存？

智漢張開嘴唇，彷彿在回答艾丹的這些問題。

「這是我最後的祈禱。」

就像即將熄滅的蠟燭燃盡了最後的燭芯，那段祈禱遙遠而清晰。

艾丹有一種預感。

在她的餘生裡，可能永遠也忘不了這個禱告。因此，這將成為她這輩子唯一要持續思考的話題。

「活下去吧，無代行者之神啊。」

過了片刻，熔岩迎面湧來，萬物消逝。

〔世界觀，『五百年前，大革命時代』已經滅亡。〕

〔正在搜索倖存者。〕

……

〔該世界觀中沒有倖存的乘客。〕

〔元宇宙第六層所有任務已終止。〕

✝ ✝ ✝

元宇宙六神之戰，聯盟六大神祇中的其中三位在五百年前的戰場上慘遭殺害，這起事件隔日便震驚了整個深淵。

——震驚！元宇宙六神半數死亡！

——誰是新的六神候選人？

——一名覺醒者引發的悲劇。

深淵的人們對於這起事件的當事者宰煥表示好奇，同時也對於這將如何改變深淵權力局勢充滿興趣。

——元宇宙的新敗者將會是誰？

——裸體刺擊的真實身分是？

一頭火焰髮型的男子迅速滑著螢幕上的新聞，悄聲嘀咕。

「下層的小朋友果然比較會打架，對吧？」

彷彿在回應男人的話語，空中輕輕濺出火花。

「話說回來，這幫傢伙又遲到了，神。」

男人悠閒地躺在豪華的椅子上，雙腿伸直擱在桌子上方。

他的別稱是「酷熱的凱洛班」，是整個深淵最著名的代行者之一。

原因十分簡單，與他侍奉的神有關。

據聞，她是七大神座性格最暴躁的神，也是深淵最強設定之一，紅焰劫的主人。

深淵諸神對這位偉大的神充滿敬畏之情，因而如此稱呼她——七大神座第三席，第三站點「熱帶夜」的主人，火焰之神伊格尼斯。

伊格尼斯此刻正在凱洛班的腦海中大發雷霆。

女神的聲音傳入了他的腦海。

『我從來沒見過七神那些混蛋準時。』

凱洛班從位置上站起身來，迅速掃視了純白的大廳內部。

這裡是神聖殿堂，七大神座每隔幾年就會舉行一次會談的地方。

近百餘年間，會談並無特別議題需商討，他們總是輕鬆閒談後便各自散去。因為基本原則是，除非有特殊事由，否則每人必須參與。

「第一席這次也不會來吧？」

『我之前說了，我也沒見過那傢伙，不對，也許……』

伊格尼斯的目光轉向大廳天花板。

被貫穿的大廳天花板。

『他早就來了也說不定。』

神聖殿堂內僅有六個座席。

這是七大神座的會議場所，而座席數僅有六個的原因十分單純，因為最後一個座席位於遙遠的天際某處，無法瞧見。

片刻之後，座位上出現了一道耀眼的光柱。

有人參加了會議，是頂著一頭遮住雙眼的蓬亂黑髮，蒼白纖瘦的英俊男子。

七大神座中，只有一位神偏好這種相貌的代行者。

七大神座第二席，第二站點「地獄」的主人，龍神德洛伊安。

他背上繫著一個巨大的抱枕玩偶，不耐煩似地用力坐在椅子上，將玩偶轉了個身，抱著它幽幽地看著，然後突然開始對著玩偶說話。

『咪咪，我們遲到了，必須向其他神道歉。』

接著，令人驚訝的是，玩偶上的圖案露出想哭的表情，向凱洛班鞠了一個九十度的躬。

玩偶上方甚至出現了一個對話框。

〔對不起！對不起！〕

凱洛班看著這一幕，表情略顯茫然。

「神，我無法習慣那傢伙。」

『我也一樣。』

就在神與信徒交頭接耳的時候，另一端的兩個席位也出現了光柱。

光芒消失之處，是個戴著純白面具的妙齡女子。

凱洛班也曉得她的身分。

七大神座第七站點「艾波格」的主人，瘋狂之神無名。

他是七大神座中鮮為人知的神祕存在，凱洛班也從未與他有過交談。

伊格尼斯借助凱洛班的嘴巴說話。

『所以……這次是三個？』

這壓根就不是能進行會談的狀態。

一個是只會盯著自己玩偶的傢伙，另一個是整個會議期間從未開口說過話的傢伙。

伊格尼斯輕輕嘆了口氣。

『第一席和第六席從來沒有正式參加過，這還可以理解，但為什麼第四席瘟疫和第五席克洛諾斯沒來呢？』

『咪咪，你替我轉達說我怎麼會知道這種事呢？』

伊格尼斯皺起了眉頭。

『其他姑且不論，我召集你們的原因是——』

『咪咪，想也知道是因為卡司皮昂的元宇宙，對吧？』

〔元宇宙！元宇宙！〕

就在尷尬的伊格尼斯正打算再度開口，龍神德洛伊安亮起紅色眼眸。

『咪咪，聽說第三席最近迷上了一個元宇宙的裸男呢。』

9.

〔第三席是變態！第三席是變態！〕

雖然德洛伊安表面上看起來像個嘴裡咕噥著「咪咪」的傻瓜，實際上並非一名呆頭呆腦的蠢神，否則可沒資格成為七大神座之一。

『咪咪，你替我轉達，那個伊格尼斯竟然支持覺醒者，實在是一件非常罕見的事情。』

〔伊格尼斯變心了！伊格尼斯變心了！〕

『喂。』

〔凱洛班好可憐！凱洛班好可憐！〕

抱枕上方浮現了多個對話框。

凱洛班蹙起眉頭。

「神，要不要教訓他們一下？」

伊格尼斯搖了搖頭，現在可不是發火的時候。

『我沒有特別支持，只是在觀察他們而已。』

『咪咪，嗯？她說什麼？啊哈，沒有支持，那你問她介不介意我們把他帶走？』

德洛伊安的一番話瞬間使得場內氣氛凝固。

最終，無法忍受的伊格尼斯發動了世界力。

『想找死就繼續胡言亂語吧。』

『咪咪，你跟她說，是時候該分出黑焰龍和紅焰劫之間的高下了。』

〔一較高下！一較高下！〕

由於長期以來第二席與第三席之間信徒競爭激烈，此話一出，場內隨即燃起了黑色火焰。

打破高漲氣氛的是第七席。

『嗚……』

一股冰冷的世界力瞬間平息了熾熱的氣氛。

這是無名時隔兩百年來首次開口。他死命地抿起嘴唇，彷彿在對抗陳年宿便。

原先針鋒相對的伊格尼斯和德洛伊安也收斂起氣勢，望向無名。

『我……我！我！』

咪咪為他加油打氣。

〔加油！加油！〕

最終——

『我！我可不是為了聽你們廢話才來的。』

當兩百年來的第一句話艱難地落下時，第二席和第三席都鬆了一口氣。

或許是有了信心，無名又添上一句。

『夠了！進入正題。說吧，伊格尼斯，妳為什麼召集我們。』

聽見純白面具下傳來的冷冽嗓音，伊格尼斯也重新保持莊重的態度。

『七大神座中的其中一位違反了中立協議。』

簡而言之，中立協議的內容如下——七大神座不得干涉中立地區的局勢發展。

此協定對應的代表地點即是第八站點卡司皮昂。

德洛伊安沉默片刻。

『咪咪，這是誰幹的？』

〔是誰！是誰！〕

『是第五席。』

三名神祇同時看向空缺的第五座席。

七大神座的第五席是「時間之神克洛諾斯」。

『咪咪，證據呢？』

〔明確的物證！明確的物證！〕

隨後，伊格尼斯彷彿等待已久似地打了個響指。

『對於卡司皮昂的聯盟勢力，我想各位都有所聽聞吧。』

接著，空中的螢幕出現了聯盟的勢力圖。

『自六百年前開始，聯盟占據了元宇宙，這一點你們應該都很清楚。而如果你們有留心注意，應該也曉得聯盟的總司令是誰。』

〔灰燼之神厄杜克西尼！灰燼之神厄杜克西尼！〕

就連七大神座也將其名牢記在心。

元宇宙六大神中的最強者，超越高階神，獲得「最高階神」資格的神祇。

儘管尚未達到諸神巔峰「七大神座」的級別，但若是要在深淵選出最強大的五十名神祇，那麼厄杜克西尼必然將被列入名單。

伊格尼斯繼續說道。

『總司令厄杜克西尼，是第五席克洛諾斯的左膀右臂。』

七大神座的左膀右臂，單憑這一事實，他就足以在深淵享有凌駕於萬人之上的權力，但厄杜克西尼並不滿足於此。

『以他為首的聯盟，已經在元宇宙賺取超過千億的托拉斯了。』

『咪咪，你可以幫我問那又怎樣嗎？』

〔那又怎麼樣，臭小子！那又怎麼樣，臭小子！〕

價值千億的托拉斯，這比深淵任何一個大型站點的預算要高得許多，但僅此一點還不足以成為出手干涉的理由。

無名也提出了類似的指責。

『元宇宙！是一座特殊的塔，它的原則是任何人都可以自由競爭。而聯盟不過是厄杜克西尼個人的勢力，其他七大神座沒有理由插手此事。』

〔無名的話太多了！無名的話太多了！〕

伊格尼斯有些驚訝，這還是她第一次見到無名一口氣說出這麼長的發言。

然而，現在可不是吃驚的時候。

『即使聯盟賺取的托拉斯流出外部也無所謂嗎？』

一時間，大廳陷入了寂靜。

無名問道。

『這是！真的嗎？』

『不久前，我掌握到了元宇宙的托拉斯正流向第五站點的跡象。』

迄今為止，七大神座之所以沒有插手元宇宙的事務，是因為元宇宙發生的事，都會在元宇宙結束。

那裡不過是失敗者的遊樂場，眾神的廢棄場。

然而，如果元宇宙開始介入現實，情況就有所不同了。

『你！確定嗎？』

『差不多。此外，還發現了一些異常情況。』

『是什麼！』

『幾天前，克洛諾斯的作戰小組『盲人鐘錶匠』潛入了八號站點卡斯皮昂。據聞，他們正朝著元宇宙的方向前進。』

盲人鐘錶匠，他們是克洛諾斯引以為傲的精銳暗殺部隊，即便在深淵也是臭名昭彰。若是這支專門刺殺高級別君主及神祇的部隊進入中立地區，其目的顯而易見。

『咪咪，他們是想除掉誰啊？元宇宙有值得他們盯上的大人物嗎？』

〔咪咪不知道！咪咪不知道！〕

接著，伊格尼斯輕笑一聲。

『你不可能是真的不曉得才問的吧。』

德洛伊安的表情第一次失去了調皮的神態。

近期的元宇宙中，只有一個存在足以威脅總司令的權力。

『咪咪，難道鐘錶匠是去抓那名覺醒者？』

〔咪咪不知道！咪咪不知道！〕

『那個一劍斬殺三名元宇宙六神的傢伙，很有可能就是他們的目標。』

總司令將克洛諾斯的精銳部隊牽扯進聯盟的活動，這無異於成為了聯盟不再與克洛諾斯五號站點無關的旁證。

克洛諾斯正試圖透過調動軍隊來干預中立地區的局勢。

『咪咪，那麼第三席現在要怎麼辦？』

〔第三席是笨蛋！第三席是笨蛋！〕

伊格尼斯無視咪咪，開口說道。

『我要申請簡易表決。』

表決。

這是會談中唯一能匯集七大神座意見的制度，採多數決制。

此刻只有三名與會者，因此只能進行簡易表決。

『假設以上情形皆為屬實——』

伊格尼斯緩緩眨了眨眼，宣布。

『七大神座第三席，火焰之神伊格尼斯今日起將出手干涉元宇宙的事件。』

✝ ✝ ✝

同一時間，宰煥一行人終於來到了通往元宇宙第七層的門前。

最先出聲詢問的是柳納德。

「我們，可以直接進去嗎？」

通往第七層的簡易公車站。

柳納德懷裡抱著乘務員送給他的各種獎勵配件，露出窘迫的神情。

「已經等了好幾個小時了……」

「她會來的，因為她絕對會信守承諾。」安徒生用充滿信心的聲音回答。

或許是因為完成了第六層的任務獲得大量托拉斯，安徒生的嘎啊嘎啊烏鴉也戴著煞有其事的頭盔和盔甲。

「不過現在我們該擔心的是，第七層開始就是這座塔的強者玩家居住的區域，與先前的難度截然不同。」

「我們宰煥先生可是打敗了元宇宙六神呢！」

柳納德輕揉著前臂，彷彿顫慄尚未消退。

安徒生只是搖了搖頭。

「就是因為擊敗了六神，情況才會變得更加棘手。現在我們已經徹底成為聯盟的敵人了。」

聯盟如今將正式意識到這一點。

即使面對的是同一個敵人，對方是否作好準備也會產生極大的影響，尤其是在屠殺了三名隊長級人物的情況下，就算第七層有什麼在等待著他們也不足為奇。

「聯盟六神還剩下兩位。想當然耳，他們都比賈斯蒂斯更為強大。特別是總司令，就算是宰煥也難以輕鬆應對。」

「話說回來，總司令是個什麼樣的神啊？祢說過五百年前也是因為祂導致革命失敗。」

「那傢伙……解釋起來要講很久，總而言之，絕對不要和他單挑。在元宇宙，沒有任何神能隻身擊敗那傢伙。」

光是回想，安徒生就彷彿渾身掀起一股顫慄，翅膀不禁顫抖。

「艾丹似乎需要一段時間，我們先上去觀察七樓的情況再安排對策吧。」

安徒生嘟囔了一句，然後轉頭看向宰煥。

但宰煥的狀態有些異常。

安徒生振翅問道：「你沒事吧？」

「只是有點累了，進去吧。」

這也合理，經歷了那樣的戰鬥，若是不覺得疲勞反倒不正常。

「可以稍微休息一下再動身，不用急。」

宰煥搖了搖頭。

「我要找到允煥。」

宰煥進入這座塔的最重要原因是為了拯救他的朋友。

儘管賈斯蒂斯證實找不到名為金允煥的靈魂，但不能排除檢索結果遺漏，或是對方撒謊的可能性。

在他實際確認之前，任何事情都無法下定論。

「那我開門囉？」

安徒生再次確認。

宰煥點點頭。

元宇宙第七層，當初遙遠渺茫之處，此刻就在眼前。

一行人踏進門內。

一道耀眼的光芒占據了視線，不久後，傳來了一條訊息。

〔您已進入元宇宙第七層！〕

然而，就在進門的同時，安徒生的臉色驟變。

「嗯？」

周圍湧動的世界力讓安徒生嚇得高喊。

「給我打起精神來！這道世界力是——」

「宰煥先生！安徒生大人！」

聲音瞬間中斷，安徒生與柳納德的身影自身旁消失無蹤，就彷彿那道純白的光芒徹底吞噬了兩人。

〔元宇宙第七層僅支援個別進入。〕

〔進入後將通知該世界觀的任務。〕

個別進入。

顯然，第七層並不支援共同進入的形式。

一條訊息浮現在眼前。

〔您在元宇宙是否有想要尋找的東西？〕

滋滋滋，火花四濺。

宰煥仔細地注視著那條訊息。

仔細一看，訊息的下方有一個回覆框。

宰煥還來不及填寫，回覆框就消失了，彷彿知曉他的答案一般。

颯颯颯。

一陣微風從某處吹來，清新而宜人，是宰煥曾在某個地方感受過的風。當他享受著這股微風，輕輕眨了眨眼時，一棵大樹出現在他的眼前。

那是宰煥熟悉的樹。

是在哪裡見過那棵樹呢？突然想不太起來，但可以肯定的是，人們經常聚集在那棵樹下。

接著，下一刻，宰煥一時間停止了呼吸。

他看見微風中飄揚的棕色頭髮。

人群之間，有著他的朋友。

他還活著。

所有人都感到絕望的時刻，這個男人也從未放棄。

始終守護著他的背後，渴望一睹世界終結的笑容騎士。

宰煥停下了腳步。

朋友大概認不出他了，他的朋友如今已經不在了。

所有記得他的人皆已消失，噩夢之塔只存在於他的記憶之中。

當他慢慢退後，並試圖逃離這景象的瞬間。

「啊。」

允煥回頭看著他。

「宰煥啊。」

Episode 20. 昨日之神

1.

你最應該完成的重要事務都在「昨日」。

——昨日之神阿爾戴那

✝

✝

✝

那棵樹為何會出現在這裡？允煥又怎麼會記得他的名字？

不會錯的，那分明是位於第五十層阿特羅波斯的大樹。

皮膚上的觸感、噩夢之塔熟悉的氣味，以及那棵樹——起始之樹。

他眨了眨幾次眼睛。

聽見允煥呼喚的聲音時，宰煥頓時僵住了。

「宰煥啊。」

「快點過來！我們在進行作戰會議。」

作戰會議？他又在說什麼？

樹下有一群他熟悉的人們。

經常替他修復武器的鐵匠傑伊、總是為他製作優質藥劑的製藥師海倫、教導他平行宇宙的自然科學老師坂本……

「小子，你還沒清醒啊？看來是被昨天那個魅魔迷住囉。」

「宰煥君，大家都在等你。」

「瑞律說她等等會過來……啊，她剛好來了。」

正當他覺得似乎有人奮力勾住他的肩膀時，腰部也隨之彎下。

「喂！你還在作夢啊？昨天那個魅魔就那麼漂亮嗎？」

混亂的腦袋頓時變得清晰。

魅魔？啊，沒錯。

他們昨天通過了噩夢之塔的第六十六層。

陷入了魅魔的夢境，作著各種可怕而甜蜜的夢，許多同伴在歡愉與痛苦中掙扎，最終死去。

儘管是個無法付諸一笑的回憶，他們卻都露出了笑容。

因為如果不這麼做，他們就無法熬過這一切。

「你作了什麼夢？剛才發呆得有點久。」

瑞律的提問令宰煥思考了片刻。

「一個很長的夢。」

「什麼很長的夢？」

宰煥稍微猶豫了一下，然後開始講述他的夢。

那是宰煥獨自攀登噩夢之塔的故事。

坂本選擇回歸，傑伊與海倫離開，瑞律和允煥死去。最終，他獨自抵達了塔的第一百層，摧毀噩夢之塔，抵達幻想樹莖幹「混沌」的故事。

在那裡，他遇見了美露、清虛老頭、卡頓、賽蓮和戈爾貢城堡的人們，與君主大戰，追尋著一個名為妙拉克的夢魔的蹤跡，到達幻想樹樹枝「深淵」的故事。

登上深淵，與柳納德、安徒生、艾丹相遇，對抗眾神聯盟的故事。

聽著宰煥娓娓道來的故事，眾人都笑了。

「呵呵，你的想像力真是了不起，另一個平行宇宙確實有可能發生這樣的事情。」

「你的夢真厲害，宰煥君也和允煥君一樣喜歡看電影嗎？」

伙伴們紛紛露出讚嘆的神情。

瑞律也笑了。

「啊哈，這座塔的盡頭還有另一個世界？混沌？深淵？」

宰煥靜靜望著那些帶著笑容的臉龐。

對於那段時期的他們，塔的第一百層必須是悲劇的盡頭。他們擁有的僅是足以讓他們喘息的絕望，唯有堅定地克服那微小的絕望，方能談論未來。

宰煥失落地苦笑。

對於眾人來說如夢魘般的歲月——

「老實說，我很想就這麼上當受騙。」

對他來說，這是最溫暖的過去。

「嗯？你突然說這話是什麼意思？」

宰煥默默仰望著天空。

那些曾受回歸之石迷惑的伙伴大概就是這種心情吧。將自己交託給這美好的時光，選擇相信眼前的一切是現實，並堅定地活下去。

「宰煥？」

然而不幸的是，這騙不了他。

猜疑。

這世界上的任何幻覺都欺騙不了他。

所謂的覺醒，就是這樣的詛咒。

理解。

閃爍著金色光芒的眼瞳正清楚地揭露該世界的真相。

這個世界充斥著世界力。

宰煥明白，這是某個神的聖域創造出來的精緻幻象。

「少玩這種把戲了。這種幻術我經歷過無數次，早就看膩了。」

就在這時，一道聲音憑空響起。

『你的臉看起來可不覺得無聊。』

耳邊傳來女人清新高雅的嗓音。

宰煥揣摩著聲音的方位，問道：「看來妳似乎認識我朋友。」

『可能認識，也可能不認識。』

「回答我，金允煥在這裡嗎？」

『如果是呢？』

轟轟轟轟轟！

一股強烈的威壓自宰煥的全身湧現而出，指尖翻湧的世界力原封不動地寄於獨不之上。

世界刺擊。

刺擊擊中天空時，出現了一道巨大的裂縫，世界的外殼以裂縫為中心撕裂開來。

『令人驚嘆，沒想到竟然真有這種人類存在，和我的調查如出一轍。』

面對宰煥突如其來的舉動，聲音的主人絲毫不見驚慌。

分裂的世界另一端，還存在著另一個世界。

老伙伴的背影、起始之樹，以及彷彿等待已久似地，轉身看向他的允煥。

「宰煥啊。」

方才的場景再度重演。

宰煥重新舉起劍刃。

世界刺擊。

當刺擊猶如劈落的雷電般劃破天際時，世界再度分裂開來。

『真可惜，但光憑你的力量是行不通的。』

就像還有著數十、數百層的世界一樣，世界不斷出現在宰煥的眼前。

他沒有放棄。

世界刺擊。

……

世界刺擊。

……

世界刺擊。

『我說了，單憑你的力量永遠都——』

世界刺擊。

世界刺擊。

世界刺擊。

永無止境的刺擊像是在削水果皮一般，剝開層層世界。

望著宰煥不停揮出的刺擊，女人說道。

『現在就連你自己都不相信了吧？你的所有感官都在告訴你，這個世界是真實的。』

轟砰砰砰！

『停手吧。這個世界是真的，你在這世界感受到的情感、故事，都是真實的。』

轟砰砰砰！

『連這個你都要摧毀嗎？』

轟砰砰砰！

『如果剛才摧毀的世界是真的，你在尋找的那位朋友就死了。』

轟砰砰砰！

『怎麼……你就如此堅信不移嗎？』

一遍又一遍，刺了又刺。

一如既往，他所擅長的唯有刺擊。

世界上最端正、最筆直的直線──通過磨練這條唯一的直線，宰煥走到了這裡。

「我就是知道。」

『你想知道你朋友在哪裡是吧？你的朋友現在應該死了，這是所有人都曉得的事實，只有你不懂。無論他在元宇宙，還是在收監所，沒有信仰的存在不可能還活──』

「看來妳也不知道允煥在哪裡。」

轟砰砰砰！

宰煥對當下沒有絲毫懷疑，牢牢踏著地面，持續進行刺擊。

世界的重建速度逐漸趨緩。

「就是那裡嗎？」

宰煥驟然扭轉刺擊的方向，朝著空中的某處刺去，猶如試圖貫穿那道聲音的本體。

實際上，某個透明的物體被獨不刺中，劇烈地扭動後，世界開始崩解。

那並非外殼剝離的聲音，而是整個世界一分為二的聲響。

『確實很強大。』

那道聲音冷笑道。

同伴的臉孔在四處冒起的幻燄中被燒得焦黑。

『不過，僅憑那種孤獨的強大，什麼都改變不了。』

✝ ✝ ✝

嘩啦啦啦。

宰煥的口中噴出類似水柱的東西，醒了過來。

他掙扎著站起身，全身都是液體。他輕輕拍著濕透的身體，轉過身去，發現那裡有一個裂開的蟲繭。

一個個充滿培養液的蟲繭。

他環視四周，發現這裡到處都是含有靈魂的蟲繭。

〔您已通過入場任務。〕

〔元宇宙第七層為組隊任務，隊伍將依照任務的完成方式決定。〕

〔您已成為『恐怖分子』。〕

恐怖分子？

「你醒了？」

聽見熟悉的聲音，他往上一看，安徒生正靜靜地拍打著翅膀。

「妳沒被困住嗎？」

「我現在是屬於你世界觀的一部分，嚴格來說，我和你是一體的。」

仔細想想，確實如此，只是他有時會忘記這件事。

「柳納德呢？」

「安靜跟上，他離這裡還挺遠的。」

安徒生用著緊張萬分的聲音，小心翼翼地飛了起來。

宰煥幾乎沒有發出聲音，滑行似地穿越眾多蟲繭。

周圍都是滿滿的蟲繭，隨意數了數，附近的蟲繭數量便足足超越一千。

這些都是登上第七層的乘客嗎？

宰煥仔細端詳著蟲繭內的人，宛如嬰兒般蜷縮的他們，臉上都浮現出幸福的表情。

滋滋滋。

一陣輕微的電流通過，蟲繭內部冒出了一些東西。

宰煥立即認出了這道電流。

世界力。

蟲繭流出的世界力順著管子匯聚至一處，隨即迅速流向某個地方。

「你也察覺到了吧。」

安徒生的聲音聽起來悶悶的。

「這裡是元宇宙的電力室。用於生產作為獎品支付的托拉斯，或是提取啟動主要世界觀所需的世界力。」

雖然曾想過大概會有這樣一個地方，卻沒想到會是透過這種方式——直接從乘客身上提取世界力以維持塔的運轉的系統。

「這就是在一無所知的情況下，登上第七層的代價。系統變得比以前更加惡毒了，以前並不是這樣的。」

宰煥認真凝視著電力室中的蟲繭。

其中還包含著相當老舊的蟲繭。或許是被吸取世界力已有一段時間，靈魂的外觀看起來有一定的年紀。

「我想要解救這些人。」

「原來如此。」

他內心想著，如果是安徒生，的確會因為這個理由與聯盟對抗。

宰煥眼中的安徒生就是那樣的神。

一顆顆蟲繭依照類別分堆排列，上頭都貼有各自的標籤。

匿名神32。

匿名神33。

匿名神34。

匿名神，這名稱好像在哪裡聽過？

「找到了。」

安徒生指向的地方有一個小小的蟲繭，蟲繭的形狀令人產生一股微妙的既視感。

蟲繭內部，柳納德微微蜷縮著身體。

「可以把他弄出來嗎？」

「正常來說不行，稍有不慎，靈魂就可能在斷開連結的過程中受到衝擊，產生問題。不過他沒關係。」

「為什麼？」

「連結還沒有完全成功。」

確實，柳納德的蟲繭只有一半部分有電源。

宰煥毫不猶豫地揮動獨不，砍向柳納德的蟲繭。

接著——

「咳呃啊啊！」

嘔出一大灘水的柳納德咳嗽著，衝了出來。

「宰煥先生？」

幸運的是，柳納德安然無恙。

「你知道我剛剛做了什麼夢嗎？我在一個所有人都像你這樣脫光光的世界裡——」

他的精神似乎也沒有受到異常影響。

嗡嗡嗡嗡的聲音傳來，四周的警示燈同時亮起。

「被發現了，快跑！」

想必是方才砍破蟲繭觸發了警報。

周圍警示燈閃爍不停的同時，某處傳來了如蟲子般的聲響。一群黑壓壓的蟲子隨即湧現，籠罩了整片天空。

「那又是什——」

是無人機。

宰煥一把抓住柳納德的衣服開始狂奔。

伴隨著嘟嘟嘟嘟的聲響，他們方才所站的位置變成了蜂窩。

宰煥一邊迅速用獨不清掉擋在前方的幾架無人機，一邊跟隨安徒生指引的方向奔去。

嗡嗡嗡嗡嗡嗡！

隨著警報聲響越來越大，部隊的數量持續增加，不僅有無人機，還有長得像狼一樣的機械犬，以及穿戴全身裝甲的射擊機器人。

這麼看來，第七層似乎是以蒸汽龐克或科幻方面反烏托邦為主的世界觀。

「可惡，太多了，處理得了嗎？」

四周不知何時已被無人機團團包圍，宰煥檢查了自身剩餘的世界力。

不夠。

顯然是在上一層對抗元宇宙六神時，消耗了太多世界力。

噠噠噠噠噠！

宰煥一邊擊退飛來的光彈，同時尋找柳納德和安徒生能夠躲避的地方。

這並不容易。

儘管發動了猜疑與理解，要解析這個世界多少還是有些難度。

剎那間，世界的黑暗變得更為深沉。

嗯？

抬頭望去，天空的月亮逐漸染為幽黑，就像在引導他們一般，月影投射出一道固定方向的陰影。

宰煥立刻察覺到了什麼，一把抓住安徒生和柳納德，開始沿著陰影狂奔。

陰影通往巷子下方的地下水道。

啪滋滋！

刺穿緊隨而來的幾架無人機之後，宰煥隨手將附近的鐵管折彎，封鎖住通向下水道的入口。

他們就這樣穿過了一條下水道，再度回到地面，來到了另一條小巷。

宰煥沿著巷子的陰影跑去。

「怎麼回事，你來過這裡嗎？」

「沒有，但感覺好像知道。」

他本能地意識到有某種東西正在以一種令猜疑與理解感到舒適的解讀方式，引導著他。

不知跑了多久，宰煥終於來到一個小型廢棄建築物前方。

「啊，這裡是……」

當柳納德看見懸掛在建築物入口的幽黑彎月時，腦中突然憶起些什麼。

「那個龜裂成員說的！她叫我來第七層的時候，一定要來這裡，這裡應該就是——」

嗡嗡嗡嗡，蜂群飛舞的聲響再度傳來，足有上百架的無人機密密麻麻地包圍了上空，黑壓壓一片撲天蓋地。

柳納德嚇得臉色發青，緊緊貼在宰煥身旁，安徒生則是發出威嚇性的咆哮。

宰煥評估著無人機的數量。

能夠一擊處理掉嗎？

他毫不猶豫地握住獨不。

世界力雖然不足，但也無計可施了，一如既往地先發制人才是必勝的關鍵。

然而宰煥的獨不尚未吐出火焰，不知何處飛來的砲彈便對無人機發動了攻擊。

噠噠噠噠噠！

無人機正在攻擊無人機。

準確來說，是十幾架無人機通過精準的射擊掃清其餘的無人機。東奔西竄的無人機相互碰撞，不到十秒的時間隨即全軍覆沒。

那些無人機好像似曾相識。

「看吧，我就說他很快就會出來。」

那是一道熟悉的女聲。

隨之而來的是某個男子的嘀咕。

「的確了不起，我還是第一次見到有人能這麼快從『昨日』逃脫，原來解決元宇宙六神靠的不是運氣啊。」

「何止是快而已，這種程度已經創下歷史最高紀錄了。喔，嗨？」

黑暗中現身的人影向宰煥揮手打招呼。

「好久不見，我就說會把你帶到第七層吧？」

微弱的月光下，棕色頭髮閃爍發光。

女人的眼睛勾起美麗的弧線。

「我履行承諾了，新手先生。」

2.

「妳比我們更早抵達這裡。」

「我不是說了嗎？我是老手嘛！」

宰煥看著笑瞇瞇的勒內，她的身邊還有個從未見過的刺蝟頭青年，對方發現宰煥後，露出了一絲興奮的神情。

「這位先生是你的忠實粉絲。」

粉絲？

「很高興見到你，裸體刺擊，這是我第一次親眼見到你。」

「你是誰？」

「竟然沒認出我，真是令人傷心。」

刺蝟頭少年傷心地扁起嘴，隨即瞳孔染得純白。

〔疾光之神『雷伊雷伊』不滿地盯著您。〕

宰煥明白似地點了點頭。

「原來你就是那個有著奇怪名字的神。」

「居然說是奇怪的名字。」

雷伊雷伊不滿地嘟囔。

「總之，我很欣賞你的出色表現，竟然能一舉顛覆三名元宇宙六神。其他乘客也非常期待你的到來。」

「除了你們還有其他乘客？」

「還有幾個，是一些想逃離這該死第七層的朋友們。」

雷伊雷伊說著，同時打開了後方廢棄發電廠的大門。

〔您已進入安全區域『黑月旅館』。〕

廢棄發電廠內，許多乘客正熱鬧地交談著，看起來有十多人左右。

「好啦，大家期待已久的那位朋友來了！」

勒內的話音一落，在場所有人的目光都聚焦在了宰煥身上。

〔赤龍之神『德瑞克』注視著您。〕

〔風雨之神『蓋爾』注視著您。〕

〔太陽之神『阿波羅』注視著您。〕

……

訊息瞬間湧現，不少是他曾在元宇宙的宣傳廣告中見過的臉孔。

「你好啊，你就是傳說中的裸體刺擊嗎？」

「哦哦哦哦哦！」

「搞不好這次會成功也說不定。」

「擊敗元宇宙六神……那麼現在是排名第三了吧？如果打敗你，我就——」

有些神寄身在傀儡身上，也有些神與代行者一同參與，但是並未看見在六神之戰中幫助他們的龜裂成員陳恩璽。

勒內無視喋喋不休的其他神祇，開始親自介紹起來。

「那邊的大個子是蓋爾，是一位擅長戰鬥的中階神，最好別跟他提到等級的話題。」

「馬上來一決高下吧！雖然我是中階神，但你也知道等級這種東西——」

「那邊的是德瑞克的代行者皮爾格林，他很有名，你應該知道他吧？」

德瑞克的代行者以眼神向他致意。

「我們見過，獵龍人。」

「你是？」

「我們在第一層見過，還記得嗎？」

宰煥想起了在第一層遇見的德瑞克信徒，這傢伙也在其中，他穿著赤色全身盔甲，對獨不表現出興趣這一點格外令人印象深刻。

當時他還帶領著一群人，看樣子來到這裡的途中，大多數信徒都被淘汰了。

「好了，招呼就打到這裡，我們差不多該開始了。大家都等很久了吧？」

勒內輕輕拍了兩下手掌，吸引眾人目光。

「差不多到了通知任務內容的時候了，還沒看的人請先確認一下任務！」

勒內的話音甫落，消息便隨之浮現。

〔已抵達元宇宙第七層任務。〕

宰煥確認了任務內容。

＋

〈元宇宙第七層—3.12 版本〉

任務：您可以選擇「國家」或是「恐怖分子」其中一支隊伍，並參與遊戲。請帶領自己的隊伍迎向勝利，奪取第七層的統治權。

限時：稍後公布

獎勵：第八層入場券、300,000 托拉斯、???（獎勵附加條件）

＋

看來本次任務的目標是選擇隊伍參與遊戲，並帶領自己的隊伍贏得勝利。

＋

您已成為「恐怖分子」。

恐怖分子獲勝的基本條件如下。

1. 占領發電廠，讓您的名聲在第七層居民之間廣為人知。解放越多發電廠，您的聲望將會越高。
2. 解放受困於發電廠的居民，獲得支持者。
3. 任務開始的24小時後將進行選舉。
4. 在選舉獲勝後，您的隊伍即贏得勝利。

＋

讀完任務內容的安徒生說道：「第七層和五百年前幾乎一樣。也是啦，畢竟從這裡開始要改革就很困難了。」

「這次妳能幫上忙嗎？」

「什麼？你會不會太過分了，我一直都很認真在幫你耶！」

彷彿要把任務說明盯穿的柳納德也發表了一番看法。

「發電廠是什麼？選舉又是什麼……這個任務有好多難懂的詞。」

「你不需要想得太過複雜，只要知道重點是占領發電廠，再解放居民，最後贏得選舉。就是這樣，很簡單吧。」

「妳只是在重複說明上面的話而已。」

安徒生用鳥喙指向窗外。

「那個就是發電廠，我們剛才有經過電力室。」

從廢棄發電廠的窗外可以看見如燈泡般掛滿蟲繭的電力室景象。

「居民指的是那些在蟲繭內的乘客，很簡單吧？你剛才也是被困在那裡面，我們的任務就是攻占發電廠，解救那些居民。」

「那選舉呢？」

「那個……」

「勒內隊的各位！集合！」

任務似乎已經開始，勒內正在召集隊員。

〔5分鐘後將開始發電廠占領戰！〕

〔為了區分隊伍，請穿上分發的戰鬥服裝。〕

廢棄發電廠的入口掉下裝有戰鬥服的救護箱。

安徒生露出一抹苦笑。

「親自體驗會更快理解。」

片刻後，宰煥和隊友們穿上戰鬥服站在廢棄發電廠的入口。

〔目標發電廠為『A-56發電廠』。〕

〔請在30分鐘內占領目標並切斷電源。〕

〔隊伍成員：宰煥、柳納德、勒內、雷伊雷伊、皮爾格林。〕

宰煥皺起眉頭，盯著勒內。

勒內抿嘴一笑，隨即無視宰煥，打開了攝影鏡頭。

「各位大大好啊，直播現在開始！今天還有特別來賓喔！」

勒內的攝影鏡頭輪流照向每位隊員。

鏡頭對準疾光之神雷伊雷伊時，聊天室毫無反應；當照到德瑞克的代行者皮爾格林時，稍微有點反應，接著越過柳納德來到宰煥這裡時，聊天室幾乎陷入了瘋狂。

〔『匿名神158』呼喚著宰煥的名字。〕

〔『匿名神654』說宰煥才是真正的元宇宙六神。〕

〔『匿名神535』高喊著革命！〕

〔終結必至之神『塔納托斯』說自己早就料到宰煥會成功。〕

〔火焰之神『伊格尼斯』指責塔納托斯的態度轉變。〕

〔多數神祇讚頌宰煥的名字！〕

柳納德滿臉驚嘆。

「宰煥先生，訊息洗得好快喔。」

此外，陸續進入直播頻道的觀眾也看不見盡頭。

〔『賽蓮TV』已進入直播頻道。〕

〔『只會砍擊TV』已進入直播頻道。〕

〔『懂法律的男人』已進入直播頻道。〕

……

「哇，賽蓮大人又來了！」

〔『賽蓮ＴＶ』說還是讓大家看宰煥吧。〕

旁邊的宰煥斜睨著直播，短暫思索了一下那是不是他認識的那個賽蓮。

〔『只會砍擊ＴＶ』說看勒內也無妨。〕

〔『懂法律的男人』像禱告般地開始誦讀法令。〕

其他的暱稱也有種似曾相識的感覺。

「今天我們要一起攻略元宇宙的第七層！大家都知道吧，就是那個臭名昭著的第七層！」

〔火焰之神『伊格尼斯』回說知道。〕

〔『匿名神32』詢問如果選對隊伍不是很容易嗎？〕

〔終結必至之神『塔納托斯』表示用膝蓋想也知道選國家隊。〕

「怎麼會是國家隊呢？當然是選恐怖分子啊！」

隨著勒內的宣言，神祇大為驚愕的訊息紛紛傳來。

〔終結必至之神『塔納托斯』詢問您是不是瘋了？〕

〔少數神祇說勒內不過是賺了點托拉斯，就膽大包天了。〕

「嘿，我們這裡可是有裸體刺擊喔。」

〔部分神祇認為就算有裸體也一樣很難成功。〕

正當神祇的反應消極時，柳納德和安徒生開始咬耳朵。

「為什麼大家的反應都是那樣？我們的隊伍有這麼不利嗎？」

「既不利，而且還有點麻煩。」

「麻煩？什麼東西麻煩？」

「在第七層，只要選對隊伍就不必執行任務。國家隊的領袖『國王』，隨時可以打開通往第八層的門。」

「什麼，那趁現在趕快換隊伍比較好吧？」

「不好說，你覺得第七層的國王是誰？」

「呃……」

就在柳納德猶豫之際，勒內發出了信號。

「出發！」

團隊的戰術相當簡單。

A-56是一處位於高地的中小型發電廠，他們的計畫是占領位於A-56內的五個中繼站，然後關閉該發電廠的電源。

「我先走了！」

作為疾光之神的雷伊雷伊，果然不負其名地迅疾飛馳而去，已然迫近第一個中繼站的所在位置。

「我也先走一步。」

乘坐紅色雙足飛龍的皮爾格林也開始高速滑翔。

不愧是登上第七層的神祇，果然不容小覷。

尤其是皮爾格林，縱然與六神的加拉泰翁或雷克斯相比，也只是稍顯遜色。

噠噠噠噠噠！

〔獲得占領分數1分！〕

每當他們擊敗襲來的無人機和機械犬，占領分數就會跟著增加。

通過這種方式在中繼站累積積分，待完成中繼站占領之後，便移至下一個中繼站。這就是任務的核心。

等到占領了所有的中繼站，就會出現切斷發電廠電源的機會。

當然，敵方也不會任由他們增加分數。

「在那裡！是恐怖分子！」

發電廠的天臺上，穿著白色戰鬥服的乘客與警衛犬一同現身。他們的身上掛滿了華麗的配件，一看就是第七層的高級玩家。

「這次來了不少厲害的傢伙啊？」

「雷伊雷伊交給我。」

「皮爾格林也來了，讓我來挑戰看看德瑞克的聲望。」

感知到的世界壓不同凡響。

宰煥不假思索地釋放出氣勢。

儘管在第六層使用的世界力尚未恢復完全，不過只要在安全區域稍微休息，就已經足夠對付那些神。

轟轟轟轟轟。

「咦？」

「那、那傢伙是怎樣？」

氣勢洶洶地逼近的乘客發現了宰煥，停下了腳步。

「該不會？」

「天啊，沒聽說有這回事啊。」

宰煥擺出刺擊姿勢的同時，敵對的乘客登時面如死灰，開始逃跑。

彷彿看見了不該看的東西，人們拋下任務，落荒而逃。

宰煥蹙眉問道：「怎麼回事？」

勒內聳聳肩。

「新手先生，你還不太明白自己做了些什麼吧？」

雷伊雷伊射出疾光，皮爾格林釋放吐息，鎖定了那些一見到宰煥就逃的神祇。望著在慘叫聲中消亡的敵人，勒內繼續說了下去。

「在這座塔，元宇宙六神就是恐怖的象徵。」

元宇宙六神，即是存在於元宇宙的六個巔峰，元宇宙的所有乘客都尊崇他們，敬畏他們的武力。

然而某一天，一名身分不明的男子擊敗了六神中的三名神祇，甚至還以壓倒性的力量，一併摧毀了三艘聯盟的主力兵器涅布拉戰艦。

〔『匿名神 654』高呼著宰煥的名字！〕

〔『匿名神 588』高呼著宰煥的名字！〕

〔『匿名神 849』高呼著宰煥的名字！〕

〔多數神祇高呼著宰煥的名字！〕

像是再度確認了那個事實，勒內說道：「現在在元宇宙中，你的聲望已經完全超過元宇宙六神了。」

3.

「騙、騙人！那種傢伙怎麼可能擊敗六神——」

當然，敵方也有一些神智不清的傢伙。

或許是恐懼麻痺了理智，他們胡亂揮舞兵器，不顧一切衝了過來。

世界刺擊。

俐落揮出的刺擊，直接將敵人一分為二，同時摧毀了發電廠的外牆。

轟砰砰砰砰！

之後便是一氣呵成。

一行人成功占領中繼站，找到了電源，進入發電廠內部。

發電廠的蟲繭中，無數乘客蜷縮著身體。

柳納德問道：「這些乘客都是沒通過入場任務的人嗎？」

「有一半是。」

「那剩下的另一半呢？」

「是選擇國家隊伍的乘客。」

半透明的蟲繭中，乘客的身體頻頻顫抖。選擇國家隊伍的人們會成為第七層的居民，作為代價，他們必須為元宇宙提供世界力。

柳納德實在無法理解。

「到底為什麼會作出這種選擇？」

「我剛才不是說了嗎？選擇國家隊伍就不用做第七層的任務了，而且……」

安徒生望著向設於發電廠中央的螢幕。

「還能獲得永遠的『昨日』。」

「昨日？」

「我們都是這麼稱呼他們所作的夢。」

發電廠中央的螢幕正播放著乘客們夢中的影像。

每個螢幕都標有乘客的編號及姓名。

匿名神32的昨日。

匿名神86的昨日。

匿名神95的昨日。

……

那個地方，有著無數的「昨日」。

有的神在那裡成為了夢寐以求的高階神，有的神與他所愛的信徒再度相逢，凝視著這一幕，宰煥想起了初次登上第七層時被問及的問題。

〔您在元宇宙是否有想要尋找的東西？〕

他似乎稍微理解為何會收到那樣的提問了。

元宇宙本就是那些在現實中追尋不到渴望之物的人匯聚的場所，他們之所以來到這裡，都是為了逃避某種事情，或者是為了追求不存在於現實中的事物。

抵達最後一層的乘客可以向元宇宙的主人「駕駛員」許願。

為了追逐那虛幻縹緲的海市蜃樓，乘客來到了這裡。

也許，他們也找到了自己始終在找尋的事物。

「這是不對的。」

柳納德握緊拳頭，注視著螢幕上作著美夢的乘客。

「那些都是假的啊。」

「真實又是什麼呢？柳納德。」

「真實是……」

柳納德試圖描述他體會到的感受。

真實是有觸感的，是迫切而渴望的，豐富而充實的東西。

可惜的是，年輕的柳納德無法用言語形容那種感覺。

這時，少年的神祇替他回答了。

「真實無須證明。」

「沒、沒錯！那就是真實！」

唯有不斷與「真實」相比的「虛假」才需要證明自身，真實是可以明確感受到的「真實」。

柳納德是這麼認為的。

安徒生問道：「但是，你能說那個表情不是『真實』的嗎？」

宰煥也凝視著螢幕中的畫面，那上頭映著人們歡喜的臉龐。

或許其中也有部分的人已然曉得他們所見的是幻象，即便如此，他們看起來真的很幸福。曾經苦苦追尋的東西終於在昨日的幻象中尋得，對他們而言，能夠說那不是「真實」的嗎？

宰煥頓時察覺到蟲繭的模樣與什麼很相似。

那個蟲繭長得很像回歸之石。

「也有些人作著同樣的夢。」

柳納德指的地方，有一群人共同分享著相同的昨日。空曠的巨大廣場上，一個個乘客聚集在一起。

「那裡被稱作『先日』，是編織昨日的地方。」

那些受困於自己的「昨日」，沉浸在幸福夢境中的人們，正朝著「前日」聚集。

螢幕中可以看見金碧輝煌的王城外觀，那很可能就是「國家」的王城。王城的露臺上，有一名像是國王的女子正在向乘客揮手致意。

安徒生神情一震。

宰煥讀出了那雙眼睛中蘊含的情感。

那是從憤怒到心死，悠長而深沉的情感。

「妳認識那傢伙？」

「嗯。」

宰煥意識到那女人是安徒生的昔日同僚。

「五百年前，她也是一樣喜歡受人注目，現在竟變成了這副模樣。」

「她就是阿爾戴那嗎？」

「沒錯，她現在被稱為昨日之神。」

五百年前的「四大英雄」之一，元宇宙六神，昨日之神阿爾戴那，據說是一名比賈斯蒂斯還要強大的神祇。

她可能就是在入場任務令宰煥陷入幻象的凶手。

「不過，在先日的人們看起來不怎麼幸福。」

為什麼呢？駐留於前日的人們，神情十分黯淡。

宰煥用心觀察乘客的行為舉止。

有些人在儲值，有些人在抽取商品；有的炫耀抽到的新造型，有的破口大罵。還可以看見互相吵架或打鬥的人們，而大多數的乘客正在瀏覽小兄弟網路。

宰煥看到其中一名乘客正在認真地寫著訊息。

〔『匿名神88』嘲笑裸體刺擊實際上也不是『真』的。〕

〔『匿名神88』聲稱裸體刺擊只是趁著烏鴉之王和陳恩璽用盡力氣，當尾刀狗收割所有功勞而已。〕

〔『匿名神88』表示裸體刺擊擊敗雷克斯只是運氣，任何神都知道雷克斯早已在垂死邊緣。〕

過了一會兒，乘客寫下的留言經由勒內的頻道原封不動地浮現於宰煥眼前。

其他乘客也發來了訊息。

〔『匿名神127』對於奇怪的傳聞感到驚訝。〕

〔『匿名神51』詢問那是真的嗎？〕

〔『匿名神88』保證那是真的。〕

看著這幕景象，柳納德有些無言。

「這就是那些人所追尋的昨日嗎？」

安徒生徒生沉默了片刻。

「我也不清楚。」

遠處，勒內的聲音傳了過來。

「找到電源了！我來關閉發電廠的電源！」

隨著一陣輕微的噪音，發電廠的燈光熄滅。

〔發電廠電源將關閉十分鐘。〕

〔請解放發電廠內部的居民。〕

培養箱的燈光一個接一個地熄滅，猶如一頭巨獸閉上了雙眼。

不一會兒，蟲繭接二連三地停止運作，許多乘客在培養液中痛苦掙扎。

勒內高聲喊道：「大家在做什麼！趕緊讓他們逃出去！」

面對勒內的催促，柳納德走上前。

「我先試試，宰煥先生。」

柳納德緊握著從口袋裡掏出的匕首。

「無論如何，被困在這樣的世界都是不對的。只要冷靜勸說，他們會聽進去的。一開始可能會有點困難，但當他們從夢中醒來，就會意識到這個事實。」

宰煥朝著柳納德點了點頭。

獲得勇氣的柳納德立刻打開了面前的蟲繭。

隨著嘰咿咿的聲響，培養液流了出來，裡頭的男乘客如同斷了線的傀儡滾落在地。

「嗚呃。」

柳納德隨即將乘客抱在懷裡。

「您清醒了嗎？」

「這裡是……」

「別慌。」

柳納德冷靜地開始解釋。

「至今為止，您都被困在蟲繭裡作夢。」

柳納德盡可能選擇不會令對方感到驚嚇的詞語。他逐一抹去對方曾堅信為現實的事物，然後告訴對方真正的現實為何。

柳納德描述了男子被困在培養箱中遭受的不公正待遇，提醒他現在不再需要承受那種痛苦。

「現在沒事了。」

少年的言辭是如此流暢且細膩，簡直令人難以置信。

當然，這僅只限於說話者的立場。

「你……你。」

男子的臉色逐漸變得蒼白，宛如一名被勒住脖子，緩緩窒息而死的人。

「你到底對我幹了什麼好事！」

「雖然你現在可能很難接受事實——」

男人搖搖晃晃地甩開柳納德的手臂，失去平衡的身體直接跌坐在地。

柳納德為了將他扶起，再度走了過去。

男子靜靜地注視著自己映照在地板上培養液中的臉龐。那是一個世界力流失，疲軟無力的瘦削靈魂。

「為什麼！你為什麼要把我拉出來！」

「什麼？」

「我、我要殺了你！我要把你碎屍萬段！」

男人高聲尖叫，朝著柳納德伸出雙手。

一旁的宰煥實在看不下去，上前阻擋。

「喂。」

「我要殺了——」

就在對方將目標轉向宰煥，怒吼著伸出雙手的瞬間。

「呀啊啊啊啊！」

見到宰煥的男子突然口吐白沫，雙肩劇烈顫動。

「別、別殺我！救救我！請饒了我！」

迅速趴伏在地的男人將雙手高舉頭頂，頻頻哀求。

「拜託別殺我！拜託別殺我！」

「我不會殺你。」

「救救我吧！我不做了，我不會再做那種事了！」

宰煥心想這句話又是什麼意思。

「讓、讓我回去吧！我在這裡活不下去！真的活不下去！」

乘客甚至放下自尊哀求著宰煥，接著他看向自己出來的蟲繭，慢吞吞地爬了過去。

「我、我會回去的，會回去的。」

最終，男人爬上了燈光已然熄滅的培養箱，蜷縮著身子在寒冷中不停顫抖。

「不要叫醒我，不要叫醒我，拜託……」

無論是宰煥、柳納德，還是安徒生都呆愣地望著那一幕。

接著，片刻之後。

〔發電廠電源正在回復。〕

電力恢復後，男子的蟲繭再度回復原狀，培養液湧入，他的身體再次疲軟地鬆弛下來。

最後一刻，男子望向宰煥。

「謝、謝謝！我、我會替你加油的，裸體刺擊。」

「不對，你想替他加油就別進去啊！給我重新出來！」

儘管柳納德大聲叫喊，男人仍舊無力地閉上雙眼。

沉睡的男人再次回到昨日，中央螢幕上的畫面逐漸重新浮現。

人們再度進行儲值抽獎，或者登入小兄弟，開始自顧自地喧譁。

而那之中也包含著方才宣揚著宰煥奇怪謠言的乘客。

〔『匿名神88』表示自己剛才去見了裸體刺擊，真人果然沒什麼了不起。〕

〔『匿名神88』咯咯笑著說自己放話罵了裸體刺擊幾句，對方就嚇得不敢說話了。〕

宰煥查看了剛才釋放的男人蟲繭上的標籤。

匿名神88。

這就是他的名字。

「失敗了嗎？」

轉頭一看，勒內露出一副苦澀的表情看向這裡。

看來另一邊也失敗了，地板上只留下乘客為了再度回到蟲繭而拚命反抗的痕跡。

〔解放居民失敗。〕

〔占領發電廠失敗。〕

看來不僅得占領發電廠，同時還必須解放這些人才算是完成任務。

〔『選舉』將於23小時30分鐘後開始。〕

〔請占領新的發電廠並召集支持者。〕

勒內嘆了口氣。

「原本以為如果是新手先生或許還有機會，果然還是很難吧？我之前也是在這裡失敗的。」

遠處，能看見發現他們蹤跡的無人機正朝此處飛來。

「首先，我們得離開這裡。」

宰煥一行人迅速來到了發電廠的天臺。

站上制高點，布滿第七層全境的發電廠燈光一覽無遺。

如祈願燈般懸掛的無數蟲繭，燈光陣列無盡延伸，詭異且令人膽寒，同時又別具美感。

「無論我們做什麼，那些人都不打算從昨日出來。」

那些光芒下，有些人作著幸福的夢，有些人則作著與現實無異的夢境。而無論是否感到幸福，他們都將在那之中繼續生活。

〔警告！12小時內必須占領至少一座發電廠。〕

〔任務失敗時，您將被強制退出元宇宙。〕

對於那些乘客而言，宰煥所能給予的唯有「今日」。

勒內朝看著靜靜凝視發電廠的宰煥。

「你在想什麼，想得那麼認真？」

宰煥回答。

「昨天未曾有過的念頭。」

4.

勒內瞪圓雙眼。

「昨天未曾有過的念頭？那是什麼念頭？」

不僅是勒內，周圍的人似乎也莫名充滿了期待。

〔火焰之神『伊格尼斯』對宰煥的念頭感到好奇。〕

〔終結必至之神『塔納托斯』對於宰煥也有想法的事實感到驚訝。〕

〔疾光之神『雷伊雷伊』想知道宰煥昨天在思考什麼。〕

〔『匿名神48』表示那個念頭肯定是革命。〕

勒內抓住了節目焦點，看著直播畫面咯咯輕笑。

「來吧，雖然不曉得裸體刺擊有什麼想法，反正第七層要被粉碎了——這麼想的人舉手！」

〔火焰之神『伊格尼斯』表示這連問都不需要問。〕

鬧哄哄的神祇訊息紛紛湧現。

安徒生瞥了勒內一眼，又看向宰煥。

「所以你的想法是什麼。」

「先休息吧，有點累了。」

「什麼？」

「休息十二個小時就好。」

宰煥席地盤腿而坐，閉上了雙眼。

畢竟他在第六層消耗了過多的世界力且尚未恢復，這麼做也實屬合理。再加上應付入場任務後，接連參與第一次發電廠占領戰，世界力不足也是理所當然。

不過現在哪是休息的時候啊？

「喂，系統不是說十二小時無法占領發電廠就會強制下車嗎？」

費盡千辛萬苦才登上第七層，怎麼能在這裡被強制下車。

然而宰煥沒有回答，只是專注於恢復自身的世界力。

✝ ✝ ✝

此後整整十二個小時，勒內隊齊心協力，投身於占領發電廠。

〔解放居民失敗。〕

〔占領發電廠失敗。〕

「哇，這樣也行不通？」

「一個神智清醒的神都沒有。」

〔解放居民失敗。〕

〔占領發電廠失敗。〕

勒內沒有放棄，仍舊努力地搖醒匿名的眾神。

她喚醒的神祇中，也有些經常在她的直播出沒的傢伙。

「這一位是平時常常來我直播間的神！就總是說著要把高階神頭殼砸碎的那位！如果是他，或許——」

然而，醒過來的神祇反應總是始終如一。

「呃啊啊啊！讓我回去！」

目睹代行者骨瘦如材的肉體，醒來的眾神全都痛苦不已，而他們毫不猶豫地將矛頭指向喚醒他們的勒內一行人。

柳納德百思不解。

「為什麼大家都不想醒來呢？反對聯盟的神明明很多啊。」

他原本只是隨口一提，並非期望得到答案，身旁的雷伊雷伊卻意外地給予了答案。

「因為已經太過習慣了。」

柳納德還不太適應和其他神直接對話，支支吾吾地回問。

「可是那不是假的嗎？」

「真假沒有那麼重要。」

發電廠的螢幕播放著神祇的夢境，方才被勒內喚醒的神正在畫面中大發雷霆。

「成為神之後要操心的事情很多，栽培自己的世界觀、招募信徒、管理信徒、放置適合的配件，還要為了跟上流行認真地觀看小兄弟網路。」

「大家都那麼努力嗎？好像不是這樣……」

柳納德的話令一旁的安徒生乾咳了一聲。

雷伊雷伊咧嘴笑了笑。

「當然，做不到這些事的神祇很多，所以也有大量信徒不停地轉移世界觀，但大多數的神祇確實相當忙碌。不僅要在外頭與其他神祇競爭，同時還要照顧好自己的信徒，大家全都忙得不可開交。」

雷伊雷伊停頓片刻，望著螢幕中的眾神。

他們或是因抽到新款造型而雀躍，或是得意地炫耀著方才獲得的配件。

「可是如果連接到第七層，大部分的事情都可以不用操心。」

「是嗎？為什麼？」

「因為昨日之神會替他們管理。」

雷伊雷伊簡單地解釋了第七層的構造。

「起初，這些神並未如此依賴第七層，他們個個都對自身的世界觀感到自豪，不可能這麼輕易地崩潰。」

根據雷伊雷伊所述，第七層神祇陷入這樣的處境，實際上經過了相當長的歲月。

「在這裡，你不僅能進行世界觀管理、信徒管理、配件管理，還能享有維持世界觀所需的一切服務。只需連接到第七層，它就能替你做到。」

原先只是想體驗元宇宙而進入這座塔的神祇，自從享受了第七層的服務後，便不再考慮離開這座塔。

「一旦嘗過甜頭，就會漸漸上癮。這裡可以替你管理世界觀，替你照顧信徒，所以神只需要在這裡享受生活就行了，而且在這裡成名的神還能獲得額外的知名度。」

「啊……」

直到此刻，柳納德似乎稍微明白為何有這麼多神被困在第七層了。

只需待在夢境中，就能享受無數便利的服務，神祇沒有理由不沉迷於其中。

雷伊雷伊猶豫了片刻，招供似地說道：「其實我也曾是匿名神之一。」

「什麼？真的假的？」

雷伊雷伊點了點頭。

「在昨日應該沒幾個人沒聽過我的名字，因為我在那裡待了很長一段時間。」

「那你為什麼會出來？」

「這個很難解釋……但就是有種我不該那樣生活的感覺。」

雷伊雷伊搔了搔臉頰，望著勒內的方向。

勒內仍在忙著喚醒沉睡的神祇。

「喂！起床啊！我們不是說好要一起摧毀聯盟嗎！」

「嗚嗚嗚嗚哦哦啊啊啊！」

德瑞克的代行者皮爾格林在旁默默注視這一幕。

「不能直接殺了他們嗎？」

「不行！如果在這裡傷害匿名神，整個第七層的兵力就會湧向這裡。而且如果將神變成敵人，我們就無法在選舉中獲勝。」

勒內再度開始喚醒匿名神。

匿名神 654。

匿名神 655。

匿名神 666。

……

想當然耳，沒有任何神祇醒過來，

但勒內沒有放棄。

並且，有些神祇正注視著不願放棄的她。

〔火焰之神『伊格尼斯』以憐憫的眼光注視著勒內。〕

〔終結必至之神『塔納托斯』表示不要執著於那種不爭氣的傢伙了。〕

〔『匿名神48』向勒內道歉。〕

雷伊雷伊也曾是那其中一員。

「見到那傢伙一次又一次地挑戰這座塔，我也想要鼓起勇氣。」

「勒內姐姐的目標是驅逐聯盟嗎？」

「大概是吧。看她一直主持著那不受歡迎的節目，最終目的應該是揭露聯盟的不法行為。現在再加上有裸體刺擊同行，只要能占領第七層，這件事並非完全不可能。」

元宇宙的第七層是聯盟的威望，同時也是其象徵。

這裡是管理元宇宙大半生產收入的場所，若是能占領聯盟的核心地區，要想推翻聯盟也絕非不可能之事。

然而問題是……

〔『匿名神 324』抱怨不要再叫醒祂了。〕

〔『匿名神 475』宣布如果再被喚醒一次，絕對不會善罷干休。〕

神祇築起的銅牆鐵壁遠比想像中更加堅固。

柳納德望著勒內持續說服神祇的模樣。

「對了，這裡有一個和我同齡的傢伙吧？她在第六層的時候叫我來這裡。」

「同齡的傢伙？哦哦，你在說龜裂的陳恩璽啊。」

「哦，對，就是她。」

外表看起來與柳納德同齡的少女。

如果不是陳恩璽，他可能早就在第六層被加拉泰翁的長槍刺死了。本來想著再度見面時一定要表示感謝，但實際來到第七層後，一次也沒有見到人。

「那傢伙……」

雷伊雷伊的話還沒說完，便傳來了系統訊息。

〔警告！10分鐘內必須占領至少一座發電廠。〕

〔任務失敗時，您將被強制退出元宇宙。〕

柳納德的臉色沉了下來。

儘管距離規定的十二小時還有一點時間，但占領發電廠的進展甚微，他信賴的宰煥也遲遲沒有採取行動。

雷伊雷伊拍了拍柳納德的肩膀。

「不用太擔心，還是有辦法可以避免被強制退出。」

「什麼？真的嗎？」

雷伊雷伊指向空中的消息。強制退出的警告訊息旁邊，有一行用相當小的字體寫成的訊息。

〔支付3,000托拉斯，可獲得額外12小時的寬限時間。〕

讀完訊息的安徒生大為無語。

「難不成大家都是付了錢，繼續待在這裡嗎？」

雷伊雷伊點了個頭，似乎有些羞愧。

「除此之外沒有別的辦法了。」

確實如此，相較於被強制踢出塔內，支付托拉斯繼續堅持下去也許還算值得。

〔『匿名神94』嘲笑恐怖分子。〕

〔『匿名神88』告訴恐怖分子該是時候放棄了。〕

〔『匿名神324』詢問恐怖分子是否認為真的能掀起革命。〕

不知為何，雷伊雷伊無法擺脫這種窘迫的心情。

照這樣下去，別說是與聯盟對抗了，反而是將托拉斯白白獻給他們。

實際上，縱使有三位元宇宙六神遭到擊潰，聯盟仍舊未對此給予足夠的重視。

「一群該死的傢伙……」

安徒生咬牙切齒。

或許是覺得等上一段時間後，他們就會自行作罷。

事實上，這正是過去五百年間聯盟一貫的策略。

聯盟總是利用塔的系統來延緩革命的發生，即使聚集了許多不滿聯盟暴政的神祇，如果決定性的革命沒有發生，沸騰的情感很快便會隨之冷卻。

而當革命的導火線一如往常地熄滅，神祇逐漸表示厭倦之時，聯盟就會開始行動。

「阿爾戴那，當年我們遭到的那種待遇，如今竟是出自妳手？」

大革命失敗的五百年後，如今塔的眾神比當年更加性急。

〔『匿名神58』表示開始無聊了。〕

〔『匿名神535』詢問是否到現在還沒成功解放發電廠。〕

〔速度之神『貝洛』表示自己不曉得最新流行趨勢。〕

縱使支付三千托拉斯以延長停留在第七層的時間，但是繼續這樣下去，支持他們的神祇數量會大幅減少也是不言而喻的事實。

就在此時，發生了眾人意想不到的事情。

〔有人成功解放了發電廠！〕

「哦？」

雖然不清楚箇中原由，但成功占領發電廠的訊息浮現在眼前。

眼見遠處急匆匆跑來的勒內，雷伊雷伊興奮地招了招手。

「嘿，勒內！妳成功了嗎？」

「嗯？不是你這邊成功了嗎？」

勒內的臉上也充滿了疑惑。

「解放的位置是在哪裡？是誰做的？」

無論是剛好在附近執行解放任務的皮爾格林，或是在稍遠處的蓋爾也都發來消息，表示並非他們所為。

接著，一連串訊息不停傳來。

〔有人成功解放了發電廠！〕

幾乎每三十分鐘就會傳來一次解放發電廠的訊息。

〔有人成功解放了發電廠！〕

考慮到先前遲滯的狀況，這個速度簡直令人難以置信。

不久後，大量消息湧入勒內的頻道。

〔『匿名神88』控訴著請求停止！〕

〔『匿名神94』尖叫著惡魔！惡魔！〕

〔『匿名神324』懇求勒內叫那個惡魔住手！〕

勒內站上鄰近的制高點確認情勢，她發現遠方成功奪回的發電廠升起綠色光柱，大多數都是彼此相鄰的發電廠。

A-57, A-58, A-61……

確認號碼之後的勒內與柳納德相互對望，低聲輕喃。

「天啊。」

「不會吧。」

那些發電廠，全都位於宰煥駐留的區域。

5.

「有人成功解放了發電廠！」

照理說，縱然以再快的速度占領發電廠，也不可能快到這般地步。

起初是每隔三十分鐘占領一座發電廠，過了一小段時間變成每隔二十分鐘，不久後又演變為每隔十分鐘占領一座。

勒內出神地喃喃自語。

「他到底都幹了些什麼？」

望見另一端急速升起的綠色光柱，勒內轉頭看向同伴。

「我們也不能輸。」

必須在剩下的時間裡，設法讓更多的神支持他們，因為占領發電廠不過是第七層任務的開始罷了。

更加怪異的事情卻在此時發生了。

「我、我做！我會聽妳的，拜託別把我送去另一邊！」

「什麼？」

「其實我從以前就想當恐怖分子了。」

勒內喚醒的神開始主動掙脫蟲繭，他們莫名驚恐地望向另一端升起的光柱，身體頻頻發抖。

「有人成功解放了發電廠！」

〔有人成功解放了發電廠！〕

訊息接二連三地浮現，就這麼過了幾個小時。

〔已滿足『選舉』的發電廠解放條件。〕

〔支持『恐怖分子』的居民人數超過一定數量。〕

〔『選舉』開始。〕

終於，第七層的第二階段開始了。

柳納德呆愣地站在忙碌奔波的人群之中。

「這麼快？我還是第一次這麼快進入第二階段。」

「終於開始了。」

「什麼東西要開始了？宰煥先生都還沒回來呢。」

「柳納德，看看上面。」

一群無人機逐漸聚集在第七層的上空。蜂擁而至的無人機排成一道方形的隊列，隨後形成了一道巨大的螢幕。

片刻後，無人機組成的螢幕出現了影像。

〔選拔參與『選舉』的候選人。〕

〔系統將為可參選的候選人提供『參選宣言書』。〕

柳納德的眼前也浮現出訊息。

〔您已積累足夠的影響力作為參選人。〕

〔請填寫您的『參選宣言書』。〕

柳納德完全不明白為何莫名其妙就要寫參選宣言。

勒內向尚未理解規則的柳納德進行解釋。

「第二階段是『選戰』。在第一階段藉由拯救居民累積影響力的恐怖分子，可以在第二階段競選國王候選人。」

「如果獲勝就會成為國王嗎？」

「原則上是這樣沒錯。」

「所以妳才會叫我們別引起神的反感。」

柳納德望著眼前遞來的參選宣言書，思索了片刻。

「那我也可以寫嗎？」

「都可以啊，畢竟也不曉得我們之中誰會成為國王。」

既然如此——

柳納德抱着小腦袋開始填寫參選宣言書。

安徒生也在一旁拍打著翅膀，插上一句。

「那種政見怎麼可能贏得了選票？你應該取悅神才對。看看這個，至少該寫上這種政見……」

「祢才不懂，請安靜一點。」

片刻後，寫完政見的柳納德按下了發送按鈕。

其他候選人似乎也都準備完畢，正在等待螢幕上的結果。

終於走到這一步了！

勒內的臉色興奮地漲紅。

「諸位神祇！我相信你們！」

〔候選人開始進行政見發表！〕

螢幕隨即出現了新的影像。

〔編號Ａ，昨日之神阿爾戴那。〕

伴隨著歡呼聲，畫面中的阿爾戴那從露臺現身。

『將元宇宙第七層打造成天堂，再次回到我們夢想中的昨日。』

一段令人聯想到高級大廈廣告的開場白。

這彷彿是早已準備好的一套劇本，接下來的畫面是由阿爾戴那逐一照顧七層神祇的場面串連而成。

『我將為不想工作的神祇提供完美的照料服務，為各位提供不用照顧也能好好茁長成大的信徒，以及各種新潮的訂製配件送貨到府服務。』

不僅調動無數傀儡及無人機照顧蟲繭中的神祇，甚至根據不同世界觀提供相應的照料服務，畫面中接連出現神祇如嬰兒般洋溢著幸福笑容的模樣。

『神的辛勞值得回報。為了信徒一生辛勞的您，在元宇宙第七層找回失去的自我吧。』

若是那些經歷艱辛登上這裡的神祇看到這則廣告，肯定會感動得一把鼻涕一把眼淚。

『只為您著想的候選人，編號Ａ，昨日之神阿爾戴那。』

實際上，也有些匿名神被這則廣告觸動內心，一個勁地抽噎。

「我們也不能輸。」

〔編號Ｂ，勒內。〕

勒內握緊拳頭，高聲大喊。

彷彿為了這天準備已久似地，開場畫面中身穿柔和色系洋裝的勒內正在轉圈圈。

〔『賽蓮ＴＶ』抱怨您的風格與她太過相似。〕

〔『只會砍擊ＴＶ』支持勒內！〕

〔『匿名神583』支持勒內！〕

接著，勒內的政見開始播放。

「我是編號B的候選人勒內！」

不同於她清新宜人的開場白，勒內大多數的政見都很認真，她準確地區分出自己能力範圍內的事情，並沒有將自己提供不了的便利服務作為政見。

她與阿爾戴那政見之間的關鍵差異如下。

「我將還給諸位被聯盟不當剝削的托拉斯。」

勒內準備的影片中，同時也揭示了第七層不實廣告下的真實情況。

在第七層的服務之下，神祇的世界觀仍舊逐漸衰退，以及花完僅剩的托拉斯後，將被趕出第七層的殘酷現實。

〔『匿名神94』大喊影片內容是造假的。〕

〔『匿名神986』看了該影片後感到十分痛苦。〕

接下來的參選者是德瑞克的代行者，皮爾格林。

「本人作為德瑞克代行者，若是成為國王，將用龍骨改建王城，提升龍的威嚴，舉辦每周兩次獵龍活動——」

……

下一位是疾光之神雷伊雷伊。

「那、那個，要、要是我成為國王……」

〔『匿名神48』表示平常口齒伶俐的傢伙怎麼變成這樣。〕

〔『匿名神535』說這種傢伙不能選。〕

……

其中也有中階神蓋爾。

「要是我成為了國王，第七層的所有中階神都能分一杯羹……」

〔『匿名神94』表示中階神小嘍囉滾一邊去！〕

柳納德拍了拍鬱悶低下頭的雷伊雷伊肩膀。

「別介意，你做得很好。」

「可、可惡。因為這是我第一次在這麼多神面前說話……下一個是你嗎？」

「對。」

柳納德充滿幹勁地點了個頭。

不一會兒，柳納德的臉孔占滿了畫面。

〔編號F，柳納德。〕

咳咳，輕輕咳嗽一聲的柳納德開口了。

「咳，大家好。」

或許是因為很少有小孩子出現在候選人之中，看見柳納德臉龐的神祇都相當好奇。

〔『匿名神48』喊著柳納德加油！〕

〔『匿名神 148』表示柳納德果然是最棒的。〕

柳納德平靜地念起他準備好的演講稿。

「如果我成為國王，我將給第七層的所有神祇一人一百萬托拉斯！」

……

經過一陣激烈的政見對決之後，柳納德與其他神祇坐在一塊，一起注視著天上的螢幕。

〔片刻後將公布開票實況。〕

「贏得了嗎？」

「就算靠著你那荒謬的政見贏了，我們哪來那麼多的托拉斯……」

雷伊雷伊低聲嘟囔。

勒內便說道：「只要能多得一票都行，因為我們的票數最終會合併在一起。由於恐怖分子這方處於劣勢，因此在選舉過程中可以集中票數。」

盡可能提名多位候選人，分散阿爾戴那的選票，並將分散的票集中一處，這就是勒內的策略。

〔當前投票率為 54.4%。〕

問題是從百分比五十四開始，投票率便毫無顯著的成長。

柳納德說道：「看來還有不少尚未投票的神。」

片刻後，投票結果浮現在天空中。

〔投票實況結果公開！〕

＋

當前開票率：38.3%

1. 阿爾戴那 405,434 票
2. 勒內 157,123 票
3. 柳納德 34,123 票
4. 雷伊雷伊 8,731 票
5. 蓋爾 351 票
6. 皮爾格林 163 票

＋

「哇，我是第三名！得到了三萬多票！」

大吃一驚的柳納德猛地站了起來。

其他神祇的表情卻不怎麼開心。

「票太少了。」

從第二名的勒內到第六名的皮爾格林，就算把恐怖分子所有的票數家總，也僅僅勉強達到二十萬票。

另一方面，阿爾戴那整整獲得了超越他們兩倍的四十萬票。

雷伊雷伊苦澀地低喃。

「這是不是就代表有這麼多神盼望時光停滯不前？」

選舉已迅速進入中後期，再這樣發展下去，誰會成為下一任國王已顯而易見。

〔新候選人出現。〕

這時，第七位候選人現身了。

✝ ✝ ✝

王城「昨日正午」。

阿爾戴那一邊觀看顯示開票結果的螢幕，一邊與參謀團隊分享慶祝的香檳。

『這次也辛苦各位了。』

『別這麼說，這都是歸功於阿爾戴那大人平時人品高尚。』

阿爾戴那自豪地看著他的參謀團隊。

這是與她共事長達五百年的祈禱聯盟的參謀團隊。

從選民偏好分析，乃至操縱輿論，正因有這些在選舉戰場上戰無不勝的無敵智囊，阿爾戴那才能在過去的五百年享受史無前例的長期統治。

這次的投票看起來也沒什麼變數。

『賈斯蒂斯，你真的死在這些蠢蛋手裡嗎？』

那名傳言中一擊殺死三位元宇宙六神的裸體刺擊確實令人有些憂心，但如果戰場在第七層，她有信心即使是七大神座也無法將她擊敗。

特別是得到如此壓倒性支持的情況下，結果更是不需多言。

阿爾戴那凝視著畫面中安徒生頻頻振翅的烏鴉模樣。

『妳變了很多，安徒生。』

曾經有一段時間，她與安徒生一同攀登元宇宙，那是她被尊奉為「四大英雄」的時期，那時候的日子也不算糟糕。

然而，安徒生追求的世界與阿爾戴那期望的世界，在本質上存在著巨大差異。

『妳是否依然妄想著神祇和信徒平等的世界？』

阿爾戴那既不喜歡神，也不喜歡信徒。

她最初攀登塔的目標，僅僅是為了終結這所有爭端，建立屬於自己的小天堂。

『一群蟲子。』

望著困在發電廠蟲繭裡作著昨日之夢的神，阿爾戴那冷冷地笑了。

那些神是她進行了五百年的神祇飼養專案的產物。

她將所有進入元宇宙的神囚禁在第七層，從他們身上獲取無窮無盡的世界力，以維持聯盟的存在，並且提供各種便利及享樂服務，使他們變得孱弱無能。

最終將他們變成匿名神，為發電廠提供能量。

就這樣，開始神祇飼養計畫至今已有五百年的時間，無數神祇一個個踏入她的陷阱，阿爾戴那的「昨日」最終形成了一個系統。

如今這個地方的神祇即便被剝奪世界力也毫無怨言，他們將無處可去的憤怒宣洩在小兄弟網路之中。

而阿爾戴那甚至利用了這些憤怒。

〔『匿名神94』批評候選人『柳納德』的政見一塌糊塗！〕

〔『匿名神88』攻擊候選人『勒內』平時的言行！〕

阿爾戴那僅僅通過操縱那些匿名神，就能左右元宇宙的輿論。

現今，阿爾戴那相當確信，無論誰出現，這座王國都絕不會垮臺。

〔新候選人出現。〕

看見螢幕上浮現的訊息，阿爾戴那不禁嗤笑。

『現在才參選？選舉都差不多結束了。』

然而參謀的神情有些怪異。

阿爾戴那察覺到事情不太對勁，謹慎地問道。

『發生什麼事了？』

『那個，最後一位參選人的支持率很古怪。』

『預計支持率為百分之三十……不對，已經超過百分之三十五了！』

這怎麼可能？

假若情況屬實，恐怖分子一方的總得票率將超過阿爾戴那。

接著，螢幕上出現了最後一位候選人。

『果然是他。』

正如阿爾戴那所料，最後一位參選的候選人是裸體刺擊。他一亮相，立即在小兄弟網路引起了轟動。

目前為止尚在預料之中。

這回選舉中，裸體刺擊是最危險的競爭對手。

『那傢伙的政見內容到底是什麼？怎麼會——』

一位參謀將喇叭的音量調高，不久後便傳來了宰煥的政見發表內容。

「『昨日』已經結束了。」

宰煥說著，同時從懷裡取出一樣東西。

阿爾戴那瞇起雙眼，注視著宰煥手中緊握的物品。

她很清楚那是什麼。

『那東西怎麼會在他手裡——』

那是智漢持有的時間方塊，是為了將神禁錮於提高時間倍率的時間牢籠裡所製成的配件。

除此之外，還發生了更令人吃驚的事情。

「順便說一句，這不是政見。」

在宰煥使用方塊的瞬間，一道耀眼的光芒閃現，他周圍被囚禁在發電廠的匿名神也隨之消失了身影。

片刻之後。

〔『匿名神 635』叫苦連天！〕

〔『匿名神 675』大聲求救！〕

〔『匿名神 664』高喊著請求停手！〕

……

以異常速度鋪天蓋地而來的訊息。

又過了約莫十分鐘，匿名神自方塊一擁而出。

『那究竟是怎麼回事？』

從方塊出來的神祇有些地方不同了。
與進入方塊前相比，眼瞳變得清澈無比，面容更加健康。
太奇怪了。若是剛從蟲繭中醒來，他們應該無力動彈，萎靡不振才對，那威風凜凜的神情究竟是怎麼一回事？
一眾神祇像軍隊般列隊站在宰煥的身後，站在最前方的神替宰煥披上大衣。
宰煥若無其事地輕拍衣服上的灰塵。
「此刻起，你們將活在『今日』。」

6.

匿名神九十四識到有人在搖晃蟲繭裡的他。
「喂，新兵，起來！」
腦中閃過一股直覺，該來的終於來了。
他曾經從同住在第七層的同僚神那裡聽聞類似的事情。在第七層沉睡久了，總有一天會被恐怖分子弄醒。
曾經身為同僚的匿名神三十七這麼說過。
「總結來說就是倒楣。不過別擔心，反正他們也不能得罪你，畢竟要是想獲得選票，就不能傷害我們這些匿名神。」
因此，匿名神九十四沒有特別擔心。
反正恐怖分子的勢力也就那麼一丁點而已，大多數都是在選舉開始前，就被阿爾戴那剷除的傢伙。

匿名神九十四神經質地甩開那隻搖醒他的手。

「啊，別管我了！我正忙著抽獎，幹嘛——」

一記熱辣的耳光抽在了臉上。

「啊！幹……幹什麼？」

痛楚蔓延至整張臉頰，傀儡身上傳來的疼痛令他留下了幾滴眼淚。

究竟有多久沒感受到這種疼痛了呢？

正當震驚的匿名神九十四打算破口大罵的瞬間——

啪！

另一邊的臉頰也挨了一巴掌。

臉部腫脹的感覺與委屈一同湧上心頭。

是誰？

儘管他現在的身分是「匿名神九十四」，但他好歹也曾經是深淵的高階神祇。

「你、你到底幹什麼——你以為我們會放過你嗎！」

一隻手突然伸入蟲繭內抓住他的衣領，將他摔在地上。

正當他內心想著到底是什麼傢伙做出這種愚蠢的行為之際，抬頭一看，模糊的視線中他見到了犯人的面孔。

「匿、匿名神三十七？你為什麼——」

犯人是不久前與他同住在第七層的同僚，對方正是那名給予他關於恐怖分子建議的當事人。

然而，那傢伙的狀態有些怪異。

「我不是匿名神三十七了，快點起來。」

「你、你這是在做什麼，你到底為什麼——」

九十四九十四感覺自己被拖至某個地方。

一段時間之後，黑暗中逐漸顯現出周圍的景象。

空蕩蕩的洞穴裡，一群赤裸的匿名神正蜷縮著身子。

數名發現匿名神九十四的神祇喜出望外地打招呼。

「喔？」

「你也來啦？」

雖然已在「昨日」度過了兩百年的歲月，這種陌生的經歷還是初次遇到。

不曉得「昨日」的神祇是否曾像這樣同時被綁架過？

匿名神九十四向附近的一位神問道。

「喂，八十六，這到底是怎麼一回事？」

他環顧了四周，發現到處都是平時在昨日經常見到的面孔。無論是炫耀抽出新款造型的匿名神九十八，還是賣弄得到傳說級配件的匿名神八十三……

在這個地方，所有人都只是「赤裸的匿名神」罷了。

「別擔心。雖然不曉得發生了什麼情況，但很快就會解決的，阿爾戴那不可能放任這種事情不管。」

然而，無人機沒有來拯救他們。

即便時而能聽見從某處傳來的嗡嗡聲，但那股聲響隨即便與墜機的轟隆聲一同消失得無影無蹤。

他們逐漸陷入了恐懼之中。

究竟發生了什麼事？

而後，黑暗中傳來了說話的聲音。

「看來大家一開始的想法都差不多，認為隨著時間的推移，總會有人來救你們。」

匿名神吃驚地四處張望。

在哪裡？聲音是從哪裡傳來的？

「抱持著這種想法的傢伙都死了。」

上方的聚光燈一打開，一名男子出現在洞穴的中央。

是裸體刺擊。

「啊，是裸體刺擊！」

「果然是那傢伙幹的！」

「放開我們！你這是在幹什麼！」

匿名神同時開始抗議。

而匿名神九十四也趁機跟著大罵。

「你這種恐怖分子是不會成功的，不管你做了什麼，我們都不會支持你！」

「大家齊心協力，幹掉那小子根本不算什麼！」

宰煥笑著反問。

「是嗎？那就試試看。」

沒有任何一位神祇真的動手。

這裡的每個人都知道，那個裸體刺擊，是隻身解決三名元宇宙六神的傢伙。

即便所有人聯手能戰勝他，大多數還是會被他的刺擊貫穿一命嗚呼，而他們也無法保證自己是否會是那其中之一。

「可惡，無法移動連結，這又是什麼情況？」

更糟糕的是，不知為何，就連神祇也無法逃離這個空間。

「沒人上來挑戰，那我就當各位沒有異議了。」

於是，神祇的「今日」就這樣開始了。

† † †

「前滾翻！」

「前滾翻。」

「後滾翻！」

「後滾翻。」

看著一眾神祇認真地進行前後翻滾的詭異訓練，匿名神九十四不禁開始懷疑自己到底在做些什麼。

「這到底是什麼東西？」

僅僅一個鐘頭前，沒有任何神祇聽從那傢伙的話，有些神堅決不參加那傢伙指示的訓練，也有些神唯我獨尊地躺在一旁。

但是過了十分鐘、三十分鐘之後，待他回過神來，卻發現大家正成群結隊地前後翻滾。

「前滾翻！」

「側、側滾翻！」

「你為什麼不動？」

「翻滾！」

匿名神九十四也成了其中的一員。

原因很簡單。

——我不想死。

縱使他們都是強大到足以登上第七層的神，同時卻也是被困在昨日裡，度過數百年歲月的神。要他們用形同廢渣的傀儡與能力與能和元宇宙六神比肩的裸體刺擊進行戰鬥，本就是天方夜譚，毫無邏輯可言。

那些受阿爾戴那指揮的了不起的無人機不曉得都跑去了哪裡，連個影子都見不到，剩下的唯有受苦的時光。

「等著瞧吧，只要我狀態恢復，那種傢伙算什麼。」

「大家再堅持一下，昨日之神很快就會來救我們了！」

「就算昨日之神不來，他也沒辦法一直這樣下去，反正他們遲早會被趕出第七層。」

「啊，對啊，沒錯！」

匿名神齊心協力地參與了訓練。

只要再堅持一下就好了。

再撐一陣子，那個該死的裸體刺擊也會自討沒趣，主動離開。

就這樣過了一個小時、兩個小時、三個小時……最終過去了整整十二個小時，匿名神九十四察覺到事情有些不對勁。

「為什麼都沒人來救我們？」

他們整天做的事情就是前後翻滾（偶爾還會側翻），活蹦亂跳地做著奇怪的體操，以及練習刺擊。

「動作不對。」

不僅如此，如果刺擊的姿勢不對，裸體刺擊便不將那算作刺擊。

「我到底為什麼要學刺擊啊。」

於是，匿名神九十四開始進行刺擊。

一遍又一遍，刺了又刺。

就這樣過了一天、兩天、三天、十天，一晃眼就是一個月。

「為什麼都沒有人來救我們啊！」

即便大聲喊叫也沒有任何回應，周圍只有全神貫注於刺擊的神祇。

「成功刺擊五千次了！」

「做得很好。」

「嘿嘿。」

不知不覺間，匿名神紛紛沉迷於刺擊，以獲得宰煥讚揚為目標而度日。

就這樣一個月、兩個月、三個月，時間不停地流逝。曾以為一兩天就會放棄的裸體刺擊依舊不斷訓練他們。

刺擊。

後滾翻。

前滾翻。

——他這人怎麼那麼奇怪。

包含匿名神九十四在內的神祇早已放棄了求救。

不知為何，救援始終沒有到來。他們被拋棄了。

如今，他們必須靠自己活下去。

從那時起，匿名神九十四開始正式進行刺擊。

不再是出於對死亡的害怕而刺擊，而是為了生存而刺擊。

「為了健康的靈魂！」

一遍又一遍，不斷刺了又刺。

「健康的神降臨了！」

時間無情地流逝，一年、兩年、三年、四年……

在他沉浸於刺擊，甚至忘記了時間的某一天，匿名神九十四終於達成了五萬次的刺擊。

「咦？」

當他清醒過來時，他的傀儡已經發生了變化。

蟲繭中原本鬆弛無力的身體充滿了精力，他體驗到了猶如許久以前與代行者共同穿梭在深淵中的年少時期的感覺。

沒錯，就是那種感覺。

在反覆刺擊的過程中，腦海中的雜念逐一消失。

他遺忘了昨日裡那些腐爛的配件和造型，把即將出現新抽獎活動的壓力　諸腦後，也不再因其他神祇獲得卓越配件而心生忌妒。

如此，他漸漸忘記了「昨日」。

取而代之的是，他的腦海中充滿著汗水淋漓的今日。

「神。」

「您真的回來了嗎？」

以及，隨後逐漸傳來的信徒聲音。

「馬爾提斯大人。」

匿名神九十四，他曾被稱為草原之神馬爾提斯。

「你可以離開了。」

「什麼？」

馬爾提斯轉身看向搭著自身肩膀的宰煥。

宰煥下巴示意的方向有一扇通往外頭的門。

「可、可是……」

「去吧，去了就會明白。」

馬爾提斯愣愣地凝視著那扇門。

終於可以出去了。

但另一方面，他也對此感到恐懼。

外頭的時間不曉得過去了多久？走出這扇門之後，他將會面臨什麼樣的境遇？

最終，馬爾提斯克服了恐懼，打開門走了出去。

「呃啊啊啊！放開我！」

「啊啊啊啊！救救我！」

這是怎麼一回事？

踏出門後，他面對的是被困進神祕洞穴之前，最後一眼所見的景象。

匿名神被拖出發電廠，然後被吸入方塊中。

馬爾提斯查看了時間，接著懷疑起自己的眼睛。

「只過了十分鐘而已？」

馬爾提斯看著自己從中出來的蟲繭。

匿名神94。

等待著他的蟲繭，彷彿才剛被撕裂開來沒多久。

還不遲，他可以再次回去。只要進入那個蟲繭，他就能完整找回在昨日享有的一切。

——只要他現在馬上回去。

「啊。」

但為何他的腳步文風不動呢？

馬爾提斯茫然地抬頭仰望天空。

選舉仍在進行，他也還在第七層，一切都沒有改變。

不對，或許……

有了一些變化。

馬爾提斯瞥了他曾經陷入沉睡的蟲繭一眼，轉身離開。

「喂，馬爾提斯，你結束訓練了嗎？」

找回名字的神祇拍了拍他的肩膀，經過他的身邊。

他們正在將沉睡於蟲繭內的匿名神拉出來。

「我們趕快開始整理這一區吧。」

為什麼？

原因十分簡單。

因為他們希望其他神祇也能體會到這種感覺。

馬爾提斯看著放置在鄰近發電廠的蟲繭。

匿名神 324。

這個編號正是那個總是喜歡炫耀新款造型的傢伙。

片刻後，匿名神三二四悽慘的尖叫聲在空中迴盪。

望著對自己出言不遜的匿名神三二四，馬爾提斯微微一笑。

「訓練時間到了，新兵。」

也許成為恐怖分子並沒有那麼糟糕。

✝ ✝ ✝

宰煥低頭看著劇烈震顫的時間方塊。

〔『時間方塊』耐久度已接近極限。〕

這種作法也幾乎到了極限。

實際上，它能運轉這個功能已經是奇蹟了。

臨時填補被刺擊貫穿的裂縫，利用艾丹傳承給他的技術力，將方塊變成一種類似噩夢之塔的道具。

對於有過建造噩夢之塔經驗的宰煥來說，這是一種可行的方法，但是就連他也沒想到會有這麼好的效果。

最初只是隨便抓了些神祇扔進去轉幾圈，沒想到會發展到這種地步。

目前時間方塊的時間倍率是每十分鐘相當於十年。

換句話說，現實的十分鐘在方塊內等於十年，而每個小組都花了十年的時間才離開方塊。

承受時間壓力對於宰煥而言早已習以為常，於是他不斷鞭策這些神祇。

令人驚訝的是，那些經歷無數次訓練的神所發生的轉變。

「快點動起來！」

「下一個是那間發電廠！」

「宰煥大人，該區域的發電廠已經整頓完畢。」

從時間方塊出來的神祇就像試圖讓其他人體驗到那份情感，自發地撕裂附近的蟲繭，將其他匿名神拉出來。

「為了健康的靈魂！」

他們甚至創造了自己的口號。

「健康的神降臨了！」

宰煥將那些蠢蛋拋在後頭，仰望著天空中的螢幕。

從遠處來看，這或許也是種滅亡的景象吧。

✝ ✝ ✝

『我的第七層！我的第七層！』

遲一步透過時間方塊得知宰煥所作所為的阿爾戴那，嘴唇微微顫抖，低聲輕喃。

那種做法根本不合常理。

『到底、到底有什麼神會做出那種事情？那傢伙總共在方塊裡花了多少年的時間？』

不一會兒，傳來參謀團隊驚訝的聲音。

『整、整整兩百年的時間。』

將大把時間花費在訓練那些令人心寒的螻蟻身上，這本身就令人費解。

一個精神正常的人絕對不會做出那種事情。

『解放發電廠區的每一位神祇都支持那個人。』

甚至是此刻，發電廠的解放行動仍舊在持續進行。

『裸體刺擊的支持率正在急速上升！』

辛煥急起直追的得票率已不知何時超越了勒內，升到了第二名的位置。

最終，阿爾戴那作出決定。

『去準備選舉的最後鏡頭。』

看著螢幕上的辛煥，阿爾戴那的表情變得冷酷無情。

『我會讓你知道，昨日絕不會那麼容易消失。』

7.

眼看辛煥的得票數迅速飄升，恐怖分子一方的氣氛可謂熱烈至極。

+

當前開票率：65.11%

1. 阿爾戴那 435,231 票
2. 辛煥 361,501 票
3. 勒內 167,631 票
4. 柳納德 54,465 票
5. 雷伊雷伊 10,381 票
6. 蓋爾 543 票
7. 皮爾格林 321 票

+

「哦哦哦哦！」

「我就知道你做得到，裸體刺擊！」

「只要繼續保持團結，我們就能贏。」

歡呼聲從此起彼落。

柳納德也扯著嗓子高聲呼喊宰煥的名字。雖然他不太清楚是怎麼回事，但這次也是宰煥的功勞。

然而，柳納德的內心泛起了一絲空虛。

「這次換那邊的發電廠。」

「是！」

後方傳來匿名神的聲音。

柳納德不自覺地握緊了拳頭。

他也想幫忙。

「柳納德。」安徒生說道：「你不是神，有些事情是你做不到的。」

他明白，但這並不意味著他能因此說一句「我懂了」，並輕易接受這個事實。

因為他是宰煥唯一的信徒。

「安徒生大人不是也感受得到嗎？」

柳納德無法對宰煥此刻所經歷的情感視而不見。

宰煥是他唯一的神。

而為何他的神，在這一刻仍舊如此孤獨呢？

柳納德匆忙尋找宰煥，但周圍絲毫不見他的蹤影。

此時，浮現了新的系統訊息。

〔即將公布候選人民調現況！〕

「民調？」

「大家小心，那不是普通的民調——」

就在勒內的警告尚未結束之際，大量的訊息自如瀑布般傾瀉而下。

〔模仿賽蓮的■。〕

〔收起妳那■到不行的節目吧。〕

〔這種三流的節目竟然可以撐到現在。〕

〔剝削裸體刺擊就這麼好玩？〕

勒內的表情先是僵硬凝固，接著眾神踉蹌不穩的模樣映入眼簾。

柳納德隨即了然於心。

這是一種祈禱洪波。

〔雷伊雷伊是有口吃嗎？〕

〔他在昨日的時候就很目中無人，終於在這裡被徹底教育一番了。〕

疾光之神雷伊雷伊窄小的肩膀更加低垂了。

〔■的龍族狂魔。〕

德瑞克的代行者皮爾格林陷入了沉思。

〔中階神也敢來第七層？〕

中階神蓋爾的臉色迅速漲紅。

粗俗露骨的指責和謾罵不斷跳出，與此相應的是輿論的波動。

〔『匿名神 755』詢問那是否屬實？〕

〔『匿名神 548』要求勒內作出解釋。〕

「啊，那個——」

「等等，我根本沒說過那種話？」

解釋完一個，又會出現另一個需要辯解的問題，甚至還會有人質疑她的態度。

〔妳是在不耐煩嗎？〕

「不是，我沒有——」

〔妳以為賺了點托拉斯就可以目中無人了？〕

接踵而至的譴責砲火最終落到了柳納德身上。

〔你這種傢伙也算是裸體刺擊的信徒？〕

〔如果是我，我就會自行下車離開。你要是還有點良心，就在這層下車吧。〕

〔我找到了他噩夢之塔的紀錄，簡直就是一場糊塗。〕

起初還微笑應對的柳納德，也從某個瞬間開始盼望能摀住耳朵。

「喂，柳納德，振作啊！」

倉皇飛起的安徒生猛烈地拍打翅膀，急切地高喊。

「喂，快封鎖這些訊息！別再發送了！」

『妳現在就想要我停手了嗎？』

某處傳來了說話的聲音。

『這件事，妳覺得是能夠中途罷手的嗎？』

安徒生立刻認出了聲音的主人。

『憑著這種覺悟就想要當第七層的國王？』

「阿爾戴那！」

安徒生怒吼著。

昨日之神阿爾戴那，唯一一名聆聽著此處數百名神祇的聲音的「國王」。

螢幕上顯現出國王的面孔。

『你們聽見的不過是我收到的訊息中極小一部分，結果你們這麼快就想放棄了？』

此時，恐怖分子才意識到自己追求的身分是何等存在。

「每、每天都要聽這種東西？」

〔『匿名神 511』嘲笑恐怖分子。〕

〔『匿名神 675』詢問恐怖分子難道連這點覺悟都沒有就想成為國王？〕

在鋪天蓋地的訊息之下，柳納德的身體緩緩歪斜。

頭部即將爆裂的劇痛中，各種祈禱正侵蝕著他的靈魂。

〔快點發布新配件啊，這太貴了。〕

〔服務管理明顯有問題，白白吞了我的托拉斯嗎？〕

〔抽獎打折一下抽獎打折一下抽獎打折一下！〕

柳納德搖搖晃晃地低喃。

「我、我錯了，我錯……」

一隻巨大的手牢牢抓住了柳納德即將崩潰的身體。

那隻手觸碰到他的瞬間，柳納德感覺耳邊湧來的訊息徹底消失了。

「夠了吧。」

是宰煥。

隨後，阿爾戴那的聲音響起。

『始作俑者的不就是你嗎？裸體刺擊。』

「我做了什麼？」

『你任意破壞了我的蟲繭，還對他們注入奇怪的思想，使其墮落！』

「我什麼都沒做，是他們自己選擇活在今日。」

『選擇活在今日？』

阿爾戴那呵呵笑了起來。

國王的目光投射在偌大螢幕中，注視著離家出走的匿名神。

『眾神啊，我們曾一起共度的昨日，就那麼微不足道嗎？』

「閉、閉嘴！妳不就是在剝削我們嗎！」

「要是妳做得好，我們也會留在昨日！」

『剝削？你在說我嗎？』

阿爾戴那像是聽見了十分離奇的話，歪了歪腦袋。

片刻之後，螢幕上出現了阿爾戴那認真工作的模樣，享受昨日服務的神祇全都露出了幸福的笑容。

那些昨日，全都屬於這些選擇生活在「今日」的神。

「那不是我嗎……」

「我們有說想看那種東西嗎？」

「我們不會再回去的！」

阿爾戴那問道。

『讓我們努力過好今日，這話是不錯，但是諸位，你們在昨日也有努力生活嗎？』

「我們會變得有氣無力都是妳造成的！」

『你們也可以在昨日盡情地認真生活，沒有人強迫你們失去精力。』

彷彿是在呼應這句話一般，祈禱洪波洶湧而至。

〔今日一過，它終究會成為昨日，■蠢的神啊。〕

〔你以為醒悟的只有你們嗎？〕

『事到如今，你們還覺得自己能過好今日嗎？』

〔那幫傢伙現在百分之百後悔得要命。〕

『要想過好今日，昨日就該認真生活，如此一來明日才能過得更好。但是對於沒有我就無法好好度過昨日的你們而言，真的能擁有今日這種東西嗎？』

〔你們真的打算丟棄目前為止抽來的東西？〕

〔要把所有道具留在這裡，我們當然是感激不盡囉。〕

不知是否回想起了留在昨日的事物，神祇紛紛出現動搖的神情。

回到今日的神祇正在猶豫不決。

『仔細想清楚吧，你們現在可能會如大夢初醒般感到解脫，但很快你們就會明白，難道你們忘了深淵是什麼樣的地方嗎？曾被逐出激烈競爭中的你們，最終將會再度被淘汰。』

數名神祇顫抖著身體高聲否認，但他們的聲音太小了，甚至讓人無法聽清。

阿爾戴那繼續說著。

『疲於鬥爭的你們將會懷念過去，找尋舒適區，再一次想念這個地方。到那個時候，你們就會想——如果當時一直留在「昨日」會如何呢？』

提及此的瞬間，幾位神祇開始尖叫著再次奔向自己的蟲繭。

因為他們感到了恐懼。

彷彿是為了再添加最後一擊，阿爾戴那繼續發言。

『不必那麼努力生活，那並非幸福的唯一體現。請珍惜你們的昨日。』

沉重的寂靜降臨，神祇在這片寂靜中陷入沉思，正在仔細衡量曾經居住的昨日與他們選擇的今日，兩者之間的價值。

眾神猶豫不決。

——我能過好今日嗎?是不是被瞬間的覺悟沖昏了頭，而作出錯誤的選擇?

這番話語令一些在宰煥身旁踱步的神祇看了過去，他們都是堅信宰煥而走到這一步的神祇。

「妳說的對。」

他們充滿了期待。

如果是宰煥，肯定會替他們向阿爾戴那反駁。

宰煥的回應卻出乎意料。

「想回去的可以回去，反正我也沒期望過你們會一直留下來。」

驚愕的神祇全都彷徨失措，面面相覷。

宰煥接著說道:「就算留在我身邊，我也給不了你們任何東西。我不是你們的保母，管理世界觀、招攬信徒還有購買配件，這些都是你們該自己處理的事情。如果想要我替你們做這些事，那你們最好回去。」

宰煥深知，單憑多日活在「今日」的經歷根本無濟於事。

他獨自進行刺擊的時候也是如此。

「那種刺擊就算練再久也改變不了什麼。」

「要是我的話，就會利用這時間去學一些好技能。」

這麼說的那些傢伙，最終都被回歸之石迷惑，沉溺於夢魔的夢境。

就如同此刻的匿名神。

〔哈!裸體刺擊，他絕不會親口承認自己的錯誤。〕

〔用找朋友的藉口四處破壞，沒想到意外地冷血。〕

〔他朋友八成早就不知道被賣給哪個神，翹辮子了吧。〕

宰煥無視了祈禱洪波傳來的話語，反而轉身看向留在原地的神祇。

這裡的大多數都是不曉得該如何活在今日的神，因此他傳授了自己的刺擊，讓他們至少能依靠刺擊度過今日。

「留在這裡的人，我無法為你們做任何事情。你們現在只是因為辛苦生活了十年，才陷入了『活在今日』的錯覺罷了。」

神祇之所以產生活在今日的錯覺，只是因為他們剛掙脫垃圾般的昨日。真正的今日，是日復一日承受著那地獄般的日子所構建而成。

「將明天，以及後天活得像今日一樣，就是你們的事了。當然，幾乎沒有人能做到，你們最終又會變得懦弱無能，過著垃圾般的日子。如果你們能接受這樣的今日，就留在這裡吧。」

聽見這番話，數名神祇似乎下定了決心，轉身離去。他們選擇拋棄今日，重回昨日。

另一方面，也有些神因為宰煥的話語而意志高昂。

宰煥凝視著他們。

那其中，能撐到最後的神祇可能寥寥無幾，而即便是那些堅持到底的神祇，往後也難以發掘相較於自身所捨棄之物更為偉大的事物。

宰煥靜靜地仰望天空。

正如阿爾戴那所言，也許留在「昨日」的神，會比活在「今日」的神更加幸福也不一定。

「但是我能承諾一件事。」

而這或許就是他想要見證這個世界的盡頭的原因。

「那些駐留於昨日的傢伙。」

轟隆隆隆隆。

感應到自宰煥全身散發的氣勢，阿爾戴那尖銳地質問。

『你打算幹什麼？』

「很簡單，就像妳說的，今日過去之後，終究會變成昨日。」

宰煥緩緩抽出獨不。

「而你們全都會在昨日之中死去。」

匿名神的喧囂聲參雜在祈禱洪波之中，傳了過來。

〔不會吧……〕

〔怎麼可能，就算是瘋了也不會這麼做！〕

〔你刺啊，你刺啊！〕

徐徐燃著火焰的獨不，承載著滅亡之力。

『你是認真的？你應該明白幹了這種事會有什麼後果吧？』

宰煥沒有回應阿爾戴那。

『這裡是數千年間歷久不衰的第七層，不是你不高興就能輕易擺布的那種世界。』

「那妳就替他們擋下。」

『這——』

「做不到吧。」

焦躁不已的匿名神轉而發送訊息。

〔『匿名神481』問這是威脅嗎？〕

〔『匿名神528』說那只是在虛張聲勢。〕

〔『匿名神849』說反正居民死光了，恐怖分子就贏不了選舉。〕

〔『匿名神510』問阿爾戴那打算置之不理嗎？〕

……

而阻止宰煥的人並非僅有神祇。

「住手吧。」

宰煥看向搖搖晃晃朝著他走來的勒內。

「一旦越過這條線，你就再也無法回頭了。殺死這麼多神，你會成為深淵的公敵啊。」

「……」

「不，是否成為公敵不是重點。做出那種事情後，你就無法過上正常的生活，就算是你，也無法承擔那樣的罪孽。」

此刻也深受祈禱洪波折磨的勒內，她的眼眶堆著沉沉的陰影。

宰煥明白。

此時勒內之所以阻止他，是因為她曉得什麼是正確的事情。

宰煥也了解這一點。

毫無疑問，有人會作出不同的選擇。

一位善惡分明，寬恕所有神祇，並試圖拯救所有神的人。

「妳肯定是一位好的神。」

那副彷彿知曉勒內真實身分的口吻，令她不禁肩膀一震。

宰煥靜靜地笑了。

「但我不是為了成為那樣的存在才來到這裡。」

宰煥的獨不動了起來。

勒內的吆喝、神祇的高喊，與阿爾戴那的話語相互交織。

『別擔心，那傢伙沒辦法傷害大家，第七層不容許這種恐怖行動。屬於我的國家，屬於昨日的你們，無論發生什麼事，我都會——』

隨後，阿爾戴那的聲音消失了。

下一瞬間，置身昨日的眾神明白了一個事實。

此刻他們的眼前，正發生著一件元宇宙前所未有的事情。

令人啼笑皆非的是，最後意識到這個事實的，竟是那些直到最後仍無法相信眼前現實的昨日的神祇們。

沿著宰煥的劍擊，第七層的世界逐漸準確筆直地一分為二。

接著，一道訊息聲傳來，宣告了元宇宙眾神永遠難以忘懷的「今日」。

〔共有 197,412 位神祇於元宇宙第七層死亡。〕

8.

那日，成千上萬的訊息瞬間湧入，幾乎令整個小兄弟系統癱瘓。

〔龍神『德洛伊安』張口結舌。〕

〔明神『貝爾格荻』瞪大了眼睛。〕

〔終結必至之神『塔納托斯』感受到了狂喜之情。〕

〔赤龍之神『德瑞克』掩不住驚訝。〕

……

無盡的訊息鋪天蓋地而來。

其中也包括火焰之神伊格尼斯。

「伊格尼斯大人，那小子好像瘋了耶。」

伊格尼斯的代行者凱洛班不敢置信地輕聲嘟囔了一句。

〔共有 197,412 位神祇於元宇宙第七層死亡。〕

神祇大量死亡這件事情本身並沒有問題。一旦聖戰爆發，本就會有許多神祇葬身各處。

然而，竟然有將近整整二十萬名神祇瞬間死亡。

而且僅僅是因為一記刺擊。

凱洛班再度低聲嘀咕著。

「雖然早就知道了，但他真的是個不折不扣的瘋子。」

除了裸體刺擊之外，當然也有其他能一舉屠殺二十萬名神祇的存在。但就算是七大神座，也不會輕易這麼作，因為它帶來的後續影響無論是誰都難以承擔。

轟隆隆隆隆。

伴隨著撼動大地的聲響，浮現了前所未見的訊息。

〔『小兄弟』訊息發送功能暫時中止。〕

事情的發展顯而易見。

從元宇宙內部巨量湧入的訊息超出了小兄弟的系統負荷。

凱洛班關心地問道：「神，如果繼續放著不管，他會死的。」

『所以呢？』

「您不是他的粉絲嗎？」

『誰是他的粉絲啊。』

「少裝了，明明就立刻通過傳送陣過來這裡。」

凱洛班咯咯輕笑，仰望著元宇宙的天空。

由於匆忙透過官方傳送陣移動至此處，不久後大概就會出現七大神座火焰之神伊格尼斯親臨卡斯皮昂的傳聞了。

伊格尼斯念叨道。

『反正也進不去。』

「中立協議有那麼重要嗎？」

『目前是。』

儘管已經來到這裡，伊格尼斯卻無法進入元宇宙，這是因為不久前在神聖殿堂會談所作的決定對她不利。

『我們缺乏證據。況且，目前情勢不允許三席與五席之間相互對立。』

她並非無法理解其他神祇的選擇。

上一回七大神座之間的戰爭，徹底摧毀了第八站點的北部邊界。

在深淵中，七大神座之間的戰爭簡直是一場災難。

「先在這慢慢晃一下吧，說不定會出現可以介入的理由。」

『確定不是因為你想欣賞卡斯皮昂的美女嗎？』

凱洛班早已留神凝視著遠方女信徒的背影。

『你都快把人家看穿了，她是你的菜嗎？』

「不是那個意思，祢認真看看。」

伊格尼斯不情不願地望向凱洛班指向的地方。

一襲黑衣的女人正透過高級通行證的入口進入元宇宙。

『挺漂亮的。』

「那不是重點，妳看看那女人的武器。」

女人帶著一名護衛消失在塔的方向，她的腰間戴著一條鎖鍊。

而整個深淵，沒有人不曉得那把鎖鍊的主人是誰。

伊格尼斯的聲音轉冷。

『龜裂的傢伙為何會出現在這裡？』

✝ ✝ ✝

「雪荷，這真的沒問題嗎？妳甚至沒獲得裂主的許可。」

「現在沒時間等那種東西了。」

龜裂第二團長，柳雪荷豎起黑衣衣領，迅速環顧四周。慶幸的是，湧入高速通行入口的人群中，並沒有人認出她來。

「恩璽失聯了。」

「陳恩璽？她進去了？」

「是裂主的命令。」

「她現在還不足以應付元宇宙六神啊。」

「就是啊，不曉得裂主為何要讓一個小孩子進來這裡。」

柳雪荷皺了皺眉頭，似乎有些煩躁。

男人問道：「她最後聯絡的人是誰？」

「有跟清虛師父通話的紀錄。」

「什麼？那老頭還活著？」

「嗯，不過現在重點不是那個……」

站在高速通行入口前的柳雪荷瞥了男人一眼。

「你真的要一起去？今井你也有可能會被捲入其中喔？」

男人聳了聳肩。他的身材矮小，背後揹著一柄比身體更長的武士刀。外貌雖平平無奇，但他是深淵中少數能與柳雪荷不分軒輊的存在。

深淵的諸神稱呼他為龜裂第三團長，今井勝己。

今井開口說道：「聽說那傢伙在這裡。」

「那傢伙？」

「妳打算裝傻到底嗎？妳之所以進來，不單單是為了恩璽吧。」

柳雪荷闔上了嘴。

原本還盼著對方不知情，但顯然早已被看穿了。

也是，畢竟最近深淵中不認識他的神祇也寥寥無幾了。

今井奚落道：「妳又打算招攬他？那傢伙看起來有點奇怪。」

「如果能讓他加入，肯定會派得上用場。」

「他就那麼強嗎？」

柳雪荷稍作猶豫。

「強。」

「比妳還強？」

「當然了，我肯定更強，但是該怎麼說呢……那傢伙身上有一些無法理解的部分。」

柳雪荷的話語令今井的眼瞳微微瞠大。

無法理解。

這是一個常用的形容詞彙，但對於覺醒者而言是個相當特別的說法。

尤其是當說出這番話的人是龜裂的第二團長柳雪荷。

今井低聲輕喃，似乎感到有些新奇。

「真令人期待。」

這時，附近的地面開始劇烈震顫，那是自塔的高層傳來的震動。

柳雪荷神情一凝。

「動作快。」

✝ ✝ ✝

轟隆隆隆隆。

懾人的風暴餘波席捲而過，一片斷垣殘壁的第七層，堆積著如屍體般的無數條訊息。

「……大為震驚……」

「……■□■□■□……」

「……厭惡著……」

訊息大多數都是斷斷續續的狀態。

這也是情理之中的事，絕大部分神祇在這場災難面前，甚至沒能說出遺言便喪失了性命。

這是僅僅一記刺擊引發的大浩劫。

「這、這是怎麼……」

就連果敢大膽的勒內，聲音也頻頻顫抖。

包含雷伊雷伊、皮爾格林、柳納德，還有蓋爾，所有恐怖分子的成員都在懷疑自身眼睛所見的景象。

面對這幅景象，唯獨安徒生沒有絲毫動搖。

「對於某些人來說，這可能是死亡，但對其他人來說也有可能是解脫，得先看清楚被摧毀的是什麼東西再說。」

聽見這番話，眾神這才低頭俯視那些在地上滾動的蟲繭。雖然是記彷彿要摧毀一切的刺擊，但仔細一瞧，沒有任何蟲繭受到真正的破壞。

宰煥摧毀的只是連結蟲繭與昨日之間的設施。

雷伊雷伊簡直不敢置信。

「怎麼可能——」

掉落在地上的蟲繭中，有某些東西一個接一個緩緩蠕動著身軀，爬了出來。

那些全都是匿名神的代行者，或者傀儡。

受到了乘載滅亡之力的攻擊，其中有些連接至昨日的神祇已然徹底消亡，然而他們的代行者和傀儡並未受到傷害。

「啊啊，啊啊啊……」

認出宰煥的人們用著空洞的眼神朝他伸出手。

神祇在「昨日」享樂的期間，始終擔任其「外殼」的人們。

對於神祇而言，他們至少擁有「昨日」，而這些人卻什麼也沒有。

如同從無期徒刑的監獄中被釋放出來的罪犯，無數代行者流著茫然空虛的淚水，哽咽地吐出呻吟。

宰煥再度舉起獨不，刺向前方。

轟隆隆隆隆！

伴隨著駭人的風暴，位於一行人東方的發電廠全都化為灰燼。

〔共有91,698神祇於元宇宙第七層死亡。〕

一擊似乎不夠，再來一擊。

一行人臉上滿是不解，他們對於宰煥究竟在做些什麼毫無頭緒。

有時候，過於龐大的數字會讓大腦無法計算。

安徒生說道：「大家振作啊，反正這是命中註定的。」

「可、可是這也太過分了。」

「打從一開始，這場選舉就是在作秀罷了。」

〔選舉活動緊急中止。〕

〔『國王』利用權力在第七層全境發布『緊急戒嚴令』。〕

位於第七層中心區域的主要發電廠上閃爍著紅色的警示燈，發電廠大門一開，大量的無人機與警衛犬湧了出來。

「現在開始就是真槍實彈了。」

隨著不祥的世界力籠罩整個第七層，宰煥再次準備發動刺擊。相較於先前，此刻縈繞於獨不劍身之上的世界力更為猛烈。

『你作出了愚蠢的選擇。』

伴著強烈的憤怒，天空中傳來了爆炸的聲響。

『從現在起，你們當中無人能在第七層中幸免於難。』

第七層的天空籠罩著一片黑影。

「大家打起精神。」

安徒生隨即認出了那個東西。

那是過去數百年來聚集於元宇宙第七層的龐大世界力本體。

聖域開顯——昨日。

世界力鋪展成巨大的傘狀，開始包圍第七層。

定睛一瞧，那彷彿就像一個足以完全包圍第七層全域的龐大蟲繭。

再這樣下去，他們都將被蟲繭徹底吞噬。

宰煥看了同伴一眼，衡量著自身位置到大型蟲繭的外壁與主要發電廠之間的距離。

然後，他作出了判斷。

「你們逃吧，逃到那傢伙的聖域無法觸及的地方。如果辦不到，就去找下去第六層的方法。」

「宰煥先生呢？」

然而，柳納德詢問的對象早已不在原位。

宰煥的獨不朝著主要發電廠的方向疾速移動。

世界刺擊。

刺擊準確地瞄準主要發電廠的核心位置射了出去。

主要發電廠是作為「昨日」神經樞紐的地方，那裡一旦崩潰，即便是阿爾戴那也無可奈何。

轟轟轟轟！

孰料宰煥的刺擊被成群的無人機與警衛犬擋了下來。

他朝著那些警衛犬及無人機發動刺擊。全力以赴，絲毫不保留一點世界力，宛如一臺坦克般輾壓前進。

不知不覺間，主要發電廠已近在眼前。

宰煥毫不猶豫地將獨不插在主要發電廠的牆面。

聖域開顯——滅亡後的世界。

以獨不為中心，鄰近的地區迅速變成了宰煥的聖域。

阿爾戴那不以為然地笑著。

『太遲了。』

而與宰煥擴展的聖域相比，阿爾戴那蟲繭的形成速度更快。

「宰煥先──」

正當柳納德呼聲傳來的瞬間，眼前的景象開始劇烈搖晃。五感混亂，現實感知受到干擾，和初次踏入第七層時的感覺相同。

宰煥同時發動猜疑與理解，勉強維持住動搖的感知平衡。

一抬頭，他發現自己被扔在了一片荒涼的大馬路邊，周圍有幾個人，但他們彷彿時間停滯般僵著身體。

宰煥本能地意識到，他被強行送入蟲繭內部，而這個空間顯然是阿爾戴那的聖域。

這就意味著……

「這裡是『昨日』嗎？」

9.

宰煥緩緩環顧四周。適才如蟲子般殘存的神祇正逐一消失，似乎是主要發電廠發生故障，導致他們的連結中斷。

眼前是空蕩蕩的街道。

宰煥凝視著留有神祇生活痕跡的大道。

這情景與噩夢之塔的第五十層頗為相似。

在所有塔行者回歸或死去之後，宰煥獨自一人留在了第五十層的小鎮。

他緊握著流逝的時光，銘記那些消失的人們，日復一日地進行刺擊。

他通過了第九十九層，統一混沌，登上深淵……一路刺殺眼前所有敵人。

他所度過的日子，真的算是「今日」嗎？

『看來你現在才明白自己的所作所為。』

空中傳來了阿爾戴那的聲音。

『終於感受到了嗎？你踐踏了多少神祇的性命。』

設置於各處的揚聲器傳來聲音。

『並不是所有神祇都需要得到你的認同才算得上認真生活，他們也有各自的生存方式。即使在你看來是微不足道的生活，這個世界也不該被你如此踐踏。』

這裡是她的聖域，昨日。

阿爾戴那肯定藏匿於某處。

『你不了解這裡的平凡神祇是如何過著自己的生活。有些神對於在昨日度過的一天感到滿足，他們度過了完全屬於自己的一天，而你對此一無所知。』

「五千金幣。」

宰煥不知何時走到了附近的商店，凝視著桌子上長年使用的痕跡。

「這大概是完成任務，狩獵怪獸，收集消耗品及材料，售出各式各樣裝備所獲得的金幣吧。」

他淡淡的一句話，令阿爾戴那瞬間閉上了嘴巴。

伴隨著滋滋滋的聲響，阿爾戴那的「昨日」倏然產生動盪，周圍的景色一時間翻轉顛倒。

這是兩個不同聖域互相干擾的結果。

阿爾戴那立即明白這幅景象意味著什麼。

「這是向那些攻塔的高級塔行者繳納的費用。」

『你也有過那樣的時期啊，真有趣。』

那是來自於宰煥生活過的噩夢之塔的風景。

『看見這個地方，是不是有點懷念那段時光了？』

「懷念？」

宰煥笑了笑。

「那時吞掉我們金幣的傢伙全都在第七十七層回歸了。」

『你對他們懷有怨恨，所以你才如此憎惡生活在昨日的神祇嗎？』

宰煥不發一語地抬起頭，望向王城。

王城的露臺上，阿爾戴那正俯視著宰煥。

兩人視線交錯的瞬間，宰煥徐徐朝著王城方向動身。

阿爾戴那說道。

『這裡不是噩夢之塔。加入聯盟吧，只要我們攜手，就能創造出你想要的世界。』

「當時那些傢伙在勒索上繳金的時候也說了類似的話。」

宰煥驀然縱身躍上鄰近的屋脊，向王城方向迅速邁進，運用世界力提升速度的身影如風一般融入了街頭。

『先鋒部隊。』

隨著阿爾戴那的信號，隱匿於大街小巷的匿名神紛紛撲向宰煥。那是阿爾戴那的親衛隊，他們身上穿戴著繡有金飾的高級裝備。

反射性想抽出獨不的宰煥頓時一愣。

他的獨不正插在「昨日」外頭的主要發電廠上。

在這裡，他只能空手戰鬥，沒有獨不。

『抓住他。』

因聖域之力而受到能力強化的神祇朝著宰煥揮動武器。

忘我。

覺醒的力量抵抗著聖域，加速了宰煥的動作。擋下前方飛來的長矛，掃除橫掃而來的黑刃，同時向背後偷襲的敵人揮出拳頭。

『咳啊……』

隨著臨終的慘叫聲，兩三名先鋒隊成員整個人飛了出去。

阿爾戴依舊冷酷地指揮著他們。

『敵方只有一個人，保持冷靜應對。』

宰煥注視著踉蹌逼近的神祇。

他們不曉得已受困於這個地方多久，瞳孔甚至失去了光芒。

阿爾戴那的聲音再次響起。

『我將賜予擊敗他的人新款造型抽獎一百回券。』

下一刻，神祇的瞳孔中閃爍著光芒。

『抽獎！抽獎！抽獎！』

『SSS！SSS！SSS！』

宰煥注視著他們，捏起拳頭。他的拳頭中蘊含著滅亡之力。

他想起了與清虛從前的對話。

「小鬼，我知道你很強，但武器不會總是在你身邊。真正的高手不會受到武器的束縛，呵呵，我當然也常抽空練習徒手進行砍擊。看好了！就像這樣……不過那是什麼？」

這是他當時創造出來的招式。

瞬息間，宰煥確保周圍留有足夠的距離後，緊繃拳頭向後拉，再向前擊出。世界正拳刺擊。

拳頭迸發出風壓的剎那間，面色慘白的神祇紛紛逃之夭夭。

卻為時已晚。

拳頭狀的龐大世界力橫掃整條街道，將神祇盡數擊飛。

宰煥沿著肅清完畢的道路狂奔。

然而，這種狀況僅維持了短暫的片刻，擋下他正拳的先鋒部隊再度起身，開始追趕。

他原以為自己已經傾注了充分的世界力，看樣子似乎還是有些不足。

宰煥調整氣息，檢查了自己的身體。

從頭到腳，全身的感知都變得異常遙遠。大概是因為這個地方是阿爾戴那的聖域內部，這也許解釋了世界力為何無法充分發揮作用。

不過，這局勢似乎不會持續太久。

街道的景色正在不安地晃動，這就是證據。

即便是此刻，他插在主要發電廠的獨不也正以固有世界的力量破壞著「昨日」。

不久後，他將掌控整個第七層，並使其滅亡。

最終，時間會站在宰煥這一方。

滋滋滋滋！

一隻烏鴉伴隨著噪音出現在空中。

「宰煥？」

是安徒生。

「其他人呢？」

「大家都很安全，看來你已經激戰一陣子了。」

安徒生輕輕地停在宰煥頭上，抬頭仰望阿爾戴那的方向。

兩位神祇的目光瞬間交會。

宰煥沒有說話，但他隱約能猜測到兩位神祇在剎那間共享的部分情感。

正如艾丹和賈斯蒂斯，那名阿爾戴那也是與安徒生共度五百年歲月的同伴。

「給妳三分鐘。」

安徒生明白似地點了個頭，然後對阿爾戴那說道：「喂，聽見了吧？三分鐘後妳就會死了。」

『……』

「阿爾戴那，在妳醜態畢露之前快點停手吧，難道妳也想像賈斯蒂斯那樣死去嗎？我知道妳現在光是維持聖域就已經費盡了力氣。在發電廠世界力供應中斷的狀況下，妳還打算硬撐到什麼時候？」

『安徒生，不管是五百年前還是現在，妳都一樣溫柔呢。』

面對靜靜露出微笑的阿爾戴那，安徒生以尖銳的嗓音嘰嘰喳喳地叫個不停。

「當我聽見妳成為第七層國王的傳言時，我根本不相信，因為我所認識的阿爾戴那絕對不是會監禁神祇並剝削他們的傢伙。」

『不是我監禁他們，我從來沒有阻止神祇離開昨日。』

「我想也是，畢竟那些傢伙早已病得走不出去了。」

『縱使離開這個地方，他們也不會獲得想要的生活。昨日的外頭，不過是元宇宙罷了。』

「他們也得離開元宇宙。」

『這是我和賈斯蒂斯都沒能做到的事情，妳覺得那些懦弱的傢伙能做得到嗎？』

安徒生無法回答。

阿爾戴那說的對。

任何進入元宇宙，或是踏入「昨日」的神祇，都難以離開這個所在。

這即是元宇宙的可怕之處。

「妳為什麼要創造這種世界？」

『妳還記得我們想創造的世界是什麼嗎？』

「那種東西……」

她怎麼可能忘得了。

至今，五百年前的回憶仍舊歷歷在目。

「我們創造一個神與信徒可以正常交流的世界吧。」

所謂的交流是什麼，神和信徒又是什麼呢？

那段時期的她不知所云地述說著那樣的夢想，卻對其中含意一無所知。

「太偉大了，夢想要現實一點。」

那時，阿爾戴那也這麼說過。

「那妳想要創造什麼樣的世界？」

「我……就是個垃圾分類做得好的世界？喂，賈斯蒂斯，我不是說了自己吃的垃圾要自己拿去丟嗎？」

阿爾戴那總是獨自整理一伙人弄得亂七八糟的位置。

她曾經是喜歡回頭看向隊伍行經的路途，一邊細數著那些足印的昨日之神。

「阿爾戴那，妳……」

『要是現在釋放那些神祇，妳覺得會發生什麼事情？』

隨著火花一同扭曲的空間，隱約可見外面的景象。

那是位於昨日外頭，破壞發電廠並摧毀蟲繭的今日神祇。

『直接殺了吧，反正我本來就不喜歡那傢伙。』

『果然還是今日好。』

藉此機會報復私仇的神祇，踐踏無辜的代行者和傀儡，輕易了斷對方性命也是司空見慣。

阿爾戴那看著他們。

『妳真的相信那些神能改過自新？我不那麼認為。垃圾就應該待在垃圾場裡，而這個深淵，肯定也需要一個丟棄那種垃圾的場所。』

「三分鐘過了。」

安徒生嘆了口氣，揮動翅膀退到後方。

勸說最終失敗，如今她只能把事情交給宰煥了。

緩緩走上前的宰煥緊握著蘊滿靜謐世界力的拳頭。

事實上，宰煥等待三分鐘的原因，是為了爭取填補世界力的時間。

阿爾戴那望著宰煥。

『你比我強，或許樓上的總司令也知道這一點。我的任務就是讓你在與總司令戰鬥之前，盡可能折磨並對你造成傷害，耗損你的力量。我的任務僅此而已。』

「明知如此，妳還是打算跟我一戰？」

『為了應對今天的到來，我也為自己買了個保險。』

「保險？」

阿爾戴那向後退去一步的同時，她的面前出現了一名守護者。

看見那名存在後，宰煥瞇起雙眼。

擋在前方的是一名壓低帽簷，身穿夾克的少女。

如今宰煥已然知曉那個少女的名字。

覺醒者陳恩璽。

兩年前，登上深淵的途中與柳雪荷待在一塊的小鬼。

不久前於第六層拯救柳納德的人也是她。

「妳把那傢伙變成傀儡了嗎？」

只見陳恩璽帶著空洞的眼神低聲自言自語。

似乎是在第六層幫助宰煥一行人之後之後，回去的途中遭遇了變故。

「宰煥，小心點，那個女孩也相當有名，和你一樣是覺醒者。」

宰煥曾聽說過這個傳聞，但他並不擔心。

恰好因為同為覺醒者，所以他能明白。

「沒關係。」

陳恩璽比他弱。

阿爾戴那說道。

宰煥默默地舉起拳頭。

『這孩子是龜裂的人。』

「妳以為我會怕他們？」

『我透露這個孩子的所屬組織，並不是要讓你畏懼龜裂。』

陳恩璽的周圍流淌著一股不尋常的世界力。

『龜裂是幻想樹全境擁有最多覺醒者的組織。』

陳恩璽開始哭泣，聲音震耳欲聾。

安徒生在一旁嘰嘰喳喳說著什麼，但她的聲音被耳邊嗡嗡作響的哭聲淹沒，無法聽清。

『而同時，它也是比任何組織都更加警惕覺醒者的組織。』

宰煥的腦中開始響起不祥的警鈴。

此刻即將展開的戰鬥令他有種預感，這將與他以往經歷的戰鬥迥然不同。

『你絕對戰勝不了這孩子。』

下一瞬間，陳恩璽的嘴中噴出了白色的霧氣，刺鼻的霧氣令人聯想到消毒車的煙霧。

遲了一步的宰煥試圖拔腿後退，奇怪的是，他的身體竟不聽使喚。

儘管難以理解，但宰煥在看見煙霧的瞬間有種奇怪的衝動。

他想進入那股煙霧。

悠遠的思念蠶食四周的瞬間，宰煥意識到自己已置身於陳恩璽的聖域之中。

聖域開顯——沒有成年人的世界。

純白的煙霧中，他的肉體逐漸消散。

這一次，甚至連宰煥自身都感到吃驚。縱然他曉得深淵存在著各式各樣的世界觀，卻從未想過有如此荒謬的世界。

雙手、手臂、肩膀……他的靈魂逐漸瓦解，飄向某處。

看著這一幕，他終於意識到這是個陷阱。

打從一開始，阿爾戴那就計畫著利用「滅亡後的世界」吞蝕「昨日」的空檔，實施這個作戰策略。

「了不起。」

宰煥發出了真誠的讚嘆，與此同時，他的身體徹底消失於煙霧中。

察覺到宰煥的消亡，阿爾戴那無法抑制自身的喜悅，開心地笑著。

——消滅所有成年人的世界觀。

這種獨特強大的聖域，唯有對具有「成年人」概念的人類覺醒者才能使用。

『安徒生，妳看到了嗎？妳信賴的覺醒者已經失敗了。』

此刻的阿爾戴那迫不及待地想打開小兄弟展示這幅景象。

她贏了，她戰勝了曾擊敗半數元宇宙六神的那名怪物，安然無恙地保衛了「昨日」。

『安徒——』

阿爾戴那的聲音戛然而止。

為什麼呢？一股令人不悅且糾纏不休的違和感占據了她的腦海。

轉頭一看，陳恩璽沒有解除聖域，猶如戰鬥尚未結束似地，吐出煙霧的陳恩璽額頭上汗珠涔涔。

片刻之後，阿爾戴那的神情一震。

她分明親眼確認了那傢伙的消亡，但眼前的那個東西，究竟是……

阿爾戴那大為動搖，彷彿看見了不該看見的東西一般。

『你到底……』

煙霧之間，倏然投射出一道影子。

宰煥原本所在的位置，正站著某個人。

10.

覺醒是什麼？

幻想樹以多種方式定義覺醒。

對君主而言，覺醒是系統錯誤。

對神而言，覺醒是必滅者成為神的方法。

根據各自所屬組織與紀律，覺醒往往會以截然不同的概念詞語呈現。

既然如此，覺醒者認為的覺醒是如何呢？

「妳現在自由了。」

陳恩璽清楚記得初次聽見這句話的瞬間。

終於成功了。

她撐過了那如地獄般的訓練期，最終達到了覺醒的境界，成為一個不受適應約束，能以人類靈魂對抗神祇的存在。

——不是說自由了嗎……

她分明早已成為自由的存在。

——這裡又是哪裡？

這是什麼地方？這種想法已經好久不曾出現了。

只要運用覺醒的權能「瓦解」與「組織」，她就能看透任何世界觀，這一次卻有所不同。無論東南西北，她的目光所及之處只有一片黑暗。

陳恩璽心想，難道我被綁架了嗎？

她時而會聽聞十二地區君主或深淵之神綁架覺醒者的事情。

那麼綁架她的人是誰呢？

陳恩璽回想著那不太清晰的最後一道記憶。

我最後在做些什麼呢？

〔果然啊，虛張聲勢的結果就是這種下場。〕

〔妳以為元宇宙那麼好欺負嗎？〕

什麼？

〔果然小孩就是小孩。〕

〔簡直就是不堪一擊，還敢大言不慚地說元宇宙六神只是小菜一碟。〕

到底在胡說什麼……

〔不要再欺負她了，小朋友都哭了。〕

〔喂，都不知道有多少神她在他手上了。〕

〔對啊，可不能因為是小孩就放過她。〕

一個接一個，逐漸增多的話語侵蝕著陳恩璽的腦海。

陳恩璽聽著那些聲音，他不得不聽。

因為他就是這樣被教導，也是在這樣的環境中長大成人。

「一字不漏地聽清楚，去讀取，去分析。唯有這麼做，妳才能成長，妳必須接受一切，才能變得更強。」

隨後，這些話語的聲音變得更加高亢，數量大幅增長，言語浪潮如瀑布般傾瀉而下。

陳恩璽尖叫出聲。他下意識地摸索耳罩式耳機，它卻不見蹤影。

很快地，就連自身的哀號也淹沒於奔湧而出的話語中。

陳恩璽逐漸遺忘了自己身在何處、自己是誰、正在做些什麼。她的自我在傾瀉而出的言語中變得模糊不清。

陳恩璽用支離破碎的靈魂和空洞的眼神注視著前方。

「這是哪裡？」

然後，有人回答。

『這裡是昨日。』

陳恩璽仔細傾聽那個聲音。

聆聽那句話的同時，洪水般氾濫而至的言語便消失得無影無蹤。

陳恩璽再度提問。

「我是誰？」

『妳是我的傀儡。』

「我應該做什麼？」

『殺了那個人。』

聲音響起的同時，眼前的視野豁然開朗。

不知為何，那男人的臉龐顯得十分熟悉。隨著熟悉的記憶突然湧上水面，再度傳來的聲音抑制了陳恩璽的心智。

『殺了他。』

陳恩璽毫不猶豫地張開嘴巴，隨即，從肺腑深處流瀉而出的白色煙霧籠罩四周。

聖域開顯——沒有成年人的世界。

這是陳恩璽達到第四階段覺醒時獲得的固有世界。一個彷彿在為世界進行消毒般，抹去困於聖域內所有成年人的世界。

裂主說過，世界力比她低的成年人絕對無法承受她的固有世界。換言之，若能持續提升世界力，陳恩璽的世界在面對成年人時將變得無懈可擊。

事實上，她也利用這股力量無情地一一剷除敵人。

然而，眼前的男人沒有被輕鬆地抹去。

雖然靈魂正逐漸瓦解，但速度相當緩慢。

「他的世界力比我還多。」

對方沒有發動固有世界已算是她的幸運。

「難道是無法使用固有世界的狀態嗎？」

就當前的局勢來說，即便發動固有世界也難以抵擋對方的攻勢，對方卻裸著身子堅持了這麼久，看來這個男人的精神力著實不同凡響。

而隨著時間繼續流逝，男人的靈魂最終無法承受，徹底消散於白霧之中。

「贏了，我這次也做到了。」

陳恩璽為自己能夠得到稱讚的可能性而激動不已。

裂主會表揚她，雪荷姐姐也會輕撫她的頭。

所以……

……嗯？

事情有些不對勁。分明已經擊敗了對手，煙霧之間卻還留有某些東西。

霧氣中的身形緩緩走了出來。

確認對方身分的瞬間，陳恩璽睜大了雙眼。

那是個男孩。

小孩用手指指著陳恩璽。

「是小孩子耶。」

這還是她第一次聽見有小孩對她這麼說。

陳恩璽難以理解。

自己分明除掉了那個男人，為何又會突然冒出一個小孩？

這是幻術嗎？還是那男人的本體其實是小孩？

她無法辨認事實到底為何，唯一能夠確定的是，自己的聖域對男人沒有效果。

陳恩璽下意識退後一步。

「我第一次見到除了我之外的小孩。」

步步靠近的孩童也和陳恩璽一樣，戴著壓低帽簷的帽子。

靠近一看，孩童的面孔清晰可見，他的臉蛋與那個男人驚人地相似。

無庸置疑，這個小孩就是方才的男人。

然而，男孩的氣息與男人迥然不同。

不同於流淌出怪異瘋狂氣息的那名男人，男孩身上散發出一種令人毛骨悚然的沉穩氣息。

男孩輕輕伸出手觸碰白色消毒煙霧，接著伸出舌頭嘗了嘗，明白似地點了點頭。

「妳的世界觀真有趣，在我的世界只有成年人而已。」

「你是誰？」

「我？外頭都叫我宰煥。」

宰煥。

聽見那個名字時，腦海中浮出某些記憶。

「有個叫宰煥的傢伙。他現在被稱為裸體刺擊，妳去幫他一下。」

——那是從誰那裡收到的指令？

陳恩璽按住刺痛的額頭，身子踉蹌。

絲毫不在意陳恩璽反應的男孩好奇地觀察著周圍的一切。

「這裡沒有其他人了嗎？妳知不知道一個叫賽蓮的姐姐？」

陳恩璽無法回答。

因為在眼前的孩童說完話以後，一道聲音封鎖了陳恩璽的記憶與思緒。

『消滅那個男孩。』

一堆積木自陳恩璽的全身漩渦般地彈射而出。

法規系設定，恩璽積木。

密密麻麻的積木在她的右手中形成了一柄巨大的槌子。

恩璽積木第二式，玩具槌。

男孩笑了。

「是玩具耶，想跟我一起玩的意思嗎？」

轉眼間，男孩手中也握著一根棒球棒。

「我沒什麼錢，所以都沒有那種玩具。不過那個要怎麼玩？」

橫眉豎目的陳恩璽奮力揮動玩具槌。儘管不起眼，那卻是個足以對抗元宇宙六神的設定，不可能戰勝不了區區一名同齡孩童。

「妳是笨蛋嗎？」

砰的一聲巨響，玩具槌在眼前四分五裂。

男孩憐憫似地注視著陳恩璽。

「妳覺得球棒和玩具槌相撞誰會贏？」

發怒的陳恩璽變出了一個新的玩具槌，再度揮舞。

當球棒與玩具槌即將相撞之際，陳恩璽的積木再次改變了形狀。

恩璽積木第三式，飄浮陀螺。

這是一種利用玩具槌以假亂真的作戰策略。

一個足以彈開元宇宙六神加拉泰翁攻擊的飄浮陀螺，要反彈棒球棒的攻擊，根本是小菜一碟，

可是——

嘩啦啦。

如陀螺般旋轉的積木散成了碎片。

陳恩璽呆愣地眨了眨眼。

這時，一股難為情的聲音傳進耳裡。

「抱歉把妳的玩具打壞了，我只是輕輕碰了一下。」

陳恩璽臉色漲紅，這是她成為覺醒者以來初次遭受這種羞辱。

陳恩璽的左眼射出一道白光。

覺醒第一階段，瓦解。

覺醒者不可能毫無弱點，無論如何，她都必須打聽出敵人的真實來歷。

「妳的眼睛好神奇，是這樣用的嗎？」

隨後，男孩的眼瞳同樣也散發出金色光芒。

覺醒第一階段，猜疑。

當他凝視那雙散發金光的眼睛時，陳恩璽感到胃裡一陣翻騰。

有什麼正在窺探他的內心。

當她哇地一聲嘔吐出來時，一連串的記憶也瞬間湧現。

「裂主，你打算繼續推行這個計畫嗎?雪荷不會坐視不管的。」

「為了確認覺醒的極限，這個實驗必不可缺。」

那是一道無法辨識的聲音。

透過緩緩浮現的景象，能看見關在透明恆溫箱中的無數名孩童。

覺醒者改良計畫。

所有覺醒者皆是藉由違背系統而誕生，然而就算是這樣的覺醒者，也無法完全擺脫系統的束縛。

因此，龜裂想到了這一點。

若是令幾乎不受系統影響的孩童進行覺醒，那會有什麼結果？

「失敗了嗎？你是最後一個了。」

儘管計畫以失敗告終，陳恩璽卻倖存下來。

「妳是最後一個小孩。」

她撐過了嚴苛的訓練，最終成功獲得自己的固有世界。

「我給妳一項任務，去擊敗元宇宙六神。」

就這樣，陳恩璽來到了此處。

當她突然清醒過來時，男孩正直直地望著她。

「妳一定很辛苦。」

不，這是理所當然的事情。

為了活下去，這是她應該且必須做的事。

「大人欺負妳。」

頃刻間，四周變得灰濛濛一片。

陳恩璽搖了搖頭。

「所以妳才會創造出這樣的世界觀。」

陳恩璽用發紅的眼睛盯著男孩。

她想反駁對方，不懂的人憑什麼那麼說，話卻怎麼也說不出口。

男孩似乎能理解陳恩璽的想法，靜靜地與她對視。

那瞬間，陳恩璽明白了一點。

她戰勝不了這個男孩。

『還在幹什麼？快殺了那孩子。』

陳恩璽搖搖頭。

『妳要反抗我嗎？』

隨著那道聲音的語調轉為威脅，話語的波濤再度淹沒了陳恩璽。

充滿指責與謾罵的話音隨即相互參雜，變成了駭人的噪音。

〔■■——〕

陳恩璽無聲地尖叫。

停手，停下來，拜託——

接著，聲音像有魔法般地停了下來。

「妳為什麼要乖乖聽這些可怕的話？」

傷痕累累的小手，布滿疤痕，那隻手摀住了陳恩璽的耳朵。

陳恩璽愣愣地注視著男孩，茫然地喃喃自語。

「我必須聽……」

「為什麼？」

「不聽就會挨罵。」

這樣的話她還是初次說出口。

然後，男孩搖搖頭。

「也是，大人總是這樣。他們總是說小孩就該好好聽大人的話，但他們說的話又不一定都是正確的，所以——」

陳恩璽呆愣地聽著這番話。

所有的聲音都消失了，為何這個男孩的話語卻聽起來如此清晰呢？

「妳已經可以長大了，那些不想聽的話就不用去聽。」

陳恩璽的嘴唇正在顫抖。

儘管她想說話，聲音卻出不來。

那本該成為話語的東西，卻沿著臉頰流淌而下，滴落至地板。

『你在幹什麼？快動手，殺了那個男孩。』

陳恩璽肩膀頻頻顫抖的瞬間，孩童抬起了頭。

「妳從剛才開始就很吵耶。」

男孩叫陳恩璽坐在位置上，然後他挺直腰桿，輕鬆做了個伸展。他右手緊握的球棒開始散發出幽暗光芒，那是無比凶險且黑暗的氣息。

一道聲音憑空響起。

『你的真實身分到底是誰？』

「妳看了還不知道？」

孩童瞄準空中的某一處，揮舞球棒。

「我是小孩。」

世界被劃為兩半。

11.

「全體撤退！前鋒隊退至後方，傷者在五分鐘內重新整頓，回到前線！」

勒內沉著地下達命令。

在宰煥的幫助下，神祇們仍舊沒能逃離巨型蟲繭的包圍，巨型蟲繭的生成速度遠遠超越了他們的逃離速度。

不幸中的大幸是，宰煥的最後一道攻擊使他們免於陷入昨日之中。

多虧於此，眾神祇得以齊心協力，成功阻擋阿爾戴那的軍隊。

「咳咳！」

「又被擊退了！」

阿爾戴那的無人機一刻不停地進行砲擊。無論殺死多少遍，仍舊不斷復活的警衛犬將神祇撕咬得支離破碎。

位在前方連續施展刺擊的柳納德步履踉蹌，暴露於敵人的攻擊之下。

勒內一把抓住柳納德的後頸，將他迅速拽到自己身邊。

「不是叫你撤退了嗎！跟在我身邊！」

「可是宰煥先生——」

耗盡所有世界力的柳納德神智恍惚地喃喃自語。

「宰煥先生一個人去那邊了。」

「這我也知道。」

勒內緊抿著嘴唇。此時此刻，她也束手無策。

〔終結必至之神『塔納托斯』詢問現在究竟是怎麼回事。〕

〔火焰之神『伊格尼斯』詢問裸體刺擊去哪了。〕

大概是小兄弟的網路已恢復正常，訊息突然間開始湧現。

代替勒內回答的是雷伊雷伊。

〔疾光之神『雷伊雷伊』說現在沒時間解釋那些事情！〕

「今日的神祇到這裡集合！」

在馬爾提斯的指揮下，決定活在今日的神祇加入了勒內一行人。

勒內向馬爾提斯問道：「剩下的兵力還有多少？」

「不多了。」

馬爾提斯神情黯淡。

背棄昨日加入今日的神祇數量正在減少。

被警衛犬啃咬，因無人機部隊的砲擊而壯烈犧牲的神祇，以及拋下代行者逃之夭夭，或者再度躲回蟲繭中的神祇也不少。

然而，仍舊有神祇在為了捍衛今日而戰。

馬爾提斯也是其中之一。

「這是費盡艱辛得來的今日，我們要奮戰到底，哪怕要死，也要死在今日！」

面對馬爾提斯的吶喊，其餘神祇爆發出一片歡呼聲。

馬爾提斯驕傲地注視著這些神，用盡全力爆發出氣勢，他的世界力一舉摧毀了三、四臺無人機。

馬爾提斯深知「今日」並非一個多麼偉大的概念。

他知道通過刺擊所度過的十年無法改變人生，也深悉方才的激昂僅是暫時頓悟帶來的錯覺。

其他神祇或許也是如此。他們在此處堅持戰鬥的原因，是為了將歷盡艱辛取得的今日，變成唾手可得的美好明日。

眼下的情勢卻不是僅靠覺悟就能戰勝的困境。

「這樣下去我們會全軍覆沒。」

後方的神祇不停朝著蟲繭內壁釋放世界力，但蟲繭依舊毫髮無損。

這也是理所當然的事情，畢竟巨型蟲繭是由累積了至少五百年的世界力所製成，眼下唯一的方法就是持續抵抗，直到阿爾戴那解除聖域。

「柳納德，你有從新手先生那裡獲得什麼口信嗎？」

「沒有。」

柳納德無力地搖了搖頭。

唯有不時從天而降的電光證明著宰煥依舊在奮戰。

持續屈居下風的神祇如今已退至蟲繭的邊緣，決心背水一戰。

馬爾提斯向勒內問道：「我們已經無路可退了，還有其他辦法嗎？」

「我想不出什麼好辦——」

「妳應該做得到吧。」

勒內皺起了眉頭。

馬爾提斯接著說道：「只要是長期看妳直播的匿名神都知道妳的身分——命運之神。」

勒內輕輕咬著嘴唇。

儘管早就預料到有一天會被發現，卻偏偏是在這種時候。

勒內望著襲來的阿爾戴那大軍，心中思索如果在這裡發動自己的聖域會如何？

強行展開聖域下達命運，或許可以度過這次危機，問題在於她的獨特設定「命運」的冷卻時間很長，使用條件也十分複雜。

若是在這裡錯用了技能，導致真正需要的時候無法使用，那麼迄今為止累積的一切都將付諸流水。

然而，她也只能這麼做了。

就在勒內全身猛然颳起世界力的瞬間——

轟隆隆隆隆！

遠處，伴隨著轟鳴聲，世界分裂的聲音迴盪而來。

原先朝著他們全面進攻的無人機與警衛犬頓時停止動作，然後如同尋找主人的狗一般，齊齊返回主要發電廠。

雷鳴響起，白晝降臨至這個世界。

縱然是活了數千年歲月的勒內，也是第一次見到這樣的景象。

降下的雷電，將整個第七層劃作兩半。

即便她在元宇宙第六層也曾目睹滅亡的景象，那卻無法與眼前的景象相提並論。

高聳的穹頂，直至腳下的大地盡頭，如同神罰的雷擊一般降下的暗黑光束，正在切割昨日與今日。

「大家趴下！」

地震的餘波過去後，神祇紛紛咳嗽著從地上站了起來。

勒內抬起頭注視著主要發電廠。

原先超巨型發電廠所在的位置成了一片焦黑的空地。

空地中央，一柄孤獨的劍插在地上。

勒內嘴唇掀動，最終仍嚥下了話語。

取而代之開口的是柳納德。

「宰煥先生，是宰煥先生！」

勒內早已明白宰煥十分強大，但一名覺醒者真的能夠做到這種事情嗎？

迄今為止，沒有任何神能摧毀的「昨日」，正在崩塌。

彷彿所有的時光只是一場幻夢，某種冰冷的東西黏附在勒內的臉頰上。

「……」

空中，細小的碎片如雪花般飄落。

那是儲存於發電廠內，曾經生活在昨日的神祇所積累的時間。

某些人視為回憶的碎片正化為灰燼，逐漸消散。

「啊……」

數名神祇像是在強忍著淚水。

仍然無法擺脫昨日迷惑的神祇失意地雙膝跪地，用雙手捧著落下的碎片。

他們活了數百年的時間究竟有什麼意義呢？假若終究要走到今日，那無數的昨日，又是為了什麼而存在？

沒有人知道答案。

眾神同時望向第七層的中心，彷彿那裡會有答案一般。

『呃啊啊啊啊啊啊啊——』

阿爾戴那正痛苦地扭動著身體，被從昨日驅除而出的她用破爛不堪的傀儡軀體掙扎著。

故障的無人機停止投映影像，並向她放射光芒，如損壞的立體影像般布滿孔洞的傀儡被輾得粉碎，逐漸消亡。

阿爾戴那的眼中流淌著銀光，放聲吶喊。

『我的諸神啊！你們都跑去哪了？我們的世界正在崩潰，你們——』

阿爾戴那一生都在照料匿名神。

失明的昨日之神就像丟失了孩子的母親般在徒勞地到處摸索。

隨後，發現母親的子女紛紛傳來了訊息。

〔『匿名神 148』失望地咋舌。〕

〔『匿名神 510』搖著頭說自己早就知道會這樣了。〕

〔『匿名神 849』破口大罵，還不好好管理伺服器嗎？〕

至今尚未離開蟲繭的神祇，那些仍舊堅信自己還在「昨日」的匿名神同時口出不遜。

〔『匿名神 711』追究，那之後就不能匿名了嗎？〕

〔『匿名神 872』詢問目前為止所抽到的獎品要怎麼辦？〕

〔『匿名神 1941』要求退款。〕

……

阿爾戴那的傀儡倉促地低頭看了蟲繭一眼，隨即碎裂瓦解。

她的指尖朝向自己的那些蟲繭。

當空中再度降下滅亡雷擊時，剩餘的蟲繭盡數爆炸。匿名神留下的最後訊息灰暗地消逝，隨後所有發電廠的電源都被關閉了。

〔終結必至之神『塔納托斯』正在尋找宰煥。〕

〔火焰之神『伊格尼斯』正在尋找宰煥。〕

〔龍神『德洛伊安』正在尋找宰煥。〕

〔賭博之神『百家樂』正在尋找宰煥。〕

〔『賽蓮ＴＶ』正在尋找宰煥。〕

小兄弟網路的訊息瘋狂洗版。

在眾多神祇的注目下，包括阿爾戴那在內的「昨日」餘灰在天際中旋轉翻騰，最終被吸入了某個地方。

〔元宇宙第七層所有任務已遭到強制中止。〕

漩渦的中心，出現了一個揹著少女的男人與一隻烏鴉。

〔元宇宙第七層誕生了新的『國王』。〕

✝
✝
✝

『啊啊啊啊啊啊！』

阿爾戴那在神祇傳來的訊息風暴中尖叫哀號，至今經常使用的祈禱洪波重新回到她的身上，逆流的世界力正在摧毀她的一切。

〔妳不再是昨日之神了。〕

我不想就這麼死去，我不能在這裡結束。

我是昨日之神。

最後一刻，阿爾戴那的世界力如蟲繭般籠罩了她。

✝
✝
✝

「喂，阿爾戴那。」

悄悄睜開眼，一道強烈的陽光刺入眼中，模糊的視野裡映入了一張令人不悅的面孔。

「妳居然睡過頭了？今天不是說要早點出發嗎？」

那是賈斯蒂斯。

阿爾戴那目瞪口呆地張大嘴巴。

他怎麼會在這裡？

正當她想開口詢問對方是否還活著時，一名路過的黑衣男子插嘴了。

「真是可悲，竟然有神起得比賈斯蒂斯還晚。」

艾丹。

阿爾戴那完全搞不清楚發生了什麼事情。

烏鴉之王與正義之神相互鬥嘴的期間，又有人再度呼喚了她的名字。

「阿爾戴那。」

她的老同伴問她。

「為什麼哭喪著臉？」

阿爾戴那無力地笑了，擦了擦眼睛。

赤身裸體之神安徒生。

「只是作了個夢而已。」

「夢？確定不是在窺視代行者的夢嗎？」

阿爾戴那點了點頭。

她冷靜地觀察四周，熟悉的大草原景象映入眼簾，記憶紛紛湧現出來。

這裡是元宇宙的第七層。

他們現在即將前往下一層——為了粉碎那該死的聯盟，為了確認這座塔的盡頭。

阿爾戴那抓住安徒生的手，站了起來。

簡單整理好行裝後，一行人穿過草原。

賈斯蒂斯特有的嗓音正在高談闊論關於塔行者的事情，艾丹則像嫌棄吵般捂住耳朵，安徒生則是偶爾會用力拍打那兩人的背。

彷彿就像作了場夢一樣，阿爾戴那跟隨著隊伍的腳步。

她習慣性地數著腳印，一步，兩步。

猛然抬頭，草原四處零星分布的椰子樹映入眼簾，樹枝上掛著如巨型蟲繭般的果實。她下意識地將手伸向果實，卻聽見了奇怪的聲音。

「真是愚蠢，就在那裡度過妳腐爛的一生吧。」

真是令人一頭霧水的一句話。

唰一聲，安徒生一拳打出將果實擊碎，碎裂的果實直接流淌到地面，並被地面吸收。

阿爾戴那問道：「大家怎麼都變成這副模樣了？」

「嗯？什麼？」

「不是曾經都想成為善良的神嗎？」

「為什麼現在大家都要嘲諷這件事情？」

這句話是對誰說的，無法得知。

「妳在說什麼啊，我沒有嘲諷。」

安徒生露出苦笑，這時空中響起了訊息。

〔火焰之神『伊格尼斯』注視著阿爾戴那。〕

〔終結必至之神『塔納托斯』注視著阿爾戴那。〕

〔龍神『德洛伊安』注視著阿爾戴那。〕

看見那些訊息，安徒生輕聲低喃。

「也許是因為大家都活得太久了吧。」

同樣地，這也是句令人無法辨認是說給誰聽的話語。

「見多了，聽多了，以致於我們以為自己也懂得很多。」

因為我們成為了神。

「我錯了嗎？」

「誰知道呢。誰是對的，誰是錯的，現在已經不重要了。」

安徒生輕笑出聲，遞出了她的背。

「妳似乎很累，我揹妳吧。」

「什麼？」

「睡一下，多作點夢。」

「可是。」

「路途還很遠，好好睡一覺忘掉吧。」

不知不覺間，她被安徒生揹了起來。

阿爾戴那內心暗自思索，真的可以這麼做嗎？

這件事真的可以靠好好睡一覺就忘掉嗎？

有別於湧上心頭的疑問，阿爾戴那被安徒生揹起的瞬間，一陣昏昏欲睡的感覺撲天蓋地侵襲而來。

安徒生的聲音異常溫柔。

「等明天一到，妳就會帶著新的想法繼續前行。」

緩緩襲來的睡魔中，阿爾戴那望著天空，遙遠的天空彼端，一道微弱的光芒隱約可見。

那是一道宛如昨日所見，十分令人懷念的光芒。

如此掛念的那段時光。

看著漸行漸遠的光輝，阿爾戴那緩緩閉上雙眼。

微弱的光芒終於消散，不停轉播的昨日影像消失了。畫面消失之處，留下了一個小小的立方體——時間方塊。

宰煥靜靜俯視著那顆方塊半晌。

「去下一層吧。」

✝

✝

✝

——《滅亡後的世界03》完

CD003

滅亡後的世界 03
멸망 이후의 세계

作　　者　싱숑 (sing N song)
譯　　者　賴璟瑄
封面設計　CC
封面繪者　Kanapy
責任編輯　林紓平
校　　對　胡可葳

發　　行　深空出版
出 版 者　深空出版有限公司
地　　址　臺北市中正區館前路 59號 9樓
電　　話　(02)2375-8892
傳　　真　(02)7713-6561
電子信箱　service@starwatcher.com.tw
官網網址　www.starwatcher.com.tw
初版日期　2024年 10月

總 經 銷　聯合發行股份有限公司
地　　址　新北市新店區寶橋路 235巷 6弄 6號 2樓
電　　話　(02)2917-8022

國家圖書館出版品預行編目 (CIP) 資料

滅亡後的世界 / 싱숑 (sing N song) 著 . -- 初版 . -- 臺北市 :
深空出版有限公司出版 : 深空出版發行 , 2024.10
冊； 公分
ISBN 978-626-99031-0-8(第 3 冊 : 平裝). --
862.57　　113013605